ENTRE PAREDES AMALDIÇOADAS

ENTRE PAREDES AMALDIÇOADAS

TRADUÇÃO DE LÍVIA PACINI E NATHALIA AMAYA

LAUREN BLACKWOOD

ALTA BOOKS
GRUPO EDITORIAL
Rio de Janeiro, 2023

Entre Paredes Amaldiçoadas
Copyright © 2023 da Starlin Alta Editora e Consultoria Eireli.
ISBN: 978-85-508-1736-1

Translated from original Within These Wicked Walls. Copyright © 2021 by Lauren Blackwood. ISBN 9781250787101. This translation is published and sold by permission of Wednesday Books, an imprint of St. Martin's Publishing Group, the owner of all rights to publish and sell the same. PORTUGUESE language edition published by Starlin Alta Editora e Consultoria Eireli, Copyright © 2023 by Starlin Alta Editora e Consultoria Eireli.

Impresso no Brasil – 1ª Edição, 2023 – Edição revisada conforme o Acordo Ortográfico da Língua Portuguesa de 2009.

Dados Internacionais de Catalogação na Publicação (CIP) de acordo com ISBD

B632e   Blackwood, Lauren
     Entre Paredes Amaldiçoadas / Lauren Blackwood ; traduzido por Nathalia Amaya, Livia Pacini. - Rio de Janeiro : Alta Books, 2023.
     336 p. ; 16cm x 23cm.

     Tradução de: Within These Wicked Walls
     ISBN: 978-85-5081-736-1

     1. Literatura americana. 2. Ficção. I. Amaya, Nathalia. II. Pacini, Livia. III. Título.

2023-142   CDD 813
     CDU 821.111(73)-3

Elaborado por Vagner Rodolfo da Silva - CRB-8/9410

Índice para catálogo sistemático:
1. Literatura americana - Ficção 813
2. Literatura americana - Ficção 821.111(73)-3

Todos os direitos estão reservados e protegidos por Lei. Nenhuma parte deste livro, sem autorização prévia por escrito da editora, poderá ser reproduzida ou transmitida. A violação dos Direitos Autorais é crime estabelecido na Lei nº 9.610/98 e com punição de acordo com o artigo 184 do Código Penal.

A editora não se responsabiliza pelo conteúdo da obra, formulada exclusivamente pelo(s) autor(es).

Marcas Registradas: Todos os termos mencionados e reconhecidos como Marca Registrada e/ou Comercial são de responsabilidade de seus proprietários. A editora informa não estar associada a nenhum produto e/ou fornecedor apresentado no livro.

Erratas e arquivos de apoio: No site da editora relatamos, com a devida correção, qualquer erro encontrado em nossos livros, bem como disponibilizamos arquivos de apoio se aplicáveis à obra em questão.

Acesse o site **www.altabooks.com.br** e procure pelo título do livro desejado para ter acesso às erratas, aos arquivos de apoio e/ou a outros conteúdos aplicáveis à obra.

Suporte Técnico: A obra é comercializada na forma em que está, sem direito a suporte técnico ou orientação pessoal/exclusiva ao leitor.

A editora não se responsabiliza pela manutenção, atualização e idioma dos sites referidos pelos autores nesta obra.

Produção Editorial
Grupo Editorial Alta Books

Diretor Editorial
Anderson Vieira
anderson.vieira@altabooks.com.br

Editor
José Ruggeri
j.ruggeri@altabooks.com.br

Gerência Comercial
Claudio Lima
claudio@altabooks.com.br

Gerência Marketing
Andréa Guatiello
andrea@altabooks.com.br

Coordenação Comercial
Thiago Biaggi

Coordenação de Eventos
Viviane Paiva
comercial@altabooks.com.br

Coordenação ADM/Finc.
Solange Souza

Coordenação Logística
Waldir Rodrigues

Gestão de Pessoas
Jairo Araújo

Direitos Autorais
Raquel Porto
rights@altabooks.com.br

Assistente da Obra
Beatriz de Assis

Produtores da Obra
Illysabelle Trajano
Maria de Lourdes Borges

Produtores Editoriais
Paulo Gomes
Thales Silva
Thiê Alves

Equipe Comercial
Adenir Gomes
Ana Carolina Marinho
Ana Claudia Lima
Daiana Costa
Everson Sete
Kaique Luiz
Luana Santos
Maira Conceição
Natasha Sales

Equipe Editorial
Ana Clara Tambasco
Andreza Moraes
Arthur Candreva
Beatriz Frohe

Betânia Santos
Brenda Rodrigues
Caroline David
Erick Brandão
Elton Manhães
Fernanda Teixeira
Gabriela Paiva
Henrique Waldez
Karolayne Alves
Kelry Oliveira
Lorrahn Candido
Luana Maura
Marcelli Ferreira
Mariana Portugal
Matheus Mello
Milena Soares
Patricia Silvestre
Viviane Corrêa
Yasmin Sayonara

Marketing Editorial
Amanda Mucci
Guilherme Nunes
Livia Carvalho
Pedro Guimarães
Thiago Brito

Atuaram na edição desta obra:

Tradução
Livia Pacini
Nathalia Amaya

Diagramação
Natalia Curupana

Copidesque
Beatriz Guterman

Revisão Gramatical
Denise Elisabeth Himpel
Natália Pacheco

Editora afiliada à: ASSOCIADO

Rua Viúva Cláudio, 291 – Bairro Industrial do Jacaré
CEP: 20.970-031 – Rio de Janeiro (RJ)
Tels.: (21) 3278-8069 / 3278-8419

www.altabooks.com.br – altabooks@altabooks.com.br
Ouvidoria: ouvidoria@altabooks.com.br

AOS MEUS PAIS,
QUE NUNCA DEIXARAM DE ACREDITAR EM MIM.

CAPÍTULO

1

O calor sufocante me atingiu como as chamas repentinas de uma fogueira assim que troquei a proteção de lona da carroça pela areia ardente. Apertei minha bolsa com força, evitando olhar em direção ao pôr do sol. As ondas de calor criavam ilusões vívidas sobre a areia. Algumas vezes, surgiam como ondas numa poça d'água; outras, como uma cobra tentando escapar por baixo de uma pedra. Vi até uma caravana de afares carregando blocos de sal vindos do solo para serem comercializados.

Tudo isso era só um truque cruel do deserto. Não havia nada aqui. Nada além de mim, o comerciante que havia me dado carona na cidade e aquela imponente construção de pedras estruturadas que seria meu novo lar.

Meus cachos bagunçados grudavam em minhas têmporas e na minha nuca enquanto eu pegava uma nota suada do bolso, mas o comerciante ergueu a mão, rejeitando o dinheiro como se eu estivesse lhe oferecendo uma aranha.

— É de graça.

— É para mostrar o quanto estou agradecida — insisti.

Eu deveria ter ficado quieta. Depois de ter sido veementemente negada por outras seis, a carroça tinha sido uma dádiva. Era feita de uma simples chapa de madeira apoiada entre duas rodas robustas na parte de trás e uma mula suada atrelada à frente. Espaçosa o suficiente para eu me ajeitar e descansar, mesmo que precisasse compartilhar o espaço com o comerciante e seus potes de argila com especiarias. Tinha também uma lona para eu me proteger do sol. Uma *lona*. Mesmo assim, era tudo o que eu tinha, pelo menos até que o novo emprego me pagasse. E, de qualquer forma, se eu fosse pagar mesmo, o mínimo que ele poderia fazer era me deixar mais perto da porta.

Mas, Deus o abençoe, o comerciante insistiu ainda mais, utilizando a mão que já estava levantada para negar meu dinheiro com gestos frenéticos.

— Que Deus tenha piedade da sua alma — disse ele, batendo na mula e fazendo-a correr em disparada, jogando areia no ar enquanto manobrava a carroça e voltava para o longo deserto de onde tínhamos vindo.

A nuvem de poeira deixada para trás se grudou em cada centímetro suado do meu ser. Lambi o sal dos meus lábios e mastiguei os pequenos grãos.

A areia não me incomodava. Minhas entranhas já estavam tão revestidas por ela que eu havia me tornado imune, mas não tinha tanta certeza de que meu empregador iria gostar da minha aparência.

Com sorte ele seria compreensivo. Eu precisava deste emprego. *Muito*. Não me lembrava da última vez que tinha comido uma refeição de verdade. Dependia principalmente de areia para forrar o estômago e enganar minha mente, para que ela achasse que minha barriga estava cheia. Este emprego vinha com um quarto e comida e, se tudo desse certo, um futuro patronato que garantiria trabalho pelo resto da vida.

Mas um passo de cada vez.

Esperei até ter certeza de que o comerciante não voltaria, então abri o colarinho do meu vestido e tirei o amuleto que escondia ali, examinando-o à procura de danos. A prata, pura e fina, havia sido esculpida no formato de uma cruz copta pelo calor da minha caneta de solda e tinha fios de diversas cores enrolados ao longo das extremidades. Cada linha e curva soldada, cada fileira de cor acumulava a proteção contra as Manifestações do Mau-Olhado. Qualquer imperfeição seria capaz de destruir o desenho e arruinar a eficácia do escudo. Era o primeiro amuleto autêntico que fiz — o único, na verdade, pois Jember jamais me deixaria desperdiçar algo tão valioso como prata em múltiplas tentativas.

Além disso, essa quantidade de prata poderia alimentar alguém por um mês. Ou até mais, se a pessoa fosse econômica.

Escondi o amuleto sob o vestido novamente, ajustando o colarinho, para que a corrente de metal não aparecesse.

Desde os 5 anos eu sigo esta estratégia de sobrevivência que Jember me ensinou: *Proteja seu amuleto mais do que ele a protege.*

Passei uma parte da caminhada de 5 quilômetros até o castelo sacudindo a areia do corpo com um dos meus vestidos limpos, e a outra parte, encarando o castelo. Parecia ter saído de um conto de fadas — paredes de arenito vermelho desgastadas de modo desigual e indefinidas por tempestades de areia, parapeitos onde antigos imperadores poderiam ter se apoiado um dia, e janelas envidraçadas talhadas no próprio material. Castelos assim existiam em terras gramadas, disso eu sabia, mas aqui? Quem desejaria ser imperador do deserto mais quente do planeta?

Alguns viajantes estrangeiros chamavam-no de "exótico". Outros, de "infernal". O segundo era verdade, pelo menos em relação ao calor. Mas olhar para ele? Era celestial. Sal e ferro incrustavam a terra em amarelo e ferrugem, fazendo o deserto parecer vivo e mágico. Ainda assim, uma vista maravilhosa como essa não era suficiente para que viajantes passassem por aqui, não mais.

O Mau-Olhado havia se certificado disso.

É dito que o Mau-Olhado foi a primeira Manifestação de pecado — isto é, inveja e ganância. Em um estado constante de cobiça, o Mau-Olhado se agarra a qualquer ser humano que deseja a mesma coisa que ele. Colheitas prósperas, boa sorte e até mesmo receber muitos elogios pode atrair sua atenção indesejada.

No entanto, bens materiais, especialmente muito dinheiro, pareciam ser os piores tipos de pecadores. A maior parte dos clientes atendidos por mim e Jember eram pessoas que insistiam em ter muitas coisas dispostas em casa. Ou mais dinheiro do que qualquer ser humano devia ter, como era o caso do homem que eu estava indo visitar.

Não importava que a maldição estivesse presa dentro do castelo ou que o deserto fosse completamente seguro para quem sabia atravessá-lo. Em se tratando de Mau-Olhado, era melhor prevenir do que remediar.

Quando consegui chegar ao castelo, a noite já se instalava, e o sol aparecia pela última vez no horizonte antes de dizer boa-noite. Levantei o punho para bater na porta, mas, em vez disso, puxei a corda encrustada de areia pendurada ao lado dela. Lá dentro, o toque assustador do sino ecoou, anunciando minha chegada.

Esperei por uns 30 segundos, talvez menos — não sei, meus pés doloridos estavam impacientes para sair do chão e ir para uma cama de verdade. Apenas o som de passos me impediu de puxar a corda de novo. A porta abriu, e uma rajada de ar que mais parecia um balde com água gelada me acertou. Tremi e agarrei meu amuleto, quase duvidando do seu poder de me proteger do que estava dentro do castelo.

Uma mulher branca de cabelo grisalho e cara fechada me analisava por trás das lentes de seus óculos de metal. Ela usava um suéter de lã e uma saia longa e pesada — roupas estranhas para usar dentro de casa, ainda mais no deserto. Seu rosto e mãos pálidas, em contraste com as roupas cinzas e o *foyer* de pedra atrás dela, destacavam-se como manchas assimétricas num muro escuro.

Ela ergueu as sobrancelhas, seu olhar permanecendo por muito tempo sobre meu rosto, mas sem fazer contato visual. *Minha cicatriz.* Passei as unhas na bochecha como se estivesse aliviando uma coceira repentina, desejando poder tirar com elas a marca extensa em minha pele. Sempre me esquecia dela até conhecer alguém que a olhava como se fosse um terceiro olho.

— Andromeda, presumo?

Só com essas poucas palavras, pude perceber que ela não era daqui. O amárico não fluía ao sair de sua boca — na verdade, a pronúncia endurecia em todos os lugares errados.

A não ser que ela quisesse proferir as palavras como uma maldição.

Concordei levemente, tentando não tropeçar em meus próprios pés cansados.

— Sim.

— A exorcista?

Exorcista. Tentei ao máximo não revirar os olhos ao ouvir a palavra. Era vaga, limitada. Nós, os *debteras*, lideramos os cultos com hinos e cânticos, assim como desempenhamos todas as funções dos sacerdotes, mas sem os benefícios da ordenação ou da estima. Éramos curandeiros. Artesãos. Fomos treinados para nos sintonizar com o mundo espiritual de um jeito mais profundo do que qualquer outra pessoa ousaria. Mas, supus que, para o objetivo do meu empregador...

— Exatamente. Sou a *exorcista*.

A mulher mordeu o lábio.

— Você parece ser bem jovem.

— Pareço — concordei, mas não disse nada além disso.

— Este não é um trabalho para crianças.

— Gostaria de ver minha identificação?

Retribuí seu olhar cético com firmeza, rezando secretamente para que ela não pedisse. Alguém de 19 anos já era adulta, de acordo com a lei. Adulta o suficiente para viver na rua e passar fome todos os dias. Mas não o suficiente, em minha experiência, para ser levada a sério pelas gerações mais velhas. Quanto menos motivos ela tivesse para me julgar, melhor.

— Hum, você é uma coisinha pequena e magricela — comentou, como se isso fosse importante. Ela abriu mais a porta, e eu entrei no castelo gelado, forçando-me a não esfregar as mãos nos braços trêmulos. Continuou: — Mas, pensando bem, *debteras* maiores que você não nos ajudaram muito, não é?

Então ela *sabia* o que eu realmente era, embora tenha pronunciado o nome de modo tão estranho que eu mal reconheci a palavra — *deb-TE-ra*, com ênfase na segunda sílaba em vez da primeira.

Assim que a mulher fechou a porta, instintivamente olhei em volta, à procura de uma outra saída.

— Sou Peggy, cuidadora do Sr. Rochester. Ele vai insistir que me chame assim, apesar de ser inapropriado, pois sou mais velha. Não, não tire os sapatos, criança. Nunca se sabe no que pode acabar pisando por aqui.

Apoiei-me em um pé só para encaixar a sandália de novo, sentindo uma dor violenta e arrepiante percorrer minha mão quando utilizei a parede como suporte. A pedra parecia gelo. A presença de espíritos malignos costumava esfriar um cômodo, mas eu nunca tinha sentido algo assim.

Peggy me guiou pelo corredor escuro, ainda que iluminado por velas. As janelas translúcidas ofereciam apenas um pouco mais de auxílio visual com o sol que se punha. Esfreguei os braços e agarrei o amuleto em volta do meu pescoço. Ele costumava pulsar suavemente quando havia um excesso de Manifestações por perto — evidência física do Mau-Olhado —, mas nunca de maneira tão contínua quanto hoje. Eu quase conseguia sentir o movimento das Manifestações no teto alto e escurecido — era como um aglomerado de morcegos se afastando da pulsação.

— Só temos algumas horas para que se acostume com as coisas antes do toque de recolher — disse Peggy, conduzindo-me escada acima. Diminuí meus passos, para acompanhar os dela. — O Despertar começa às dez em ponto, e todos devem estar trancados em seus respectivos quartos. Sem exceções. Só Deus pode te ajudar se não estiver.

Acredito que a ideia de uma casa amaldiçoada fosse assustadora para alguém que não soubesse como purificá-la, mas eu nunca tinha encontrado uma Manifestação que pudesse resistir até a um de meus amuletos mais fracos.

— Trabalho melhor no meio da noite. É mais fácil medir a presença do Mau-Olhado quando consigo vê-lo em ação.

Peggy inclinou o queixo, encarando-me por cima dos óculos.

— Disse que já fez isso antes, certo?

— Muitas vezes. — Em cômodos. Não em uma casa inteira, muito menos em um castelo. Mas só Deus sabe quando, ou se, eu conseguiria outra oferta de trabalho, pelo menos não sem uma licença de *debtera*. Uma mentirinha era justificável.

— Depois você pode conversar com o Sr. Rochester sobre isso. Até lá, não comece a criar suas próprias regras como se fosse a dona da casa. — Ela abriu uma porta a poucos metros do topo da escada. — Este será o seu quarto. Você deveria ficar lá embaixo, com os empregados, mas o Sr. Rochester a queria no mesmo andar que ele. É pequeno, mas você não parece ter muita coisa mesmo.

Uma mulher trabalhando para um homem cuja casa estava amaldiçoada pelo Mau-Olhado não parecia ser o tipo de pessoa que deveria julgar uma pobre garota e sua falta de bens... mas não valia a pena discutir. Eu tinha um quarto para dormir. Tinha comida para comer, e Jember não estava aqui, me mandando roubar drogas para ele.

Respirei fundo, afastando as memórias.

Agradeça, Andi. Você está segura.

— Obrigada. — Entrei no quarto.

— O jantar será servido em uma hora — informou ela, examinando meu vestido simples e cheio de areia. — Espero que tenha algo melhor para vestir.

Escondi minha vergonha, fingindo ajeitar a bolsa e pensando naquele comerciante idiota e esbaforido.

Ela fez um ruído com a boca, como se estivesse zombando de mim, e me deixou sozinha, sem falar mais nada.

CAPÍTULO
2

O barril com água no canto do quarto devia ter sido preenchido recentemente, pois quebrei a fina camada de gelo com facilidade, usando o fundo de um balde. Eu o enchi e pendurei suas alças sobre o fogo, para aquecer a água. Encontrei um pano velho na cômoda perto da cama e esfreguei meu corpo com ele até que o líquido esfriasse. Fazia tanto tempo que não me limpava que até tinha esquecido que existia pele embaixo de toda aquela areia. Usei o resto da manteiga que consegui numa troca na última semana para hidratar meus cachos soltos e minha pele escura e corada. Quando terminei, fiz duas tranças bem presas, uma em cada lado da cabeça, embutidas na raiz e com as pontas caindo sobre meus ombros. Eu não tinha nada *melhor* para vestir, mas tinha, sim, um vestido sem areia e suor. Teria de servir.

Havia um largo espelho de corpo inteiro, e, como eu não me via há tempos, fiquei um pouco aflita ao ver meu reflexo. Não dava para melhorar meu rosto — meus lábios pareciam ser grandes demais para o queixo minúsculo, que era arredondado demais em relação ao meu nariz fino, que por sua vez jamais se acomodaria uniformemente entre as maçãs do rosto que não eram nem tão redondas nem tão salientes. A cicatriz feia e levemente elevada em minha face piorava tudo, pois ia do lábio superior até a bochecha. Não era como a escarificação, uma demonstração intencional da beleza, mas a consequência visível de um erro colossal.

Eu parecia uma boneca caseira e deformada, mas não uma sem-teto, pelo menos. A última coisa que eu queria era que o Sr. Rochester soubesse que tinha literalmente me tirado das ruas.

Se havia um relógio no quarto, não me preocupei em procurar por ele. Anos sendo cobrada por hora pelo meu trabalho, mesmo só seguindo o Jember na maior parte das vezes, fizeram com que eu desenvolvesse um relógio interno que funcionava tão bem quanto um comum. Assim, faltando 10 minutos para completar uma hora, desci as escadas, para procurar a sala de jantar.

As lareiras estavam acesas em todos os cômodos, mas mesmo assim faltava luz e calor. Eu nunca tinha visto tão pouca cor numa casa decorada de maneira tão... colorida. Mesmo com tapetes e almofadas, cestas e tapeçarias, todos os tecidos com as tradicionais cores verde, amarelo e vermelho, não havia vida, só o desbotamento causado pelo sol e pelo tempo. Todo aquele belo artesanato era combinado com paredes e móveis que pareciam vindos de outro mundo. O excesso de ouro, filigrana e ornamentos deixava pouco espaço para que cada desenho se destacasse sozinho, fora que tudo parecia um pouco... desorganizado. Uma das tapeçarias não estava alinhada, alguns tapetes não estavam centralizados, e percebi móveis posicionados em lugares incomuns. Quem quer que tenha decorado o local não se importava em nada com a organização e a estética dos cômodos.

O salão principal era um grande quadrado, e, quando terminei de perambular e cheguei ao fim das escadas, Peggy e mais três outras pessoas sussurravam na base dos degraus. Uma delas — um homem mais velho com um bigode — me viu chegando e cutucou Peggy, incentivando os outros a me olharem. Fiquei arrepiada por uma fração de segundo, apalpando a faca escondida sob meu vestido, mas rapidinho a lógica falou mais alto. Estavam com Peggy, então provavelmente trabalhavam aqui também, assim como eu.

Logo percebi que Peggy era a única que não fazia qualquer trabalho fora do castelo, pois seu rosto era branco como concreto enquanto o dos outros três era corado por causa do sol. Nunca na minha vida tinha visto tanta gente branca num lugar só. Nosso país não havia sido colonizado como os outros, então minha experiência se limitava a um ou outro missionário ou ativista, e todos eram simpáticos.

Pensando bem, até que fazia sentido. Nenhum nativo se atreveria a pisar numa casa tão impregnada da presença do Mau-Olhado. Contratar estrangeiros que não estivessem familiarizados com a maldição garantiria a permanência deles desde que fossem bem pagos.

— Esta é Andromeda — disse Peggy. — A *debtera*.

— Finalmente escolheu a pessoa certa. — O homem de meia-idade de cabelos pretos e fios grisalhos nas têmporas bateu nas costas de Peggy, talvez com muita força, pois ela fechou a cara e reclamou.

— Você sempre diz isso, Tom. — Uma mulher de cabelo laranja-brilhante e bizarros olhos azuis franziu as sobrancelhas. — Ela não deve ter mais de 16 anos.

— Sim, mas já presenciou guerras — comentou ele, apontando para a minha cicatriz. Lutei contra o desejo de cobrir o local com a mão.

Pensei que Peggy gostasse de se vestir de acordo com o humor, mas os outros três também usavam roupas de tom cinza-escuro que combinavam com as paredes deprimentes. Para ser justa, talvez fosse menos sobre moda e mais sobre usar um barril só para tingir toda aquela lã cinza de uma vez. Mesmo assim, era estranho ver o quanto eles combinavam com a casa. Como fantasmas vestindo sombras.

— Este é Tom — disse Peggy. — Ele cuida da manutenção da casa. Esta é Emma. Nós duas cozinhamos e costuramos, e este aqui é Edward — o velho acenou com a cabeça e sorriu, seus olhos bondosos reluzindo —, que cuida dos cavalos. Todos limpamos aqui. — Ela lançou um olhar crítico sobre mim. — Inclusive você.

Estavam me pagando para limpar o Mau-Olhado da casa, não a sujeira, mas eu discutiria isso com o Sr. Rochester.

— Quatro pessoas cuidando de uma casa tão grande?

— Somos os únicos que sobraram — respondeu Emma.

Um silêncio sombrio assolou o grupo. É claro, a resposta era óbvia: o resto dos funcionários tinha ido embora. Emma se apoiou em Tom e teve sua cabeça gentilmente acolhida por ele. O pigarreio de Edward soou severo em meio ao silêncio.

— Por que ninguém aqui usa amuleto? — perguntei.

— Bobagem supersticiosa — respondeu Peggy, afastando minhas palavras como se elas fedessem. — Nosso Deus nos protege.

Olhei para os outros, mas eles pareciam estar deliberadamente evitando contato visual comigo. Respirei fundo e tentei não soar irritada.

— Adoramos o mesmo Deus. Ele criou os médicos para receitar medicamentos, assim como criou os *debteras* para confeccionar amuletos.

— Isso é só conversa fiada dos locais — disse ela de maneira áspera, e eu mordi a língua para não rebater. Por fim, apontou para uma entrada mais iluminada do que as outras. — A janta espera na sala de jantar.

— Boa sorte — falou Tom, oferecendo um sorriso encorajador.

— Não existe isso de boa sorte — respondeu-lhe Emma conforme os quatro seguiam por um corredor —, esse é o ponto.

Entrei na sala de jantar que mais parecia uma sessão espírita — havia velas em todas as superfícies, menos no chão. A mesa de madeira era comprida e com cadeiras ornamentadas de modo extravagante. O cômodo era propício para um banquete, mas, ainda assim, apenas um homem — vestindo uma camiseta escura com gola indiana abotoada até em cima e um sobretudo — estava sentado numa das pontas da mesa. Ele deve ter me ouvido chegar, pois se virou na cadeira e sorriu, os dentes brancos mais iluminados do que qualquer vela.

Até no escuro pude perceber que ele era bonito. Seus cachos fechados eram cortados bem rentes ao longo da testa, e ainda mais nas laterais e na parte de trás. As maçãs de seu rosto eram como pedras lisas, o nariz era largo e simétrico, e as linhas de expressão ao redor de seus lábios pareciam venerar o sorriso que adornavam. E se sua deslumbrante pele negra fosse tão angelical sob a luz do sol quanto era sob a simples iluminação de uma vela, eu quase temia que não fosse sobreviver aos próximos meses.

Ele era lindo, e de repente percebi que talvez pudesse se importar que eu não era.

— Andromeda? — O homem afastou alguns pergaminhos e levantou. — Bem-vinda. Venha, sente-se.

— Os outros se juntarão a nós? — perguntei.

— Em breve, espero. Mas está tudo bem. Podemos começar sem eles. — Ele apontou para a comida fumegante sobre a mesa. — Imagino que esteja com fome por conta da viagem.

Cheguei perto da mesa, parando a alguns metros de distância. Ele usava um amuleto de prata parecido com o meu ao redor do pescoço

— fino e liso com todas as gravuras e fios coloridos enrolados que alguém esperaria de um amuleto universal. Ele era mais sábio do que a Peggy, pelo menos.

Ficamos assim por longos segundos, e seu sorriso caloroso se tornou lentamente mais profissional e educado, então, de repente, lembrei-me de que um homem respeitável não deveria tocar numa mulher que não conhecia. Estendi a mão, e ele a apertou de modo gentil, porém logo me esquivei, na defensiva. Meus músculos estavam tensos, mas prontos para agir enquanto ele... puxava a cadeira para mim. Engoli em seco, sentindo meu rosto esquentar de vergonha. *Você não está mais nas ruas. Ninguém quer te atacar nem roubar suas coisas.* Sentei-me rapidamente e deixei que o homem empurrasse a cadeira de volta, inclinando a cabeça para frente, no intuito de que ele não percebesse meu rosto corado. Consegui até ficar parada enquanto ele colocava um cobertor de lã sobre meus ombros.

— Teremos que nos servir esta noite. — O homem, que só podia ser o Sr. Rochester, voltou para o seu lugar e colocou uma pequena bacia na minha frente. Deixei as mãos pairando sobre ela silenciosamente enquanto ele derramou água sobre a minha pele. — Apesar do tamanho, temos poucos empregados. Não tem muita gente disposta a trabalhar numa casa amaldiçoada.

Empregados. Nem mãe eu tive. No entanto, fiz que sim com a cabeça de um jeito educado, pegando a toalha pequena que ele me ofereceu.

— Me adapto com facilidade.

— Ótimo. Nunca se sabe o que vai acontecer nesta... Ah! — Ele pareceu um pouco surpreso, mas logo depois aquele sorriso deslumbrante apareceu de novo enquanto eu colocava a bacia na sua frente. Os convidados não costumavam lavar as mãos do anfitrião, mas não tínhamos muitas opções. — Obrigado.

Lavei suas mãos, ele as secou e então agradeceu pela comida por meio de uma oração.

— Espero que não se incomode com uma pergunta — disse o Sr. Rochester —, mas por que Jember não escreveu uma carta de referência para você?

A pergunta era pertinente, mas eu jamais responderia a ela com sinceridade. Jember podia ter me criado e me treinado para ser uma *debtera*, mas também foi ele quem me comprou dos meus pais biológicos. Pessoas que compravam crianças nunca conseguiriam ter o apreço necessário por elas a ponto de escrever cartas que enaltecessem suas conquistas. Além disso, mesmo que por um milagre ele tivesse tal apreço por mim, não se daria ao trabalho.

— Ele estava ocupado demais e perdeu o prazo — respondi, tentando não enfiar muita comida de uma vez na boca. Eu não comia há dois dias, mas ninguém precisava saber disso.

— É mesmo? — O Sr. Rochester me observou por um momento, e só então percebi que, desde a última vez que eu havia falado, já era a quarta vez que eu metia na boca os dedos cheios de comida. *Desacelere.* — Não é que eu duvide de suas habilidades, pois seu currículo é impressionante, mas acho que não conheço ninguém que esteja familiarizado com o seu trabalho.

E nem teria como. Só de entrar na casa, já ficou óbvio que frequentávamos círculos sociais bem diferentes. Pessoas como ele contratavam pessoas como Jember, que era o melhor *debtera* de sua geração, além de licenciado e apoiado por uma igreja altamente respeitada. Pessoas como ele passavam por pessoas como eu — sem licença e sem o reconhecimento da igreja porque foram enxotadas por um mentor amargurado antes que pudessem se virar sozinhas — sem olhar duas vezes.

— Jember e eu viajamos por muitas vilas diferentes para ver clientes. Talvez não esteja familiarizado com aqueles que vivem mais longe.

Notei que ele ficou sem graça.

— Sim, com certeza. Eu não quis insinuar nada. — Ele retirou uma pasta de dentro de sua maleta e a colocou na minha frente, tirando alguns papéis que depositou no topo. — Este é o contrato. Leve o tempo que for preciso antes de assinar, claro. A maior parte está dentro do padrão. Quarto e alimentação gratuitos, refeições diárias e demais comodidades. Sei que seu trabalho normalmente é pago por hora, mas acredito que cheguei a um preço semanal fixo muito mais benéfico para nós dois. Já aqui está uma lista de regras, o que não é tão padrão, que você terá de cumprir.

Ele mostrou uma lista numerada, apontando para a primeira linha em seguida.

— As duas primeiras regras são as mais importantes para você: não saia do quarto após as dez da noite, e socializar depois do jantar é obrigatório. O resto é meio trivial, mas o Magnus fica bem irritado quando não seguimos tudo à risca.

Peggy já tinha me avisado sobre o toque de recolher, mas socialização obrigatória?

— Quem é esse Magnus?

— Magnus Rochester é o dono deste castelo.

— Me desculpe, senhor. Você não é...? — Pigarreei. — Eu pensei que você fosse o dono do castelo.

— Ah. — Ele riu suavemente. — Não sou. Perdão, achei que já tinha me apresentado. Pode me chamar de Esjay. Sou o advogado da família Rochester.

— Então onde está o Sr. Rochester?

— Tenho certeza de que descerá em breve. Entretanto, ele prefere apenas "Magnus". Não precisa chamar ninguém de senhor nem de senhora, como está escrito na regra 23 do contrato.

Um estrondo como o de uma porta batendo ecoou escada abaixo, e ouvi gritos distantes.

Esjay entrelaçou os dedos de ambas as mãos educadamente, respirando fundo pelo nariz, e então sorriu para mim.

— Magnus não se juntará a nós hoje à noite, pelo visto. Mas ajudarei você com o contrato e responderei quaisquer dúvidas que... — Mais um estrondo, só que dessa vez como o de um tiro. Esjay levantou com rapidez, a cadeira produzindo um ruído agudo ao ser arrastada na madeira. — Pode me dar licença por um momento? — E saiu da sala apressado.

Ouvi seus sapatos se chocando contra os degraus enquanto ele subia as escadas, lambi os dedos até limpá-los e fui atrás dele.

Os gritos me fizeram parar no topo das escadas para escutar. Peggy e Esjay estavam no fim do corredor, falando através de uma porta meio aberta enquanto alguém gritava com eles do outro lado. A discussão finalizou com a porta batendo na cara dos dois.

Esjay cutucou o ombro de Peggy e se virou na minha direção. Pareceu quase assustado ao me ver parada ali, mas depois sorriu e veio até mim.

— Receio que esta não seja uma boa noite para falar de negócios. Por que não lê o contrato hoje, e eu passo aqui amanhã, para conversarmos?

— Ele é sempre tão irracional? — perguntei.

— Ele... — O sorriso de Esjay sumiu. — Ele não está bem hoje. Normalmente está em um humor melhor, mas às vezes a maldição e o mal dentro da casa...

— Pesam — concluí. Isso acontecia em todas as casas que eu purificava. O anfitrião sempre sofria mais.

Ele concordou com a cabeça e pigarreou.

— Amanhã será um dia melhor. Sempre é.

— Esjay? — chamei. Ele já estava descendo as escadas, mas se virou ligeiramente ao ouvir minha voz. — E aquele tiro?

Passou a encarar o corrimão das escadas como se quisesse esconder o semblante abatido.

— Ninguém se machucou.

— E, acredite em mim, criança — disse Peggy, esbarrando em mim, mesmo que o corredor fosse largo o suficiente para que ela não tivesse que fazer isso —, armas são a menor de suas preocupações por aqui.

— Peggy... — sussurrou Esjay, como uma súplica, e me olhou. — Com um currículo como o seu, duvido que terá problemas. Estarei de volta amanhã à noite, antes do jantar.

— Não incomode o Sr. Rochester hoje — disse ela grosseiramente enquanto descia as escadas. Cerrei os punhos ao ouvir seu tom rude. Eu estava no castelo há menos de duas horas e já odiava essa mulher.

Esperei até que os dois sumissem de vista antes de me aproximar e bater na porta.

Ouvi um resmungo e passos pesados acompanhados de algum tipo de som metálico, e então a porta se abriu com um rangido. Estremeci por conta do frio que vinha de dentro do cômodo e senti o amuleto pulsando intensamente contra meu peito.

— Já falei que não *tô* com fome, Peggy. — Alguém reclamou atrás da porta. O Sr. Rochester estava claramente se escondendo, pois tudo o que eu conseguia ver era um pedaço da parede escura de seu quarto.

— Peggy está lá embaixo — eu disse. — Sou Andromeda.

— Quem?

Hesitei.

— Você me contratou. Para exorcizar sua casa contra o Mau-Olhado.

— Contra o quê?

Ele não sabia o que estava na casa dele?

— A atividade espiritual na sua casa.

— Espera, *quem* é você?

— Andromeda, a *debtera* que você contratou. Eu queria conversar com o senhor sobre o toque de recolher...

— Tranque suas portas às dez se não quiser ser comida viva. Agora dá o fora. — Ele bateu a porta na minha cara, e logo pude ouvir seus passos se distanciando.

Respirei fundo.

Andi, lembre-se de onde você estava de manhã.

Você acordou num estábulo cheio de cabras. Escorraçou um babaca usando uma pedra.

Um patrono um pouco irracional não é nada.

Inspirei e expirei pela terceira vez e então desci as escadas, para terminar de jantar.

CAPÍTULO

3

Eu não me importava com as palavras de Peggy ou do Sr. Rochester. As Manifestações eram mais ativas à noite, e eu não desperdiçaria a oportunidade de medi-las. Quis saber melhor com o que estava lidando assim que recebi a prata necessária para construir os amuletos protetores que as purificaria.

Entrei no corredor silencioso faltando um minuto para as dez — bem, só não era completamente silencioso por conta das vagas notas de música que subiam pelas escadas, as cordas abafadas por surdinas, criando uma melodia tensa e melancólica que combinava com minha ansiedade. Nunca fiquei nervosa assim quando estava com Jember, mas eu apenas observava e raramente fazia o trabalho. Além disso, a expectativa era sempre pior do que o próprio Despertar.

O único modo de realmente saber com o que eu estava lidando era ficar sem a proteção do amuleto. Assim, eu o agarrei e sussurrei uma ligeira oração de proteção antes de pendurá-lo na maçaneta interna da porta do meu quarto, saindo e fechando-a em seguida.

Ouvi um estranho e profundo soar de um sino. O imenso relógio na frente das escadas não tinha tocado durante toda a tarde, mas agora, cheio de pavor e cautela, ele me chamava. *Três... Quatro...* Cada soar novo interrompia o último. *Sete... Oito...*

A música sinistra e o toque dos sinos foram substituídos pelo uivo do vento, que se chocou contra mim como uma tempestade de areia vinda de várias direções. Meus membros ficaram dormentes em segundos, mas não o suficiente para atenuar a sensação de que agulhas geladas me perfuravam em alta velocidade. Firmei os pés no chão e protegi o rosto com os braços, sentindo meu vestido chicotear as minhas pernas. Em meio ao vento, pude ouvir estrondos, arranhões, gemidos e o rangido de tábuas de madeira.

O Despertar havia começado.

Era mais intenso, o que fazia sentido, considerando a gravidade da maldição. Mesmo assim, eu estava *congelando*. Precisava trabalhar rápido e assimilar o máximo de Manifestações possíveis, para saber quais amuletos seriam necessários. Minha mente já via e sentia na prata os traços da minha caneta de solda. Como uma caixa de pó branco derrubada sobre um quadro-negro, os padrões da força vital de cada Manifestação grudavam num tipo de cola invisível para formar um desenho claro. *Linha, linha, curva, ponto, linha.* Bom, *normalmente* era claro — agora tinham centenas, sobrepostos, misturados. Uma quantidade grande demais para que fosse possível distinguir.

Porém eu podia me concentrar em um. Pegar o mais simples e começar amanhã. Já que estavam todos conectados, purificar a primeira Manifestação tornaria mais fácil cuidar das restantes.

O vento tinha apagado todas as velas, então o luar fraco que vinha das janelas do final do corredor e do andar de baixo era minha única fonte de luz. Ainda assim, consegui ver vagas sombras do que parecia ser um bando de ratos no pé da escada e no piso do primeiro andar. Eram ondas e mais ondas de criaturinhas escuras correndo e se amontoando, tanto que não se via mais a madeira por baixo. Provavelmente não eram mesmo ratos, mas, até que eu tivesse certeza, não iria até lá. Além do mais, era a madeira das escadas que estava rangendo, pois eu conseguia vê-la se mexendo e rachando. Quebrando.

Curvei-me e toquei uma fissura profunda no primeiro degrau. Meus dedos pararam na parte de fora dele como se o espaço no meio fosse uma barricada. O degrau era sólido, e as fissuras sobre ele eram como uma miragem.

Esta Manifestação nem era tangível. Em outras palavras, era fraca. Eu começaria com ela.

Graças a Deus eu a encontrei rápido, pois minha pele tinha ido de queimada e ressecada para dormente, e isso me assustou um pouco. Nenhuma Manifestação havia me ferido assim antes — só que eu nunca estive sem meu amuleto. Precisava dele em volta do meu pescoço para ontem.

Voltei correndo para a porta, lutando para me manter em pé. Tropecei — ou *alguma coisa* me fez tropeçar — e bati no chão com força, como se o próprio vento tivesse me derrubado de propósito. Arquejei sem fôlego, mas pelo menos consegui me segurar pouco antes de dar com a cara no chão.

Ainda assim, o que quer que tivesse me derrubado ainda estava ali. Tentei chutá-la, gritando enquanto ela puxava meu pé. Cambaleei para ficar em pé, olhando pela escuridão. A Coisa me agarrou com mais firmeza desta vez, então rapidamente pisei no chão com força, para fazê-la me largar, e corri para o meu quarto. Mas, assim que abri a porta, ela me pegou de novo, enrolando-se no meu tornozelo, para que eu ficasse parada. A sensação era familiar e aterrorizante, e, quando olhei para baixo, o luar que entrava no meu quarto pela janela revelou uma mão vinda do piso, os longos dedos se enroscando em mim.

— Sai! — gritei, chutando com força, para me livrar do aperto, mas outra mão substituiu a primeira, e mais uma apareceu, agora segurando meu pulso. Elas surgiam das paredes e do chão como aranhas. Assim que me livrei delas, senti dedos nos meus cabelos, agarrando os fios desde a raiz e me puxando para trás. Minhas costas bateram com força na parede, e mais mãos me arranharam, tentando me manter ali. Eu estava tão perto da porta, da liberdade, mas não conseguia alcançá-la.

Mas mesmo assim lutei, pois era o que eu sabia fazer. Chutei e bati na Manifestação até quebrar dedos o suficiente para conseguir sair de seu aperto. Corri para o quarto, bati a porta e coloquei o amuleto rapidamente, segurando-o contra meu peito. Tranquei a porta e coloquei a cadeira grande do aposento na frente dela. Todos os meus membros fraquejaram ao mesmo tempo, e eu me abaixei até ficar na altura do piso, me enrolando na frente da lareira.

Eu estava congelando até a alma, e não era só por causa do vento.

Meu Deus... Onde foi que eu me meti?

CAPÍTULO

4

Meu primeiro Despertar foi assustador. Aconteceu antes de Jember trabalhar para a igreja que nos tirou desta cidade extremamente perigosa, e, como um cubículo feito de madeira e lama com um telhado de latão não era lugar para se deixar uma criança de 5 anos sozinha durante a noite, Jember resolveu me levar com ele, para visitar um cliente. Fiquei até o final do Despertar, espiando por entre meus dedos trêmulos enquanto Jember trabalhava, e, por semanas, tive pesadelos com uma Manifestação feita de longas unhas que rastejava pela parede como um escorpião.

Depois de um tempo, eu me acostumei com os monstros e percebi que o mundo era mais assustador do que qualquer Manifestação do Mau-Olhado. Uma criação impiedosa havia me deixado literalmente marcada, mas nenhuma maldição conseguia me fazer mal.

No entanto, soube que estava errada quando passei a primeira noite nesta casa. Meu Deus... Como pude estar tão errada assim?

Não me lembro de ter ido para a cama, mas acordei toda embrulhada no meu cobertor, tremendo. Se era por causa do frio ou do medo persistente, eu não sabia.

O vento. O frio pungente. Aquelas mãos violentas. Tudo que havia parecido tão real naquela hora foi reduzido à memória de um pesadelo.

Eu estava quase nervosa demais para sair do quarto, mas estava lá para trabalhar, não para ficar largada na cama o dia inteiro. Depois de me vestir sob as cobertas, me forcei a levantar. Um calafrio percorreu minha perna assim que pisei no chão. Se eu quisesse sobreviver às próximas semanas, teria que pedir roupas mais quentes, mas, julgando pela minha interação com o Sr. Rochester ontem, duvidava muito de que conseguiria.

Pediria para Esjay. Ele parecia ser o único sensato nesta casa.

Parei perto da porta e observei as chamas da lareira. Alguém esteve no meu quarto. O calor era bem-vindo, mas a ideia de que alguém poderia destrancar a porta e entrar no meu quarto enquanto eu estava dormindo me assustava um pouco.

E eu tinha feito uma barreira também — ou não? A cadeira estava perto da lareira, seu lugar de origem, como se eu não tivesse tocado nela.

Corri para o corredor, olhando rapidamente para a porta fechada do Sr. Rochester antes de descer as escadas. Os degraus estavam inteiros e sem sinal de ratos — ou mãos, graças a Deus. Aparentemente toda a atividade espiritual da casa havia sossegado.

De qualquer forma, eu não tinha assinado o contrato. Ainda dava tempo de fugir.

Fugir para onde?

Eu precisava do dinheiro, eu não tinha para onde ir além das ruas. Apesar disso, a ideia de passar outro Despertar nesta casa me paralisava mesmo que os benefícios de morar aqui fossem bons. Meu primeiro Despertar de novo, só que multiplicado por dez.

De agora em diante, eu ia purificar a casa só durante o dia.

Não sei o porquê, mas estava esperando ser cumprimentada por um cadáver ao entrar na sala de jantar. A lembrança do último que vi surgiu na minha cabeça. Jember havia me feito cavar um buraco — um "esporte de construção de caráter", segundo ele —, e, mais tarde, quando o segui, eu o vi despejando algo bem parecido com uma pessoa enrolada em um pano. Minha curiosidade desapareceu tão rápido que nem cheguei a perguntar, fora que Jember não era do tipo que falava sobre as pessoas que havia matado.

Porém não tinha nada morto ali, a não ser o olhar assassino de Peggy enquanto saía da cozinha.

Ela colocou uma tigela com algo fumegante em cima da mesa.

— Venha comer, criança — disse, como se eu já estivesse atrasada. Sentei-me sem dizer uma palavra. Parecia uma papa escura. Mingau, talvez, só que grosseiro. Quem havia feito aquele banquete ontem com certeza não foi quem cozinhou hoje, mas ter comida já era uma bênção, e quente era ainda melhor.

— Peggy. — Emma se apoiou no batente da porta. Suas bochechas estavam vermelhas, e sua respiração estava um pouco ofegante, como se ela estivesse correndo por aí. — Você viu o Edward?

— Já olhou nos estábulos? — perguntou Peggy, rude.

— Ele não está lá. — Os olhos de Emma estavam arregalados. — Você acha que ele...?

— Ele está lá! — retorquiu Peggy, assustando-me um pouco com seu tom. — É claro que ele está lá. Ou então está em outro lugar, não sei. Vá procurar algo para fazer.

Emma hesitou. Percebi que seus olhos refletiam um pouco o fogo da lareira. E, então, ela desapareceu do batente da porta, os passos apressados se dispersando pelo corredor.

Uma coisa era certa: eu teria que fazer o possível para evitar Peggy. Esfaquear a governanta do meu patrono com certeza era motivo para rescisão imediata — mesmo que ela fosse detestável.

Comi a papa com um copo de água e, depois, segui Peggy pelo corredor. Mantive alguns metros de distância, porque as mãos dela estavam enfiadas nos bolsos do avental, e eu odiava não poder vê-las. Reconhecia que era um pensamento bobo — Peggy não ia me atacar. Ela era grossa, mas obviamente não era uma assassina. E, mesmo que fosse, meus reflexos eram rápidos.

Você está em uma casa importante, Andi. Pare de pensar como nas ruas.

Peggy fez um desvio, e eu, ao apertar o passo para alcançá-la, quase esbarrei em outra mulher. Ela parecia um pouco mais velha que eu. Sua cabeça estava raspada, e o contraste entre a pele escura e lisa e o simples vestido amarelo — nada equipado para o frio — era deslumbrante. Ela era alta, atlética e linda. Perguntei-me se era esposa do Sr. Rochester.

Mas, se fosse mesmo a dona da casa, Peggy teria falado com a mulher quando se cruzaram no corredor — até porque ela parecia estar segurando o choro.

Abri a boca para consolá-la, mas me lembrei da última vez que tentei consolar alguém e decidi continuar seguindo Peggy. Foi há 7 anos, quando 7 colegas meus acharam ruim eu ter sido gentil com uma garota que, segundo eles, não valia a pena. Paguei por isso com uma surra e uma facada no rosto.

— *O que é mais importante?* — *perguntou Jember.* — *Sua vida ou a daquela estranha que nunca mais vai pensar em você?*

— *Deus ama nós duas* — *respondi, enxergando-o com dificuldade por causa dos olhos inchados.*

— *Sua empatia acabou com seu instinto de sobrevivência.* — *Ele me deu uma garrafa de água, para que eu pudesse limpar meus machucados.* — *Na próxima vez, vou deixar que te matem.*

Não teve uma próxima vez. Nunca mais tentei proteger outra pessoa além de mim mesma.

E isso não ia mudar agora.

— Acorda, criança! — esbravejou Peggy.

Pisquei várias vezes para afastar a memória e percebi que estávamos na frente de uma porta aberta.

— Ele deseja vê-la — disse ela —, então não o deixe esperando.

Entrei. A luz do sol que vinha pelas janelas grandes iluminava o quarto, e as fileiras de estantes altas formavam sombras sólidas no chão. O Sr. Rochester estava sentado numa poltrona, com o corpo inclinado para frente, enquanto apoiava um bloco de papel sobre os joelhos. Ele usava um lápis cinza para desenhar e tinha um lápis vermelho preso nos cachos sedosos e bagunçados, os quais se alongavam até o queixo. Sua pele tinha cor de areia molhada, mas a tez tinha um aspecto pálido, quase doente. Não tinha aquele brilho dourado de alguém que tomava sol com frequência. As maçãs do rosto, no entanto, eram afiadas como lâminas. Ele encarou a parede por um tempo, como se estivesse pensando profundamente, e então voltou a olhar para o papel. Um tipo de sino ou metal em seu pulso tilintou com o movimento de suas mãos.

Olhei para a parede que ele parecia estar pintando. Era uma lareira à frente de um papel de parede com estampa *paisley* vermelha e preta. Sobre ela havia um retrato grande — cheio de dardos e arranhões — de um homem branco com uma barba densa e loira segurando um bebê enrolado num tecido. O homem parecia triste — e um pouco irritado —, como se soubesse que seu retrato estava arruinado pelos dardos. Fiquei com pena do bebê.

Bati na porta já aberta.

— Senhor?

— Quem é? — perguntou ele, sem levantar a cabeça.

— É Andro...

— Sim, certo. — Ele colocou um cacho rebelde atrás da orelha. — Pode entrar.

Seu tom de voz era calmo e informal, nem parecia a pessoa que eu havia conhecido ontem. Aproximei-me, e ele continuou, ainda sem olhar para mim:

— Preciso desenhá-la antes que ela note. Fique à vontade para comer tortinhas de cereja ou tomar café.

Tortinhas de cereja no café da manhã? Achei estranho, mas ainda estava com fome depois daquela papa. Sentei na cadeira de tecido fofa que ficava do outro lado da mesa redonda, peguei uma tortinha e voltei a olhar para a parede. Tudo o que eu vi foi o homem mal-humorado e o bebê, mas ele falou "ela". Quem ele estava desenhando?

Dei uma espiada no desenho e engoli em seco. Em cima da lareira tinha uma mulher vestindo uma *kaba* — o conjunto de capa e coroa usado pela realeza — vermelha. Sangue jorrava de seus lábios, manchando o vestido branco — o lápis vermelho só foi usado ali e no *kaba*. O resto do desenho estava sombreado em tons sinistros de cinza.

Voltei meus olhos à parede que não tinha mulher nenhuma e depois ao desenho. Um arrepio percorreu minha espinha.

— Você está vendo... ela... agora?

— Só na minha cabeça.

— Ela aparece com frequência?

— Todos os dias. Eu a chamo de Bibliotecária porque ela adora ficar reorganizando meus livros. — Ele sorriu. — Mulherzinha rancorosa e organizada. — Ao finalizar o desenho, ergueu o bloco de papel e, com os pulsos tilintando alto devido ao movimento, mostrou-me o resultado. — O que acha?

— Por que ela *tá* sangrando?

— Eu costumava perguntar, mas, na manhã seguinte, quando ia tomar café, me deparava com livros abertos em páginas com trechos ameaçadores *pra* eu ler — disse ele, apontando para a mesa ao nosso lado. — Não pergunto mais.

— Vi que você não desenhou o retrato.

— Sim, bem. Eu não desenho monstros.

Fiquei quieta. Com certeza era o pai dele ali... certo?

— Então por que não tira dali?

— Serve *pra* tiro ao alvo. — Ele assinou e datou o desenho, colocando-o ao lado da cadeira e trocando o lápis por uma tortinha. Finalmente, seus olhos encontraram os meus, e uma expressão gentil e quase relaxada se formou. Era como se toda aquela grosseria e raiva que eu havia visto nele dependesse desta interação específica para desaparecer.

Então, ele abaixou os olhos e os arregalou.

— Deus... Você tem uma cicatriz enorme no rosto.

Minhas bochechas queimaram de vergonha. Talvez eu não tenha entendido a expressão dele direito, pois o contato visual não havia feito nenhuma diferença em seu comportamento. *Tão mal-educado quanto ontem à noite.*

— Se a primeira impressão é a que fica, você precisa melhorar a sua — continuou e logo depois mordeu a tortinha. — Você não deveria ter chegado ontem?

— Mas eu cheguei ontem. — Como ele não falou mais nada, acrescentei: — Conversamos antes da hora de dormir.

— Hum, não me lembro disso.

— Você estava... — *Fazendo birra. Como uma criança.* — Cansado, senhor.

— Me chame de Magnus. Eu não gosto de títulos, são muito formais. Faz com que eu sinta que somos estranhos, e eu não gosto de estranhos na minha casa.

— Estou aqui a seu serviço, senhor, então não acho que...

— Gosto do tom castanho dos seus olhos — disse ele, com admiração em seu tom. — Pode virar a cabeça *pra* luz?

— Virar minha cabeça?

— Só quero ver os reflexos.

Hesitei por um momento e então virei metade do rosto na direção do fogo, na esperança de que ele visse logo meus olhos e mudasse de assunto.

— Subtons marrons-avermelhados — murmurou. — Sim, como uma xícara cheia de chá...

— Queria me ver por algum motivo? — perguntei, encarando-o com firmeza enquanto me ajeitava na cadeira.

— Vejo que *tá* irritada só pelo seu olhar. — Ele parecia estar... se divertindo com isso.

Um *qual é o seu problema?* estava na ponta da minha língua, mas eu precisava deste trabalho e não iria conseguir mantê-lo se insultasse meu empregador.

— Está com frio? — perguntou de repente. — Tome.

Ele tirou o suéter — que era cor de ferrugem, uma cor viva se comparada às roupas que o resto da criadagem usava —, e eu gelei ao senti-lo sendo colocado pela minha cabeça. A peça engolia meu tronco, e eu fiquei sem palavras por um tempo antes de passar os braços pelos buracos dela com certo receio. O tecido ainda estava quente e cheirava à colônia e à noz-moscada. Foi uma experiência estranhamente íntima.

Magnus não pareceu notar meu incômodo e seguiu falando:

— Peggy deveria ter lhe dado roupas adequadas. — Ele coçou a cabeça, achando o lápis vermelho escondido em seus cachos. Em seguida, colocou-o ao lado do outro lápis com um sorriso afável, como se tivesse encontrado um amigo. — Bom, cuidarei disso.

— Obrigada, senhor.

— Acostume-se a me chamar de Magnus ou vou te substituir por alguém que o faça. Saba! — chamou ele, e eu estremeci com o súbito aumento de sua voz. — Saba, venha aqui!

Pouco tempo depois, a mulher da cabeça raspada apareceu na porta. Agora que eu a via de novo, achei-a um pouco parecida com Magnus. Talvez a semelhança estivesse nas maçãs do rosto ou no formato dos olhos dela. Seria irmã dele? Se sim, por que era tão maltratada?

— Saba, veja se consegue uma roupa mais quente *pra* nossa convidada.

A mulher saiu se arrastando, e Magnus voltou sua atenção para mim.

— Vamos ao que interessa. Deixe-me lhe contar um pouco sobre minha situação. Minha mãe se casou com meu pai e o amaldiçoou com o Mau-Olhado. Ele, por sua vez, teve a audácia de ser morto há 3 anos e passar a maldição *pra* mim. Por causa disso, tive de sair da minha mansão confortável na Inglaterra *pra* viver em uma geladeira enorme com um bando de adultos tediosos, para não colocar a vida do resto das pessoas em risco. Logo farei 21 anos, e Esjay acha importante que o castelo seja purificado antes disso, já que eu terei que assumir os negócios do meu pai assim que fizer aniversário. Resumindo, adultos são inúteis, e você tem 7 meses *pra* fazer 3 anos de trabalho. Alguma pergunta até agora?

— Todo Despertar na sua casa é assim tão... violento?

— Infelizmente sim. Por isso temos um toque de recolher, e todo mundo que vaga pelos corredores após as dez sabe os riscos.

— E como continua tão ruim depois de 3 anos?

Ele respirou fundo, parecendo estar farto do assunto.

— Toda vez que perdemos um *debtera* sinto que regredimos mais e mais. Os alojamentos dos empregados, alguns quartos, a sala de jantar e a cozinha estão purificados, mas nada se compara à quantidade de cômodos que não estão.

Enquanto ele não estava olhando, embrulhei uma tortinha num guardanapo e a enfiei no meu bolso, para comer depois.

— Como assim vocês "perdem" *debteras*?

— Esjay deve ter te falado que você não é a primeira.

— Quantos exatamente estiveram aqui?

— Ah, você sabe... — Ele hesitou. Suas bochechas começaram a corar. — Onze.

Quase derrubei uma tortinha no meu colo.

— Onze *debteras* em 3 anos?

— Incluindo você. Mas é um bom número par, não acha? Agora vai.

— Ímpar.

— Como assim? — Ele abaixou a xícara, que fez *tlim*. — Continuando... Eu sei por que você me mandou seu currículo. Sabe o motivo de eu ter escolhido o seu entre tantos outros?

— Ele estava mais perto da sua mão? — falei secamente.

— Você não tem licença. Isso quer dizer que está procurando por um patrocinador, não é?

Magnus tinha todas as características de um patrocinador decente. Rico. Bem relacionado. Alguém garantiria a qualidade do meu serviço em troca de ter purificado a casa dele com sucesso. Com o apoio dele, eu não precisaria de uma licença para conseguir mais trabalho. No entanto, ele parecia ter nascido só para me irritar, e eu nem estaria sentada aqui se tivesse outra opção.

Ele arqueou as sobrancelhas grossas, como se estivesse esperando uma resposta, e eu tive que assentir.

— Você me escolheu só porque eu não tenho licença?

— Esjay costumava fazer as contratações, o que não deu muito certo, como pode ver. — Ele revirou os olhos. — Então, eu olhei o topo de cada currículo até achar o de alguém que não tivesse licença. Os outros não têm nada de importante a perder ou a ganhar, enquanto nós dois temos *tudo*. Você precisa deste trabalho tanto quanto eu preciso da sua habilidade, então esta é a parceria perfeita.

— Eu... acho que sim.

Ele parecia estar muito satisfeito consigo mesmo.

— Sua vez. Fale-me sobre você.

— Sobre mim?

— Esjay me falou que você estudou com Jember, o que me parece bem impressionante. Por quantos anos treinou?

— A prática faz parte da minha vida desde sempre, mas só pude começar oficialmente aos 16 anos.

— Dezesseis parece uma idade meio avançada *pra* aprender uma habilidade tão complexa.

Aprendemos os hinos antes disso, mas nunca trabalhamos com os amuletos. Estranho alguém que já havia empregado dez *debteras* antes de mim não saber disso.

— É preciso ter paciência e maturidade *pra* construir amuletos, e prata é cara demais para ser desperdiçada nas mãos desengonçadas de uma criança.

— Prata não é tão cara assim — disse ele, balançando a mão como se não fosse nada —, e não se preocupe, eu tenho o suficiente aqui, então você pode mexer e remexer o quanto quiser. Contanto que se livre do Mau-Olhado no final, eu não ligo o quanto tente.

Eu quis derrubar café no tapete caro dele.

— Sim, senhor.

— Magnus. — Ele ficou quieto, inclinando-se, para apoiar o cotovelo no braço da cadeira. Depois, cobriu o queixo e a boca com a mão enquanto me observava. — Algo me diz que nunca te abraçaram quando você era criança.

Engasguei-me com o café. Não só porque isso era algo extremamente rude de se dizer, mas também porque ele estava certo. Jember tinha uma lesão neural que causava dor em sua pele quando entrava em contato com alguma coisa, então raramente nos tocávamos. Além disso, ele achava que afeto demais dificultava a sobrevivência, portanto minha experiência com abraços era bem limitada.

Limpei minha boca na manga do suéter volumoso.

— O que isso tem a ver com a purificação da sua casa?

— É que você é muito formal. Séria.

— Eu não deveria ser formal em uma entrevista de emprego?

Ele deu de ombros.

— Você já conseguiu a vaga. Então me conte, por que escolheu ser uma *debtera*?

— Não acho que servir à igreja seja uma escolha. Acho que Deus coloca essa vontade em você.

— Que resposta mais sem-sal, Andromeda. — Ele levou a xícara até os lábios. — Tente de novo.

Meus músculos enrijeceram enquanto eu o fulminava com os olhos.

— Não estou aqui *pra* te entreter. Estou aqui *pra* purificar sua casa do Mau-Olhado. Você quer minha ajuda ou não?

— Não sei. O que te torna mais capaz do que os dez outros *debteras* que vieram antes de você?

— Você me escolheu por causa do meu currículo, senão eu não estaria aqui.

— Você não ouviu o que eu disse? Eu não li o seu currículo. — Ele procurou o documento por alguns segundos, mas depois desistiu e deu de ombros. — Esjay disse que, apesar da falta de licença, seu currículo é bem impressionante. Mas você não acha que eu vou deixar uma estranha morar na minha casa sem saber nada sobre ela, não é? Normalmente os treinadores é que dão referências, mas Jember, pelo visto, não te deu uma antes de te expulsar.

Senti meus músculos tensionando. Não tinha como ele saber que Jember tinha me expulsado.

— Do que está falando?

— Você não tem licença. Isso quer dizer que ele não quis mais te treinar ou você desistiu. Por quê?

— Isso é irrelevante.

— Não acho.

Respirei fundo e quis, pela milésima vez, ter dinheiro o suficiente para sumir dali.

— Digamos que não concordávamos em algumas coisas.

— Se eu fosse aluno do melhor *debtera* vivo, não ligaria se ele tivesse opiniões diferentes das minhas. Admita, com certeza foi outra coisa. Ficou farta, não foi? Ouvi dizer que até quem não é aprendiz dele o considera difícil de lidar.

— Depende de para quem você pergunta.

— Eu perguntei *pra* todos os *debteras* antes de você. Está me dizendo que é mais durona do que todos aqueles homens adultos?

— Mulheres normalmente são.

Magnus riu.

— Até que enfim um pouco de honestidade nesta casa. Isso é bom, pois preciso que responda à próxima pergunta de maneira franca.

— Sim, senhor.

— Magnus.

Respirei fundo.

— Sim, Magnus.

— O que faria se eu te pedisse *pra* me matar?

Fiquei paralisada. Sem ar.

— O quê?

Ele se inclinou, aproximando-se de mim.

— Você me mataria?

Havia algo em sua expressão que me perturbava. Algo como expectativa, como... esperança. Mas, antes que eu pudesse responder, seus olhos castanho-claros se iluminaram.

— Ah, suas roupas chegaram.

Ele se levantou — ah, Deus, havia sinos em seus tornozelos também? — e foi até a porta, pegando uma pilha de roupas dobradas das mãos da pobre mulher que tinha vindo aqui antes.

— Obrigada, Saba. Pegue, Andromeda, vá se proteger do frio, e depois eu vou te mostrar a casa.

CAPÍTULO 5

Quando cheguei ao corredor vestindo uma meia-calça de lã, um vestido que acentuava minha cintura mais do que eu estava acostumada e um suéter, Magnus já estava me esperando. Ele contemplava as paredes conforme as mãos das Manifestações pressionavam os dedos pegajosos nelas e no teto, como uma multidão querendo fugir desesperadamente de algo.

— Bom dia — disse ele para as mãos, antes de se virar para mim. — Pronta *pra* passear?

Observei as paredes com cautela. Senti essas mãos ontem à noite. Não sei o que estavam fazendo, mas com certeza não tinha a ver com dar bom-dia a alguém.

— Sim. — Devolvi o suéter, e ele o vestiu antes de começar a me guiar pelo corredor.

Itens aleatórios caíam das paredes em um cômodo. Ondulações estranhas se formavam no chão, como gotas de água, em outro. Já outro cômodo parecia estar coberto de fuligem de uma maneira nada natural.

Manifestações comuns pareciam estar por trás daquilo tudo. Mas, depois do que tinha acontecido ontem à noite e sabendo que dez debteras haviam estado aqui antes de mim, eu sabia que não deveria baixar a guarda.

— Use isso, vai ser útil no próximo corredor — disse Magnus, pegando um par de galochas de um canto e entregando-as para mim. Depois, pegou um grande guarda-chuva preto e o abriu.

Fui me arrastando nas botas largas para acompanhá-lo enquanto seguíamos para o próximo corredor. O chão era branco e brilhante, coberto por flocos de neve que caíam do teto.

Encolhi-me e cheguei mais perto de Magnus para continuar embaixo do guarda-chuva. A neve flutuava ao nosso redor conforme andávamos e formava uma camada profunda e quebradiça sob meus pés. Eu queria tocar nela, mas não sabia se deveria. Mesmo sendo uma Manifestação belíssima, continuava sendo parte da maldição.

Deixamos o guarda-chuva e as galochas molhadas no fim do corredor e continuamos até chegarmos em frente a um depósito grande.

— Todos os suprimentos de que precisa estão aqui. — Magnus destrancou o depósito, abrindo-o em seguida e revelando pilhas e mais pilhas de discos finos de prata com aproximadamente a mesma circunferência que meu rosto. Em uma estante, havia uma cesta repleta de bobinas com linhas de cores diferentes. Atrás delas, havia uma caneta de solda. — Se precisar vir aqui, fale comigo ou com a Peggy.

Fiz um esforço imenso para não ficar de boca aberta. Tinha centenas de discos ali, com certeza. Eu nunca tinha visto tantos ao mesmo tempo. Se eu enchesse minha sacola, conseguiria viver bem pelo resto da vida.

Você não pode roubar a prata, Andi. Ele está te pagando bem demais, então não precisa virar uma ladra. Além disso, Deus está vendo.

Examinei a caneta de solda, mas não a peguei. Parecia cara, mas era apenas adorno, a ponta era grossa demais para ser útil. Ficaria com a minha. Tirei as linhas da cesta e comecei a enchê-la com discos de prata.

— Não são boas? — perguntou Magnus, olhando para as linhas que agora estavam em cima da estante.

— São perfeitas, mas não vou usá-las agora — falei, procurando por imperfeições em cada um dos discos antes de colocá-los na cesta. — Não preciso delas para lidar com Manifestações simples.

— E onde estão essas Manifestações simples, na sua opinião?

— Nas escadas. — Experimentei os óculos de proteção pretos e elegantes que estavam ao lado da ridícula caneta. Eles tinham até lentes de aumento opcionais. *Pegue.* — Não são físicas, apenas visuais. Ilusões, eu diria. Normalmente são menos poderosas que as Manifestações que realmente têm contato com o mundo físico.

— Sempre quis saber, qual é a diferença entre o amuleto que você vai fazer *pras* escadas e esse que está usando?

Olhei para meu amuleto.

— Este aqui é um escudo que serve *pra* tudo. Me protege contra maldições e repele Manifestações em geral. Os que eu faço para purificar a casa são específicos para cada Manifestação, então a função principal deles é expulsá-las.

— Hum. — Magnus cruzou os braços, apoiando um dos ombros na parede e me encarando. — E como você sabe qual amuleto é melhor *pra* cada cômodo?

— É mais ou menos um mapa que se forma na minha cabeça. Não sei se faz sentido.

— Faz, sim. — Ele fez uma pausa. — Ninguém nunca tinha me explicado tão bem. É bem fascinante agora que entendi.

— Também acho. — Um pequeno martelo e um pote com pregos foram as últimas coisas que coloquei na cesta antes de apoiar a alça dela no meu ombro. Ter a chance de explicar meu trabalho para alguém era raro, e eu estava gostando da conversa, mas não sabia como continuá-la.

— Sabe, não precisa começar a trabalhar ainda — disse ele. — Só vamos poder assinar o contrato à noite, que é quando Esjay chega.

Bem, eu *estava* gostando. Agora, não sabia se gostava do rumo que estava tomando.

— Eu gosto de trabalhar.

— Tudo bem, mas podemos nos divertir de muitos outros jeitos. Além disso, o trabalho só é pago quando o contrato for assinado. Esjay diria que trabalhar de graça é antiético, mas... Você disse que foi demitida por ser antiética, não é? Então talvez não se importe.

Magnus estava jogando um verde, mas eu não quis responder e lhe dar esse gostinho. Deus sabia quem eu era, e eu também. Nada mais importava. Entretanto, ele tinha razão num ponto: eu não queria trabalhar de graça, mas a casa tinha que ser purificada, e *agora*.

— Quem faz as regras aqui? Você ou Esjay?

Magnus se calou e ficou me encarando por alguns instantes.

— Já que é assim — falou repentinamente —, vou te deixar à vontade. Bom trabalho.

Ele se virou, e o tilintar dos sinos em seus tornozelos foi ficando cada vez mais baixo conforme ele se afastava pelo corredor.

Voltei para as escadas e olhei para os locais em que as rachaduras e as oscilações haviam surgido na noite passada. Elas estavam estáticas, como um bicho assustado. Ainda assim, tinha algo ali que fazia meu amuleto mexer, mesmo que fosse bem pouquinho — era tão sutil que poderia até ser confundido com as batidas do meu coração.

Sentei no meio das escadas, botei a cesta do meu lado e coloquei os óculos de proteção. Fechei os olhos por um momento, e as marcas de giz começaram a aparecer na minha mente. *Quatro pontas, todas com formato de diamante. Fileiras de hachuras na parte de dentro. Era um amuleto bem básico, mas chato de fazer. Talvez leve uma hora.*

Tirei um dos discos da cesta e esfreguei rapidamente o sílex na pontinha da minha caneta, para acender uma pequena tocha onde muitos veriam apenas um objeto para escrever.

Essa era minha parte favorita.

Comecei pelas pontas, manuseando o fogo com cuidado e removendo pedaços grandes de prata. Depois disso, decidi que estava na hora de criar as formas dos diamantes. Manipulei a caneta mais devagar, para ter certeza de que as linhas estavam alinhadas com o desenho na minha cabeça, e, quando necessário, tirava mais pedaços de prata.

Conferi duas vezes se as pontas estavam iguais e, então, usei as lentes de aumento para fazer as hachuras. Os *Xs* delas precisavam estar alinhados e ter o mesmo tamanho. Era uma técnica fácil, mas eu não podia fazer de qualquer jeito. Essa era a parte em que um tracinho fora do lugar estragaria todo o amuleto.

O mal não reagiu ao metal propriamente dito, mas, conforme eu o soldava e o transformava exatamente naquilo que aquela Manifestação específica odiava, as rachaduras começaram a ecoar pelo amuleto como forma de protesto.

Pausei algumas vezes para dar um descanso aos olhos e flexionar os dedos.

Quase lá. Só mais alguns ajustes...

— Andromeda!

Magnus sabia que eu estava trabalhando. Ele havia me contratado para isso. O que quer que quisesse de mim ia ter que esperar.

Faltava tão pouco para o amuleto ficar pronto que ele pulsava na minha mão, e eu tive que segurá-lo com mais força para mantê-lo no lugar.

— ANDROMEDA!

Minha mão escorregou, fazendo com que eu chamuscasse uma parte do metal. Esfreguei o local afetado com meu polegar, para ver se conseguia limpá-lo, mas o estrago já estava feito.

Teria que começar tudo de novo. Mais um disco. Mais uma hora de trabalho.

Larguei meu trabalho arruinado e subi as escadas.

Encontrei Magnus em seu quarto, encarando um blazer estirado em sua cama. Ele se virou para mim, e os sinos do pulso tilintaram quando ele, frustrado, ergueu as mãos.

— Onde estava? Estou te chamando há uma hora.

Só não respondi imediatamente porque fiquei pensando nos prós e contras de explicar a diferença entre uma hora e alguns minutos, mas decidi que não valia a pena.

— Exorcizando a sua casa, senhor.

— Magnus — corrigiu ele. — Eu preciso de ajuda.

— Com o quê?

Ele pegou o blazer. Era feito de lã preta e tinha um tecido de estampa *paisley* prateada costurada nas mangas.

— O que acha?

Franzi os lábios.

— Você me fez parar de trabalhar por causa de um blazer?

Magnus olhou para mim como se eu tivesse falado uma grande besteira.

— Isto é tão importante quanto.

— Você arruinou uma hora de trabalho...

— E como eu fiz isso se fiquei aqui, cuidando da minha vida esse tempo todo? Só responda à pergunta, e eu te deixo voltar *pros* seus preciosos amuletos.

Respirei fundo, mas nem isso impediu que uma veia na minha têmpora saltasse.

— É bonito.

— Sim, mas combina comigo?

— Eu... não sei muito de moda masculina. Qual é a ocasião?

— Foi um presente da Kelela.

— Kelela?

— Irmã do Esjay.

— Ah, sim.

— Eles vêm para a janta de hoje à noite, e ela provavelmente espera que eu o use. — Ele fez uma pausa, para examinar o blazer, segurando-o meio longe do corpo. — Não sei. Você gostou dele? Não sei se gosto da cor. É tão... preta.

— Todo mundo aqui usa cores escuras.

— Ah, é? Dizem que emagrece, mas por algum motivo me faz ficar com cara de doente. — Ele segurou a peça contra si mesmo e parou na frente do espelho de corpo inteiro.

— Acho que você deveria vestir, mesmo que seja só uma vez. Ela teve trabalho o suficiente para mandar que um alfaiate o fizesse para você. Então use.

Magnus olhou para o blazer com uma cara triste, como se preferisse fazer qualquer outra coisa em vez de vesti-lo.

— É claro. Tem razão.

— Vou voltar ao trabalho — falei, indo em direção ao corredor como se ele fosse o caminho para a liberdade.

— Você vai participar do jantar — disse ele, pendurando o blazer. O tom assertivo me irritou, mas não falei nada. — O que vai vestir?

— Ainda é uma da tarde. Ainda tenho algumas horas antes de precisar decidir.

— Acho justo eu te ajudar a escolher algo, já que você me ajudou.

Sim, ajudei, mas contra a minha vontade.

— Não. Prefiro voltar ao trabalho.

— Peggy me falou que você não tem muita coisa... Espera. — Ele abriu as duas portas do guarda-roupa e deu um sorrisão. — Escolha algo daqui. Saba pode fazer os ajustes *pra* você. Ela é bem rápida com uma máquina de costura.

Rangi os dentes ao ouvir o nome daquela mulher desagradável. Ela não tinha o direito de sair por aí falando dos meus pertences ou da falta deles.

— Você não ouviu o que eu disse, senhor? Eu disse *não*. Não sabe o que essa palavra significa?

Ele piscou.

— Magnus — corrigiu baixinho.

Eu quis estrangulá-lo com aquele blazer que ele odiava.

— Preciso voltar a trabalhar.

Ele correu atrás de mim, parando na porta como se tivesse alguma coisa que o impedisse de sair do quarto. Ótimo, senão eu teria batido nele.

— Sou péssimo nisso.

— Nisso o quê?

— Falar com as pessoas e fazer... amigos.

— Você me contratou *pra* exorcizar a sua casa, então não se preocupe — respondi e, em seguida, segui pelo corredor, soltando fogo pelas ventas.

Voltei para as escadas e, depois de toda aquela agitação, consegui finalizar o amuleto em 45 minutos. Acho que quebrei um recorde, mas meus olhos e mãos com certeza não estavam felizes com isso.

As rachaduras nas escadas foram embora sem muita dificuldade. Martelei dois pregos no corrimão de madeira, pendurei o amuleto neles e me afastei para olhar o resultado. Um amuleto a menos, mas só Deus sabia quantos mais faltavam.

Poderia ter purificado outra Manifestação, mas em vez disso decidi passar um tempinho construindo um amuleto para deixar meu quarto mais quente. Quando terminei, a temperatura já estava boa o suficiente para que eu pudesse tomar banho e me arrumar para o jantar.

Ouvi uma batida na porta.

— Quem é? — perguntei.

Não obtive resposta.

Peguei minha faca, escondendo-a na cintura enquanto abria uma fresta da porta. Saba estava lá, parada, segurando roupas dobradas. Abri mais a porta, escondendo a faca atrás dela.

— Magnus disse que você era rápida, mas não achei que fosse *tão* rápida. — Ela sorriu e estendeu as peças para mim. — Eu disse que não queria as roupas dele.

Saba fez que não com a cabeça, desdobrou o que estava em suas mãos e me ofereceu um vestido branco de mangas longas. O desenho tradicional de uma cruz em verde e azul percorria o colarinho e descia até o meio da peça. Toquei nele e percebi que não era feito de um tecido tradicional, mas de lã. O forro era macio e um pouquinho felpudo, não era um tecido com o qual eu estava familiarizada, mas, também, eu nunca havia tocado em um tecido de tanta qualidade na minha vida.

— Você costurou este vestido agora?

Ela fez que não com a cabeça novamente e pressionou a mão contra o peito.

— É seu? — Ela assentiu. — Isso é... muito gentil da sua parte, Saba. É lindo. — Afastei-me do vestido. — Mas, se foi Magnus que a enviou, já disse que eu não quero.

Ela franziu os lábios e arqueou as sobrancelhas como se estivesse dizendo *Você só pode estar brincando* e, fazendo que não com a cabeça mais uma vez, me ofereceu a peça de novo.

— Obrigada. — Havia olheiras sob os seus olhos, e eles estavam um pouco vermelhos. Com certeza ela tinha chorado. Não podia deixar de acreditar que Magnus tivesse algo a ver com o vestido, mas isso não importava quando havia uma clara possibilidade de que Saba fosse punida caso eu não o aceitasse.

Quem liga para o que pode acontecer com ela, Andi?

Era só um vestido, afinal. Um vestido de que eu precisava, se fosse participar do jantar como ele havia ordenado. Seria burrice não aceitar.

Esfaqueei a parte de trás da porta uma única vez para prender a faca e evitar que Saba a visse e, então, peguei o vestido. Meus dedos roçaram os dela, e eu senti um arrepio percorrer a espinha.

— Suas mãos estão tão frias. Não quer se esquentar um pouco no meu quarto? Ele é mais quente que o restante da casa.

Sua expressão satisfeita se desfez, e ela se afastou da porta, fazendo uma reverência para mim antes de sair pelo corredor com passos rápidos. Observei-a ir embora e, então, me tranquei de novo no quarto, para examinar o vestido. Era muito bem feito. As cores eram vibrantes, e o branco era claro como leite. E cheirava a mel e amêndoas. Era de Saba, mas já *havia* sido usado?

Despi-me e coloquei o vestido por cima das minhas meias de lã, admirando-o na frente do espelho de corpo inteiro. Saba era bem mais alta que eu, mas a peça me serviu como uma luva — soltinho no corpo, mas ajustado nas mangas. Como eu estava em um ambiente mais aquecido, me causou um pouco de coceira, ou seja, provavelmente era ideal para o frio que fazia nas outras partes da casa.

Mas isso não queria dizer que eu ia sair do quarto antes da hora.

CAPÍTULO 6

O cheiro de carne e de temperos me deixou tonta de fome antes mesmo que eu pudesse chegar à base das escadas, e foi aí que percebi que não tinha almoçado. Estava tão acostumada a passar fome que nem notei.

Enquanto descia os degraus, ouvi Esjay e Peggy se cumprimentando. Eu nunca tinha ouvido Peggy soar tão simpática. Perguntei-me se ela estava fingindo ou se na verdade ela era uma pessoa legal que simplesmente não gostava de gente pobre.

Os dois estavam no *foyer*, com uma garota que eu nunca tinha visto antes. Em seu casaco de lã verde e elegante, ela aparentava ser tão imaculada e inteligente quanto Esjay. Seu corpo era curvilíneo e delicado ao mesmo tempo. Seu cabelo longo, ondulado... e azul. Mas a cor não ficava estranha nela — na verdade, combinava muito com sua pele escura e realçava seus belos traços em vez de apagá-los. Ela era tão linda e arrumada que chegava a ser quase intimidadora.

Comecei a achar que as armas deste mundo eram diferentes das do mundo em que cresci. Lá, usávamos discrição, armas e punhos. Cruéis, mas diretos. Aqui, quem dominava era o animal que mais se exibia. *"Não é preciso ser grande pra ocupar espaço"*, Jember costumava me dizer; fácil de falar, sendo alto como ele. Imagino que alguém deve ter dado um conselho assim para essa mulher, pois ela tomou conta do território assim que entrou nele.

Fiquei mais agradecida do que nunca pelo vestido de Saba.

Ela foi a primeira a me ver nas escadas, e tantas emoções passaram pelo seu rosto que não consegui acompanhar. Surpresa, escrutínio, ceticismo. E outra coisa. Algo como — bem, *nojo*. Era uma palavra forte, mas não tinha outra maneira de descrever.

Ela me via da mesma forma que Peggy.

— Andromeda. — Esjay estendeu a mão para mim como se estivesse me incluindo naquele círculo de gente esnobe.

— Onde conseguiu esse vestido? — questionou Peggy, olhando-me de cima a baixo.

— Eu não roubei — respondi, e ela foi humana o suficiente para ficar vermelha de vergonha antes de sair com a cara amarrada.

— *Você* é a nova *debtera*? — perguntou a mulher de casaco verde, pressionando a mão contra o peito. — Não sabia que estávamos dando emprego para crianças de rua.

— Kelela — censurou-a Esjay. — Andromeda já é maior de idade. É uma profissional.

— Sério? Porque as sobrancelhas dela estão implorando por cera quente.

— *Kelela.*

— Desculpa, irmão. Creio que seja algo bom, já que antes dela só socializávamos com um bando de velhos. — Ela deu uma olhada em mim, sorrindo de um jeito meio falso. — Seu nome vem daquela princesa linda que foi acorrentada a uma pedra?

Esjay parecia curioso, mas Kelela estava me testando. Caçoando de mim. Ela sabia que eu não era bonita e que nem chegava perto de ser da realeza. Eu não era nada, pelo menos de acordo com ela. Felizmente, era provável que eu nunca mais tivesse que falar com ela depois dessa noite, então decidi ser civilizada e respondi:

— Meu nome vem da planta.

Não que fosse verdade. Eu não sabia se tinha sido a mulher que me deu à luz ou Jember que havia me dado o nome, mas nada disso importava: era só um nome. Eu poderia me mudar para outra cidade amanhã, mudá-lo, e ninguém ia ligar.

Kelela arqueou as sobrancelhas.

— Que adorável.

Ao nosso redor, o chão e as paredes começaram a ranger, causando uma mistura de barulhos. Parecia que um carrinho cheio de potes e panelas estava passando por cima de várias pedras. Meu amuleto também começou a fazer ruídos, e eu acompanhei com os olhos a Manifestação indo da parede interna até a parede externa. Havia coisas se estilhaçando ao longe, como se objetos feitos de cerâmica ou de vidro estivessem sendo sacudidos. E aí acabou. Seria difícil se livrar dessa Manifestação se ela fosse aparecer e desaparecer assim tão rápido.

Kelela fez um muxoxo.

— Você ficou o dia todo aqui e *ainda* não se livrou daquilo?

Estreitei os olhos, mas, antes que pudesse responder, Magnus começou a falar:

— Já acabaram de se apresentar? Estou morrendo de fome. — Ele não se levantou para nos cumprimentar ou olhou para cima. — Bom te ver, Kelela. Esjay — disse ele, conseguindo soar simpático mesmo que seu comportamento indicasse o contrário —, como está o tempo hoje?

Esjay puxou o assento à direita de Magnus, e Kelela sentou-se ali e começou a se aconchegar como uma galinha num ninho.

— Magnus, você mora em um dos lugares mais quentes do mundo.

— Então por que está tão frio aqui? — perguntou Kelela. — Estranho, já que temos uma *debtera* tão competente entre nós.

Era impossível acreditar que tanta gente insuportável coubesse numa casa só.

Antes que eu pudesse me sentar, Esjay puxou para mim a cadeira oposta à Kelela. A última coisa que eu queria era sentar do lado de Magnus ou na frente da namorada elitista dele, mas seria rude recusar o convite, já que estava claro que Esjay era a única pessoa educada ali.

— Obrigada — falei, enquanto me sentava.

Usamos uma bacia para lavar as mãos, e então todos foram pegar comida do prato grande que estava no centro da mesa. Por sorte, o jantar não parecia nada com a papa que eu havia comido de manhã. Em vez disso, era mais daquela comida deliciosa que comemos ontem à noite.

Ouvi os três conversando de longe, pois estava mais preocupada com a *injera*. Peguei um pedaço grande da massa fina, ainda quente por causa do forno, e minha boca encheu de água na hora. Cortei esse pedaço em um ainda menor para enchê-lo com um pouco de molho e arroz temperado, depois enfiei tudo na boca e quase desmaiei enquanto mastigava. O bife era macio, a manteiga quente deslizava pela minha garganta já na primeira mordida, e os temperos tinham a quantidade certa de pimenta para fazer minha língua formigar. Não tinha a crocância de areia ou sujeira, apenas de sementes e de temperos. Suspirei contente, mastigando bem devagar. Ontem eu estava com tanta fome que não consegui apreciar direito a comida. Havia comido para salvar a minha vida. Hoje, era uma experiência divina.

— Que bom que gostou da minha comida, Andromeda — disse Magnus, sorrindo levemente.

— Pobrezinha — continuou Kelela, seu tom repleto de uma simpatia dissimulada. — Você come como se nunca tivesse provado comida na vida.

— É um elogio à chef — disse Esjay, engolindo antes de acrescentar: — Peggy realmente cozinha bem. Sinto que esta foi a melhor refeição que comi hoje.

Peggy fez isto? Duvido. Sim, ela fez a papa de hoje mais cedo, mas jamais conseguiria cozinhar algo bom assim. Ela era uma pessoa chata e desalmada, com certeza não conseguiria temperar uma comida direito.

— Você é mais nova do que imaginamos ou desnutrida — afirmou Kelela repentinamente. — Não é possível que tenha mais de 18 anos.

Levei um tempo antes de responder, para engolir o tanto de comida que botei na boca, pois ninguém ia me fazer parar de comer.

— É possível, sim — falei sem rodeios.

— Ainda assim, você é muito nova para já estar trabalhando como *debtera*. Duvido que tenha experiência suficiente para ser boa.

Esjay pôs brevemente a própria mão sobre a da irmã dele.

— Andromeda tem um currículo excelente, Kelela. Se ela estivesse na lista oficial, teria sido minha primeira escolha.

Ele sorriu para mim como se estivesse me elogiando.

— Ela não está na lista oficial? — Kelela me encarou com firmeza, e sua cara de surpresa era tão falsa quanto seu cabelo. — Então você não é licenciada?

Ah, o pobre e doce Esjay com suas malditas boas intenções. Tudo o que ele fez foi dar mais munição para Kelela atirar em mim.

— Minhas habilidades falam mais do que qualquer pedaço de papel. Magnus pode te falar sobre as escadas que purifiquei nessa tarde.

— Ainda não vi nada extraordinário — disse Magnus, derrubando uma vela da mesa como um gato carente de atenção. Uma veia da minha têmpora começou a pulsar.

— Já começou a trabalhar? — perguntou Esjay, limpando a mão no seu guardanapo de pano. — Ainda não conversamos sobre o contrato.

— Eu o li ontem à noite — falei, olhando para a vela que Magnus tinha derrubado. De algum modo ainda estava acesa, mas a chama continuou no pavio e não se alastrou pelo chão de madeira. Não era a coisa mais esquisita que eu havia visto nesta casa. — E concordo com os termos.

— Você *realmente* deve precisar desse trabalho — disse Kelela.

Magnus deu um sorriso cínico e olhou para a parede.

Parece que Esjay foi o único que não tinha percebido o sarcasmo.

— Deve ter sido uma honra ser escolhida *pra* treinar com o Jember.

Comprada, não escolhida era a resposta correta, mas isso era mais informação do que esses riquinhos esnobes mereciam.

— Uma verdadeira honra. Ele é o melhor que existe.

— Queria muito conhecê-lo e perguntar algumas coisas. Sempre tento convidá-lo para jantar, mas não consigo entrar em contato com ele nem antes nem depois da igreja.

Por que você iria querer passar tempo com aquele viciado sem coração? Outra resposta sincera que eu não ia dar.

— *Debteras* fazem a maior parte do trabalho no final da tarde.

— Ele se recusou a purificar a minha casa — disse Magnus. — Por que acha que ele fez isso? Bem, *eu* sei o porquê, mas quero saber o que você acha.

Não sei. Não nos vemos.

— Ele não é muito fã de trabalhos muito longos porque eles exigem muita socialização.

— Não foi por causa disso — resmungou Magnus.

— Eu o ouvi cantando na igreja um dia desses — comentou Kelela, toda cheia de si, como se tivesse sido um concerto privado em vez de uma cerimônia pública. — Ele não parece ser muito tímido.

— Ele não é tímido — falei —, só não tem paciência com as pessoas.

— Especialmente com você, aparentemente.

— Irmãzinha — advertiu Esjay —, seja gentil.

— Quem fez o seu amuleto? — perguntei a ela, ansiosa para mudar de assunto. — Não é de boa qualidade. Me surpreende que nada nesta casa ainda não tenha te matado.

Kelela levantou o amuleto rapidamente para estudá-lo enquanto eu enchia a boca de arroz.

Eu sabia que ser mesquinha era péssima estratégia de sobrevivência, e uma que eu devia deixar de lado, apesar da chata de cabelo azul perto de mim.

E eu ia parar. Depois do jantar.

— Hoje uma citação interessante estava destacada — contou Magnus. — "Sou senhor há tanto tempo que não quero deixar de sê-lo, muito menos me submeter a um."

— Que poético — elogiou Kelela, entusiasmada.

Franzi os lábios ao ouvi-la.

— Me parece um pouco com uma ameaça.

— É uma citação de *Drácula*, de Bram Stoker — disse ela, usando a mão para inclinar o queixo enquanto sorria para mim. — Você não lê muito, não é? Oh, desculpe. Você *sabe* ler?

Esnobezinha ridícula.

— Eu leio em alguns idiomas, na verdade. Um dos benefícios de ter crescido em uma igreja.

Kelela ficou levemente boquiaberta, o suficiente para eu saber que tinha vencido essa rodada.

— Kelela — falou Magnus, levantando-se para se espreguiçar —, vamos fazer a digestão em outro lugar.

Ela parou de me encarar, deu a volta na mesa, segurou a mão dele e nem me olhou mais.

Vagamente ouvi Esjay dizer algo, mas meus ouvidos pulsavam com as batidas altas do meu coração. Se os outros *debteras* não foram embora por conta da carga de trabalho, então com certeza foi por *isso*.

Todos nessa casa eram alienados ou insanos.

Vá embora, Andi. Ninguém nem vai perceber. Dinheiro nenhum vale isso.

— Andromeda — chamou Magnus —, junte-se a nós.

Eu queria bater na cabeça dele com alguma coisa. Só uma vez, para matar a vontade. Ele não era tão grande assim. Mais alto que eu, mas não tão mais largo. Pelo jeito que ficou curvado naquela cadeira durante o jantar todo, dava para ver que não tinha muito equilíbrio. Eu conseguiria derrubá-lo com facilidade, mas, como era ele quem me pagava, seria arriscado fazer isso.

Esta é sua única chance de conseguir um patrocínio. Sorria e acene até finalizar o trabalho.

Saí da sala de jantar com os dois. Andamos pelo corredor até chegarmos a uma sala de jogos, mas, em vez de jogar sinuca ou atirar dardos, Magnus foi se sentar no sofá ao lado da lareira. Kelela se sentou perto dele sem pensar duas vezes. Já eu fui me acomodar em uma das duas poltronas que ficavam do lado oposto deles, desejando que a mesinha de centro pudesse servir como uma barreira entre mim e os dois chatos da sala.

Acho que Magnus não ligava muito para cerimônias de café, pois o café já estava passado e quente na mesa. Pensando bem, essas cerimônias tinham a ver com união, e ele não parecia ligar muito para isso também. Ele pegou um baralho de cartas da mesa enquanto Kelela se servia.

— Nossa nova convidada deve ser servida primeiro — disse ele, embaralhando as cartas.

Antes de Kelela me oferecer a pequena xícara de café, houve um breve momento em que a tensão no ar se tornou sufocante.

— Então, o que *debteras* fazem além de acabar com maldições? — perguntou Kelela, e, por um momento, pensei ter tido um vislumbre de humanidade em seu olhar. — Vocês conseguem prever o futuro?

— *Debteras* não praticam magia negra — respondi.

O vislumbre foi embora quase que imediatamente.

— Talvez eles consigam, mas te expulsaram antes que você pudesse aprender.

Magnus dividiu o baralho com uma mão, passando o topo da pilha para a base com um giro rápido, mantendo os olhos nas cartas enquanto fazia isso.

— E o que você iria querer ouvir, Kelela, se ela *pudesse* prever o futuro?

— Que eu vou ter um marido rico, claro — respondeu ela.

— Seu irmão já é bem rico.

— Já tenho 20 anos. Não posso ficar sob os cuidados dele para sempre. Eu preciso de um marido gentil, rico e generoso. — Kelela abraçou os braços de Magnus enquanto falava.

— Isso é fácil — disse ele, mantendo os olhos nas cartas, mas sorrindo levemente.

Recostei-me na poltrona. Ver os dois flertando era tedioso. Irritante. E um pouco incômodo, para ser sincera. Estava quase indo procurar Saba, pois a companhia dela com certeza seria melhor do que a deles, mas eu não podia abandonar meu primeiro jantar de trabalho. No próximo eu poderia criar uma desculpa, mas agora só podia sorrir e aguentar.

— Você é tão gentil — elogiou Kelela, passando a mão pelo braço dele. *Isso* também era irritante, mas eu não sabia o porquê. — Esse blazer não é lindo, Andromeda? Eu mandei fazer. Magnus adora estampas exageradas.

— É bonito — falei.

Magnus arqueou uma sobrancelha, e eu dei uma risadinha sem querer.

Kelela me olhou desconfiada.

— Mesmo sem ele, Magnus continua sendo o homem mais bonito do país.

Eu me mexi na cadeira, tentada a levantar e ir embora, mas determinada a ficar.

— Essa afirmação é um pouco exagerada, não acha?

Finalmente Magnus tirou os olhos do baralho e me encarou.

— Você não me acha bonito, Andromeda?

— Não notei, senhor. — Magnus estava segurando as cartas entre o polegar e o dedo médio e pressionando-as com o indicador, mas, ao ouvir o que eu disse, ele as apertou com tanta força que elas se esparramaram no chão. Ele me olhou com uma expressão irritada e maravilhada ao mesmo tempo.

Kelela, no entanto, parecia aliviada.

— Isso é muito profissional da sua parte, Andromeda. Esjay diria que é antiético dizer...

— Como assim você "não notou"? — questionou ele.

— Beleza não tem muita importância. — *Se tivesse, você não teria contratado alguém sem graça como eu para salvar a sua casa...* — E, além disso, é uma coisa subjetiva. O que é bonito *pra* você pode não ser bonito *pra* mim.

— O que você acha bonito, então? — perguntou ele, afastando as cartas para longe. Seu olhar estava tão firme... — Se não eu?

— O jeito que você estava dividindo o baralho agora há pouco — falei, apontando para as cartas com meu queixo. Ele arqueou as sobrancelhas, interessado, então continuei: — Simples, mas confiante. Há beleza nesse tipo de habilidade.

— E no jeito que você constrói seus amuletos.

De repente, nos entendemos, como se estivéssemos naquele depósito de suprimentos de novo.

— Os *debteras* que vieram antes de você demoravam muito *pra* construí-los — explicou.

— E, mesmo assim — falei, provocando —, você diz que não viu nada extraordinário.

Magnus deu um sorrisinho maroto. Kelela apertou o braço dele, me encarando como se quisesse me matar.

— E o que você acha bonito, senhor? — perguntei.

— Magnus — corrigiu ele. Por algum motivo, a falta de censura em seu tom fez meu rosto ficar... quente. — O que eu acho bonito? — Sorrindo apenas com o canto dos lábios e com o olhar ainda mais firme do que antes, ele respondeu: — Contato visual.

— Magnus — disse Kelela, levantando-se rapidamente e agarrando o braço dele —, por que não me desenha? Já faz tanto tempo.

— Te desenhei há três dias — disse ele, mas deixou que ela o guiasse sem resistência.

Esperei até que eles chegassem a uma poltrona em que Kelela pudesse posar e saí do cômodo discretamente.

CAPÍTULO

7

Menstruei pela primeira vez no meu aniversário de 12 anos. Lembro-me porque as dores nas minhas coxas e no meu estômago eram tão excruciantes que eu literalmente implorei para que Deus não me deixasse morrer. Não sabia o que mais fazer, pois falar sobre temas de natureza sexual fora de casa não era bem-visto de acordo com as regras da nossa cultura, então eu não podia pedir ajuda de nenhuma mulher da cidade. A única coisa que eu podia fazer era esperar Jember chegar em casa. Num ato de desespero, enfiei uma garrafa de vidro em mim, para colher o sangue e evitar que ele manchasse todas as peças de tecido do porão.

Jember não esboçava nenhuma reação quando via Manifestações bizarras, mas, quando me viu toda encolhida num canto, ficou pálido. Ele me fez tirar a garrafa e segurou meu queixo com muita força, e o toque raro de suas mãos, mesmo com luvas, me pegou desprevenida.

— Nada entra aí — disse ele. — Entendeu? Nada nem ninguém.

Ele me deu uma de suas pílulas para dor, e as drogas me derrubaram até o dia seguinte.

"*Ninguém*", Jember havia dito. Antes, eu não sabia o que isso significava, pois ele era o ser humano menos sexual que eu já tinha conhecido. Primeiro que não podia ter contato com a pele de outra pessoa diretamente, mas também não parecia querer tocar ninguém por cima das roupas. Nunca comentou a aparência de ninguém, nunca olhou para mulheres com qualquer intenção e nunca falou sobre romance ou desejo. Por ele ser o único exemplo que eu tinha, também nunca busquei nada disso, mesmo que às vezes sentisse algo. Por fim, parei de dar importância aos sentimentos. Por fim, fiquei tão envolvida no trabalho de Deus que nunca mais pensei em relacionamentos.

Até hoje. Quando vi Magnus e Kelela se abraçando no sofá, senti uma pontada de alguma coisa... algo que estava faltando.

Não era inveja — isso era um convite para o Mau-Olhado. Era algo mais profundo e pior justamente porque eu tinha evitado essas emoções por muito tempo.

Era o desejo de ser amada.

<hr />

Não precisei perguntar quem era quando ouvi uma batida na porta, porque pude ouvir o tilintar de sinos se aproximando. Envolvi meus ombros com minha manta, para cobrir a camisola simples que Saba tinha me dado. Quando empurrei a cadeira que estava usando como barricada e abri a porta, Magnus estava lá. Ele usava um robe felpudo e macio, além de pantufas, e segurava algo que parecia um porta-joias ornamentado.

— Você saiu cedo — acusou ele.

— Eu estava cansada. — Pressionei o tecido contra o corpo.

— Quero que esteja comigo todo final de tarde após o jantar. *Principalmente* se tivermos convidados.

— Ah, sim, essa é uma das suas regras.

Ele sorriu levemente.

— Você é uma aluna surpreendentemente devagar, Andrômeda.

— Eu aprendo rápido — falei, e minha mente estava cansada demais para impedir que eu soasse meio irritada —, mas obedeço devagar.

Ficamos calados por um momento.

Ele me ofereceu a caixa sem falar nada.

— O que é isso? — perguntei, afastando-me.

— Uma oferta de paz.

Tive que me lembrar de que estava numa casa importante, não numa esquina qualquer. Gente rica não saía dando coisas roubadas só para enganar as autoridades... não é?

Peguei a caixa e abri a tampa, e o que tinha dentro dela era melhor que qualquer joia. Chocolates. Daqueles caros, chiques e feitos cuidadosamente à mão. Havia duas fileiras, cada uma com quatro deles arrumadinhos em seus lugares, e seus envoltórios dourados e brilhantes descansavam sobre o forro de veludo vermelho da caixa.

Só era possível encontrá-los em cidades grandes, e eles eram feitos por pessoas treinadas em cidades ainda maiores.

— *Pra* mim? — Segurei-os firmemente. Senti que estava cometendo um pecado ao fazer isso, mas deixá-los cair seria pior. — Não posso aceitar.

— Quando eu fizer 21 anos, serei dono da maior empresa de chocolates do mundo — disse ele, dando de ombros. — Eu nasci chorando lágrimas de chocolate.

Fechei a caixinha decorada com cuidado. Meu rosto estava quente. Não era possível que eu estivesse... corando? Por causa de oito chocolatinhos? *Recomponha-se, Andi.*

— Não sabia que seu pai fazia chocolates. Deve ter sido divertido crescer rodeado de doces.

— É, bem, ele partiu quando eu tinha 5 anos, então... — Magnus pigarreou. — Depois que você saiu do meu quarto hoje mais cedo, pedi para Esjay buscar os chocolates com meu fornecedor particular. Não disse a ele que eram *pra* você. Eu... — Ele puxou o cinto do robe com as duas mãos, torcendo-os. — Não queria que ele achasse que eu quase afugentei mais um *debtera*.

— Não se preocupe com isso.

— Sim, é claro, o patrocínio.

— Isso. E eu já lidei com pessoas mais difíceis que você na minha vida.

Ele riu um pouco, de um jeito estranho e repentino, mas logo voltou a fazer aquela cara de preocupado, como se não soubesse lidar com a felicidade.

— Duvido muito.

Ficamos em silêncio novamente.

— Obrigada pelos chocolates, senh... hum, Magnus — falei, fechando a tampa e mantendo a caixa perto do meu corpo.

— Obrigado — repetiu, como se nunca tivesse ouvido essa palavra. E, por fim, pela primeira vez desde que abri a porta, ele ousou olhar para mim. Seu olhar era tímido, mas esperançoso. — De nada, Andromeda.

Magnus mexeu os pés, e, por um segundo, achei que ele iria embora, mas em vez disso me olhou nos olhos por mais um tempo antes de desviar o olhar de novo.

— Boa noite — disse ele, saindo do quarto de repente.

— Boa noite — respondi tão devagar que ele já tinha fechado a porta quando as palavras deixaram o interior de meus lábios.

CAPÍTULO

8

A noite anterior havia me dado esperança. Magnus era difícil, mas pelo menos tinha coração e consciência. Pelo menos era humano. Talvez trabalhar aqui não fosse ser tão horrível quanto eu tinha achado.

Saí do quarto com as energias renovadas e encontrei Emma parada na base das escadas.

— Ah, graças ao meu bom Deus. — Emma batucava o corrimão enquanto olhava ao redor. Parecia até que estava com medo de que alguém a visse conversando comigo. — Sei que você tem muitos afazeres, mas é um cômodo que precisa de atenção urgente.

Mordi a língua, para evitar contrariá-la. Para pessoas com Manifestações em casa, *todo* cômodo precisava de atenção urgente, mas não era como se eu tivesse algo melhor para fazer.

— Me mostre o caminho — falei.

Emma sorriu aliviada.

— É por aqui — disse ela, apontando para uma parte do corredor, mas andando ao meu lado. — Como está sendo a adaptação?

— Muito boa, *pra* ser sincera.

— Sério? Não quebrou nenhuma das dezenas de regras? — Emma riu. As regras eram mais chatas do que engraçadas, mas eu sorri, para que ela não se sentisse sozinha. — Sinceramente, elas não fazem sentido e são uma perda de tempo. — Ela entrelaçou o braço ao meu, e eu resisti ao impulso de me afastar. — Você só precisa saber que Magnus é doido de pedra e ficar longe dele o máximo que puder.

— Ele é meio excêntrico — comentei, dando de ombros.

— Ele é doido como o pai — afirmou ela. — Peggy disse que é culpa da maldição, mas *eu* também seria doida se resolvesse passar um tempo com ele para descobrir.

Passamos por um tapete que eu podia jurar que não estava no corredor ontem, e, ao circundarmos uma mesinha que estava sobre esse tapete, tive *certeza*. Não dava para chamar alguém de "doido" só porque a pessoa era obcecada em redecorar, mas com certeza era um pouco... estranho.

— Acho que existem duas regras — continuou Emma. — Fique longe de Magnus e não saia à noite.

— Já sei da segunda.

— É a mais importante. — Emma hesitou, e, quando eu a encarei, suas sobrancelhas estavam juntas, e os olhos, lacrimejando. — As pessoas somem nesta casa se não tomarem cuidado.

— Som...

Só.

As palavras fizeram cócegas nos meus ouvidos, como sussurros, e eu tropecei, parando onde estava.

— O quê?

— Somem — repetiu. — Desaparecem.

— Não, é que...

Você está só.

Um arrepio percorreu meu corpo já frio, e as palavras me levaram a olhar para o armário do nosso lado. Meu amuleto latejava como um coração agitado.

— Esta casa me dá arrepios — disse Emma, apressando-se e me levando junto. Ela me guiou até um dos quartos que eu tinha visto no passeio com Magnus. Aquele que estava vazio, mas cheio de fuligem.

— É aqui. — Ela apontou para a lareira que Tom estava limpando com uma escova de cerdas duras. — O motivo de todos os meus problemas.

— Uma chaminé suja? — perguntei e vi os ombros de Tom chacoalhando enquanto ele ria.

— Você não entende — continuou Emma —, ela está sempre suja. E, quando está suja, solta fumaça. E nós temos que limpar, mesmo sabendo que vai ficar imunda a todos os momentos do dia.

— Não tem nada no quarto. Por que acendem a lareira?

— Todas sempre precisam ficar acesas, senão a casa fica muito fria.

Eu tinha sentido os traços apropriados para a Manifestação assim que entrei no cômodo, mas cheguei perto mesmo assim. Essa não fazia meu amuleto chacoalhar, então obviamente não era uma grande ameaça. No máximo uma inconveniência.

Ajoelhei em frente à lareira suja, e Tom se afastou um pouco para me dar espaço. Eu nunca tinha olhado dentro de uma antes e, para ser sincera, se não tivesse sentido os traços, não teria percebido nada de errado.

— É imprevisível — disse Tom, coçando uma de suas costeletas com as mãos sujas de fuligem e deixando manchas pretas na mandíbula. — Às vezes acontece quando a casa decide fazer barulho, e às vezes começa do nada. Sem tremores, sem sons, sem avisos. O único jeito de não ficar tudo sujo é começar a limpar assim que ela termina de cuspir fumaça, mas... — Ele olhou para Emma, dando-lhe um sorriso tranquilizador. — Não tem muita gente na casa, então não funciona sempre.

— Não tem muita gente? — questionou Emma, enfiando as mãos nos bolsos de seu avental com tanta força que eu podia jurar que ela ia rasgá-los. — Só tem você, eu, Peggy e Andromeda. — Ela fez uma pausa. — E isso *se* ela ficar. O pobre do Edward desapareceu.

— Ele foi embora — disse Tom, dando um suspiro cansado.

— Nenhum cavalo sumiu, e ele não fez as malas. Você realmente acha que um velhinho frágil simplesmente saiu andando sozinho pelo deserto? Ele desapareceu, assim como os outros.

— *Pra* onde eles foram? — perguntei.

— Tom acha que eles vão embora porque não aguentam ficar aqui — falou ela com um tom de zombaria.

Ele arqueou as sobrancelhas.

— Melhor do que achar que estão presos e só serão libertos quando a maldição for quebrada. Como em um conto de fadas besta.

— Bem, então vamos perguntar *pra* Andromeda o que ela acha.

Ambos olharam para mim em busca de respostas, e eu quis subir pela chaminé e desaparecer também. Em vez disso, falei calmamente:

— Vou ver o que posso fazer.

— *Tá* vendo só? — Tom levantou e beijou Emma, segurando seu rosto com as mãos e deixando manchas nas bochechas dela. — Por que se preocupa tanto? Ela é profissional e vai cuidar de tudo.

Emma murmurou algo, mas não consegui ouvir, porque uma onda de pó preto saiu das entranhas da lareira. Ela inchou em volta do escudo invisível do meu amuleto, envolvendo-me em escuridão. Observei a poeira passando reto pelo escudo e sorri. Parecia uma reação extremamente inapropriada a uma Manifestação, mas não resisti. Às vezes, a felicidade estava nas coisas mais simples da vida.

Em algum lugar no meio da nuvem, Emma gritou de frustração. Depois, ela e Tom começaram a tossir. Deixei a nuvem negra assentar um pouco antes de sair para o corredor onde os dois estavam fazendo o melhor que podiam para limpar o rosto com suas roupas sujas.

Este amuleto seria fácil de fazer, mas eu honestamente estava mais interessada no armário que havíamos visto no caminho para cá. Então fechei a porta e disse:

— Recomendo que fiquem fora desta sala por enquanto. Vamos ter que ficar sem o aquecimento extra por ora.

— Peggy não vai gostar disso — disse Emma.

— Então ela pode se tornar uma *debtera* e purificar tudo sozinha.

Emma e Tom se olharam um pouco chocados, mas sorrindo.

— Eu disse que ela era a certa — afirmou Tom, abraçando Emma pelos ombros.

— Ok, ok, não fique se achando — respondeu Emma, embora ainda estivesse sorrindo. — Vamos sair daqui. Toda esta fuligem está incomodando meus olhos. — Então, eles saíram andando pelo corredor, e presumi que fosse em direção aos seus quartos.

Esperei até que eles sumissem para voltar ao armário. Olhei para a porta fechada e prestei atenção aos sons. Lá estava — um suspiro, como um sussurro, vindo de trás da porta.

Abri a porta e fui recebida por teias de aranha. Não algumas, mas várias, e todas estavam ativas e se estendiam de uma parede à outra, do teto à prateleira, e da prateleira à vassoura. As aranhas viviam suas vidas tranquilamente como se ali fosse o lugar delas.

Havia aranhas de todos os tipos: algumas com pernas longas e finas, algumas menores do que minhas unhas roídas, algumas com as costas vermelhas, algumas marrons e peludas. Algumas, notei, eram tão brancas e pálidas que brilhavam na escuridão.

Inclinei-me para dentro do armário, e as aranhas e suas teias se afastaram da esfera protetora invisível do meu amuleto. Algumas não se moveram. Tirei do rosto as teias que não saíram. Este armário tinha sido tão pouco usado que aranhas reais acabaram se misturando com a Manifestação.

Entrei no emaranhado de teias, tomando cuidado onde pisava. As reais eram fáceis de detectar, já que eram as que não se sentiam intimidadas pelo amuleto. Eu as tirei do caminho com facilidade até chegar ao centro do armário.

Algo agitou as teias à minha frente. O ruído parecia tanto um sopro quanto um cochicho.

Só.

Segurei a respiração por um momento, para ouvir. Ouvi uma batida lenta, e, quando olhei para cima, vi uma aranha gigante rastejando pelo meu escudo. Mas não era isso que eu estava procurando.

Só, a Coisa disse novamente, só que ao meu lado dessa vez.

As aranhas... a Manifestação... a *casa* não poderia ter falado comigo. Ainda assim, a palavra me incomodou o suficiente para que eu pegasse a minha caneta.

Você sempre estará só.

Gelei pouco antes de acendê-la.

Não tinha como ela estar lendo a minha mente. As Manifestações não funcionavam assim. Não, estava apenas projetando um medo comum em mim. A maioria das pessoas que se aproximasse deste armário com certeza iria ouvir a mesm...

Ninguém te ama.

— Isso não é verdade — falei, sentindo-me uma idiota. — Deus me ama.

Ninguém, a Coisa falou.

— Manifestação estúpida — murmurei, enquanto pegava um disco de prata da minha bolsa.

Ninguém te ama.

— Você já disse isso.

Ele não te ama.

Gelei antes de fazer o primeiro traço.

— Ele quem?

Esperei. Não sei por que não trabalhei enquanto estava tudo em silêncio, mas a voz era tão baixa que eu não queria perder o que ela diria.

A respiração moveu as teias, que — oh, Deus — haviam comido a maior parte do meu escudo sem que eu visse e estavam bem na frente do meu rosto. Uma das grandes aranhas brancas e brilhantes, cujo corpo era translúcido o suficiente para que as vísceras ficassem à mostra, estendeu uma de suas oito pernas em minha direção, deixando a pontinha dela perto do meu nariz.

Ele nunca vai te amar, disse ela, e a leveza em seu tom de voz me fez tremer.

— Quem? — perguntei, tensa.

Vi as presas da aranha brilharem na escassa luz do corredor.

— Seu pai.

Senti algo na parte de trás da minha perna e corri para o corredor. No caminho, sacudi as aranhas e o resto das teias que tinham ficado em mim, parando um momento para recuperar o fôlego. Se não tivesse sentido algo, talvez ainda estivesse paralisada lá, incapaz de lidar com aquelas palavras.

Respirei fundo novamente enquanto me lembrava das palavras... *Ele nunca vai te amar.*

Balancei a cabeça para me livrar delas.

Era provável que a Manifestação não estivesse falando de mim. Magnus era o alvo da maldição — talvez fosse uma mensagem para ele, ou mesmo para seu pai. E não era como se eu tivesse um pai de verdade. Pelo menos não um de sangue que fosse importante para mim. Só Jember, se é que ele poderia ser chamado disso, e ele não tinha nenhum instinto paterno.

Ainda assim... a especificidade daquelas palavras me deixou ansiosa o suficiente para que eu fechasse a porta e corresse para purificar a sala coberta de fuligem — era mais segura.

CAPÍTULO
9

Quando entrei na sala de jantar, Magnus estava lendo sozinho, sentado, com as pernas apoiadas na mesa. Então seria só nós dois, e eu me senti aliviada e nervosa ao mesmo tempo. Só Magnus já era difícil, mas pelo menos eu não teria que lidar com Kelela também. Apenas um pirralho arrogante já era mais que suficiente.

Sentei na minha cadeira de costume, fazendo careta com o barulho da madeira rangendo conforme eu a arrastava para perto da mesa.

— Boa noite, Andromeda — cumprimentou ele, mantendo o olhar no livro.

— Boa noite.

— Me dê um momento que eu já, já presto atenção em você.

Achei estranho o quanto essa fala pareceu uma ameaça.

— Oh, Magnus! — Peggy, agitada, veio da cozinha, segurando dois pratos cheios de alguma coisa castanho-amarelada e vermelha. — Tire os pés da mesa, criança.

Ele colocou os pés na cadeira e apoiou o livro nos joelhos.

— Obrigada — agradeci enquanto ela colocava um prato para mim. Era uma pilha de *coisas*... compridas e pálidas, cobertas com um molho vermelho.

— Ponha os pés no chão como um cavalheiro. — Ouvi Peggy falando, mas ainda estava tentando entender o que ia comer. Larvas? Mas não pareciam ter entranhas. — Você não é um gato.

Magnus sibilou para ela, e eu sorri, olhando para cima.

O rosto dela estava vermelho como fogo.

— Tire. Os. Pés. Da. Mesa.

Magnus finalmente obedeceu, deslizando os pés até que eles batessem no chão.

Ela assentiu, satisfeita, serviu o prato dele e saiu do cômodo.

Ele ficou quieto até que não ouvíssemos mais os passos dela, então colocou o livro na mesa, longe da comida, e voltou a colocar as pernas ali. Depois, como prometido, olhou para mim.

— Aquela mulher me faria passar fome por princípio — disse ele, pegando uma pequena ferramenta de três pontas.

Segui o exemplo dele e peguei a minha.

— O que é isto?

— Você nunca comeu macarrão? — Magnus se sentou ereto, colocando os pés no chão. Parecia até que minha ignorância o havia feito esquecer que estava tentando ser rebelde. — Me apaixonei depois de passar um verão em Florença.

Eu estava falando das ferramentas que estávamos usando, e a palavra "Florença" não significava nada para mim, mas imaginei que isso não importava. Eu o vi enfiar a ferramenta no meio do macarrão e virá-la. O macarrão se enrolou nela, formando uma trouxinha.

Fiz o melhor que pude para copiá-lo, mas virar a ferramenta com uma só mão era mais complicado do que parecia.

Magnus tirou uma garrafa de vinho da parte de baixo da mesa e a abriu, servindo-se de muito mais que uma porção só.

— Como foi o seu dia? — perguntei, para quebrar o silêncio. Eu sabia, tendo vivido com Jember por tanto tempo, o que aquele tanto de álcool significava, física, mental ou emocionalmente, não importava. Algo doía ali dentro.

— É gentil da sua parte perguntar — comentou Magnus, tomando um gole do líquido vermelho. — A não ser que esteja de conversa fiada. Se for isso, eu digo: meu Deus, *precisamos mesmo* fazer isso?

Sorri com o cantinho da boca. Tinha que admitir que a estranheza dele estava ficando cada vez mais interessante.

— Sobre o que quer conversar, então?

— Não sei — respondeu, gesticulando vagamente com a mão. — Qual é a sua coisa favorita?

— Em relação a quê?

— Escolha algo.

— Isso parece conversa fiada *pra* mim.

Magnus engasgou com o vinho e tossiu por um momento.

Eu me inclinei e dei um tapinha nas costas dele.

— Você está bem, senhor?

Ele pigarreou, limpando a boca com a manga.

— A honestidade que sai da sua boca é incrível.

— Não é possível que você esteja tão acostumado com mentiras.

Magnus mordeu o lábio.

— As intenções da Peggy são boas. Meu círculo social na Inglaterra era *violentamente* contra a minha não passabilidade branca, então ela é superprotetora. Sem falar que eu não tinha pai nem mãe.

O macarrão que tentei pegar com a mão escorregou de volta para o prato.

— Sinto muito.

Ele tentou falar, então levantou o dedo abruptamente enquanto terminava de mastigar.

— Ah, não sinta. Eu tinha muitos bens, e eles me mantinham bem aquecido. E, além do mais, como eu ia herdar a empresa do meu pai de qualquer jeito, Peggy me deixou largar a escola e fazer um passeio pelo continente. Seis meses na Espanha e oito meses na Alemanha. Então vim ver meu *pai*, mas ele foi tão inospitaleiro que resolvi ficar com Esjay por um mês e depois seguir em frente.

O tom dele me fez ficar quieta por um tempo.

— Não acho que seu pai tivesse algo contra você. Com certeza ele estava querendo te proteger.

— Não atribua ao meu pai traços de personalidade que ele nunca teve. — Senti que ele ficou incomodado por um segundo, mas depois voltou a falar do nada: — Enfim, depois disso eu viajei para qualquer lugar onde a comida fosse boa.

— Sei como é — falei, o macarrão escorregando da minha ferramenta enquanto eu tentava levá-lo até a boca. — A maior parte das minhas decisões é baseada em comida.

Ele sorriu.

— Não me surpreende. Comer por aqui com certeza é uma experiência interessante.

— Se gosta tanto da experiência, por que não organiza cerimônias de café?

Ele bebericou o vinho.

— Demoram demais, e eu não tenho paciência.

Bem, pelo menos ele sabia.

— A vida não se resume à satisfação instantânea — falei, tentando erguer mais macarrão e falhando.

— Tadinha, você nunca usou um garfo? Deixa eu te mostrar como se faz.

Magnus se inclinou sobre o meu prato, e meu coração palpitou quando afastei minha mão antes que ele pudesse tocá-la.

Ele pegou o meu — qual era o nome mesmo? Garfo? —, suas sobrancelhas grossas formando uma sombra sobre seus olhos conforme se abaixavam, e começou a torcer o macarrão.

— Está com medo de mim, Andromeda?

Sorri sem pensar.

— Quem teria medo de você?

Ele desacelerou seu movimento.

— Está com medo de alguma coisa.

Ele me ofereceu o garfo, mas, por um bom tempo, eu não conseguia nem pensar em pegá-lo. Eu queria fugir. Esconder-me atrás da parede. Colocar mais uma camisa. Qualquer coisa para esconder o que ele estava vendo... qualquer coisa para esconder a minha alma.

Eu nunca conseguiria juntar coragem para pegar o garfo da mão dele, então ele o colocou no meu prato, que tiniu com o *toque*. Ele se recostou na cadeira, e sua boca estava se contraindo, mas eu não sabia se era por conta de um sorriso ou de uma careta.

— Pensei que eu fosse gostar de ter companhia no jantar, mas você é uma estraga-prazeres, não é? Não sabe se divertir?

— Me divertir? — repeti, ainda meio desnorteada.

— Sim, se divertir. O que você gosta de fazer?

Pisquei algumas vezes, para ter certeza de que não tinha imaginado aquela noite inteira. Eu me sentia numa montanha-russa emocional, sem falar que ainda não tinha conseguido provar a comida difícil de comer.

— O que está tentando dizer, senhor?

— Como assim? Só estou tentando puxar assunto.

Segurei os braços da cadeira com firmeza, afundando minhas unhas na madeira fria, e respirei fundo. Uma parte de mim sabia que ele estava certo, e a outra estava cansada das perguntas constantes e invasivas, mas... ele tinha me presenteado com aqueles chocolates. Como ele estava tentando, eu poderia pelo menos me esforçar.

— Gosto de construir amuletos.

— Quantos anos você tem? Cinquenta? *Pra* só gostar de trabalhar?

— Você perguntou, essa é a resposta.

Magnus ergueu as mãos.

— Não precisa ficar na defensiva. É que eu nunca tinha conhecido alguém que não tem, sabe, hobbies.

Travei minha mandíbula antes que as palavras resolvessem sair da minha boca.

Eu era boa com uma faca porque não tive escolha. Era furtiva para ficar fora de vista e evitar adversários que eu sabia que não podia vencer. Cada habilidade que eu tinha aprendido foi para aumentar minhas chances de sobrevivência, mas como um garoto que passava horas desenhando e tocando instrumentos simplesmente porque gosta poderia me entender?

Magnus se inclinou sobre meu prato de novo, levantando o garfo.

— Posso? — perguntou ele e levou o macarrão até a minha boca.

Gelei por um momento. Ele realmente estava tentando praticar *gursha agora*? Logo quando eu estava tão confusa e irritada? Por outro lado, uma demonstração gentil de amizade seria algo bom para me distrair dessa conversa.

Aceitei o bocado de comida. Fiquei parada, apreciando o cheiro levemente doce e amendoado de sua pele — ou do suéter? — que se contrapunha ao salgado na minha boca, mas a vergonha me fez ter noção de novo, e eu me afastei para mastigar.

O molho era picante, ácido e tinha um forte gosto de alho, mas o macarrão era escorregadio e difícil de mastigar, além de ficar querendo deslizar inteiro pela minha garganta em vez de ficar debaixo dos dentes. Então, eu podia supor que era parecido com vermes, mas sem o gosto da proteína e aquele estalinho na hora de morder. Esquisito, mas não horrível. Eu definitivamente já tinha comido coisa pior — não que isso importasse quando se está com fome.

— Gostou? — perguntou Magnus.

Demorei um pouco para engolir.

— É difícil de comer.

Ele sorriu, se reclinando na cadeira.

— É divertido.

— "Difícil" e "divertido" significam a mesma coisa *pra* você?

— Não. — Ele fez uma pausa, com a taça de vinho encostada nos lábios. — Não mesmo. Desprezo trabalhar duro.

Não sei o motivo, mas isso me fez sorrir um pouco.

— A menos que seja pelo macarrão.

Ele engasgou com o vinho e tossiu, batendo no peito. Inclinei-me para ajudar, mas ele balançou as mãos, negando.

— Caramba, Andromeda! Eu quase morri — disse ele com dificuldade, limpando a boca com o suéter de novo. — Podia ter me dito que era tão engraçada.

Senti meu pescoço ficando quente de satisfação.

— E você aí dizendo que eu não tenho hobbies.

— Viu? Estamos progredindo. Agora eu sei que você não suporta ser tocada, é secretamente engraçada e não gosta de macarrão.

— Eu não *desgosto*.

— Você se afasta.

O estranho tom de preocupação em sua voz fez meu rosto se aquecer. Eu não queria falar sobre a minha falta de habilidades humanas ou o porquê de eu não as ter. Eu não sabia direito o porquê disso importar agora, tão de repente, mas por algum motivo não queria que ele me achasse estranha.

E com certeza não queria pena.

— Não tem nada de errado em ser cuidadosa — falei —, e eu estava falando do macarrão.

— Cuidadosa ou ansiosa? — Ele ergueu as sobrancelhas. — E eu já te vi comendo algo de que você gosta.

— *Cuidadosa*. Confio nas pessoas quando elas provam que são confiáveis. — Esta conversa estava definitivamente se tornando passivo-agressiva, e isso estava me irritando... bem, um pouco. Uma parte minha a achava fascinante, até emocionante, o suficiente para ver no que ia dar. Para ser sincera, só pensar nisso me fez dar um sorrisinho. — Me dê um pouco de *injera*, e eu termino isto aqui em no máximo um minuto.

Magnus começou a sorrir enquanto apoiava o cotovelo sobre a mesa e mantinha uma das mãos na bochecha. Ele olhou para mim... não para a minha cicatriz ou as minhas tranças crespas e meio bagunçadas, mas para os meus olhos, do mesmo jeito que havia feito ontem à noite.

Senti que eu estava corando e desviei o olhar antes que pudesse compreender por completo o que aqueles olhos queriam me dizer.

— Isso parece ansiedade *pra* mim — disse ele. Voltei a olhar para ele rapidamente. Ele pressionou os dedos na bochecha suavemente, ritmicamente, seu sorriso sendo pouco afetado pelas palavras. — E não tem problema. Também estou ansioso.

— Por causa da maldição?

— Não. Por causa do depois.

— E o que acontece depois?

— Eu não sei. — Ele se jogou na cadeira de novo, agora com os dedos entrelaçados sobre o estômago. — Sempre penso que se estiver livre da maldição... bem, que as pessoas não vão mais precisar ficar comigo. Que elas iriam embora. E eu ficaria...

— Só — completei, tremendo. Fechei os olhos por um instante, tentando tirar os sussurros das aranhas da minha mente. — Sei exatamente como se sente.

Magnus ficou quieto por um segundo. Então, de repente, ele empurrou a cadeira para trás, fazendo-a chiar alto, e foi até a cozinha. Ouvi uns barulhos, e logo ele voltou, segurando uma cestinha. Ele a colocou na minha frente e removeu o pano que estava em cima, deixando a *injera* à mostra.

Meu estômago roncou na mesma hora.

— Sobras do almoço — disse ele.

— O que é isso? — perguntei, pegando um pedaço na hora e evitando mostrar qualquer sinal de satisfação. — Uma recompensa por te entreter?

— Uma recompensa? Não. — Seu olhar brincalhão era tão contagiante que conseguiu transformar meu estoicismo em um leve sorriso. — Eu só queria te ver comendo o macarrão todo em um minuto.

CAPÍTULO
10

Meu amuleto pulsou assim que pisei no corredor.
Eram oito horas — duas horas antes do Despertar, antes do momento em que as Manifestações ficariam extremamente ativas. Quanto mais perto eu chegava do quarto de Magnus, mais meu estômago revirava. Aproximei-me e pus o ouvido perto da porta. Consegui ouvir um gorgolejo vagamente, como água pingando em uma rocha. Girei a maçaneta, mas, quando eu empurrei a porta, ela não abriu. Tentei de novo, fazendo força com o ombro, e a porta se moveu lentamente, como se algo estivesse empurrando-a do outro lado. Dei mais um empurrão e tropecei quando a porta cedeu, minha perna se afundando até o joelho em água.

Não, não era água. Era mais espesso... *mais vermelho* que água.

Olhei boquiaberta para o quarto, para o que parecia ser sangue enchendo o cômodo de baixo para cima, como a maré de um rio subindo bem rápido. Magnus ainda estava na cama, dormindo profundamente. Deslizei pela fenda que consegui abrir, e o movimento constante do líquido fechou a porta atrás de mim.

— Magnus! — chamei, mas ele nem se mexeu. — Acorda! — Caminhei com dificuldade pelo sangue, cujo nível subia rapidamente, o escudo do amuleto empurrando o líquido para longe do meu corpo.

Seu peito estava se movendo de modo constante, então eu bati em seus ombros — com força. E nada. Não tinha como alguém dormir tão profundamente. Não de modo natural, pelo menos. Será que isso era... parte da Manifestação?

Eu nunca tinha visto uma paralisia assim. Mas eu também nunca tinha visto um quarto se encher de sangue.

Subi na cama, pegando o peso morto que era o corpo dele pelos ombros, para afastar seu rosto do sangue, que agora já tomava a cama, e só quando o puxei para mais perto do meu peito e seu corpo tocou meu amuleto foi que ele acordou com um grito assustado e se afastou de mim.

Ele arfava do outro lado da cama, piscando e me encarando como se estivesse tentando se lembrar de quem eu era.

— Está acontecendo de novo?

— Precisamos sair daqui — falei. Quando ele não reagiu, agarrei o pulso dele. — Anda!

Nessa hora, o sangue já encharcava os lençóis, e Magnus se sobressaltou de novo, finalmente olhando para o cenário.

— Está acontecendo de novo — murmurou, olhando para mim em busca de ajuda. — Ah, meu Deus.

— Não consigo te levantar. Você consegue andar?

— Sim, mas...

— Venha comigo. — Eu o puxei da cama, levando-o em direção à porta, e ele me seguiu sem questionar. O sangue já estava na altura de nossas cinturas, e todo aquele líquido que espirrava e subia cada vez mais já tinha desgastado bastante o meu escudo. Dei um puxão na porta, mas a pressão do sangue fluindo a mantinha fechada. Magnus se juntou a mim sem que eu precisasse pedir e pressionou o pé na parede, usando-o como alavanca. A porta se moveu um pouco antes de bater novamente.

— Ai meu Deus — falou de novo, só que com mais desespero.

— Mantenha a calma — pedi, mais para mim do que para ele. Nunca tinha me afundado em sangue antes, mas achei que deveria ser como qualquer outra Manifestação. Contanto que meu amuleto durasse...

Olhei para a minha situação. Partindo do meu corpo, o escudo se estendia por todas as direções, e, embora fosse em apenas alguns centímetros, já era o suficiente para me dar uma ideia.

ENTRE PAREDES AMALDIÇOADAS 83

— Conte até dez e puxe o mais forte que conseguir.

— Não podemos esperar, está subindo muito rápido...

— Confie em mim, Magnus. Só faça o que eu pedi.

Ele estava tremendo, e eu não sei se era por causa do sangue gelado ou por medo, mas seus olhos estavam arregalados.

— Um... dois... — disse fracamente, posicionando-se para puxar a porta.

— Três — contei com ele. Mergulhei no mar de sangue e não cheguei a ouvir o *quatro*.

O amuleto afastou o líquido do meu rosto, impedindo que eu me afogasse. Estendi a mão livre para frente e tentei achar a porta. Se eu conseguisse usar o espaço livre que o amuleto fornecia para aliviar um pouco a pressão na parte inferior da porta, ela com certeza abriria com mais facilidade.

Era o que eu esperava, pelo menos.

Ele deveria estar no *sete* agora... *oito... nove...*

Minha contagem estava atrasada, e a porta se abriu antes do previsto, então não tive muito tempo para pensar. Só procurei manter meu pé e meu braço atrás da porta, pegando a madeira com as mãos bem na hora em que ela ia bater na minha cara. O choque foi o suficiente para desfazer meu escudo por completo, e eu prendi a respiração e fechei os olhos enquanto o sangue me envolvia. As pernas de Magnus batiam em mim enquanto ele se mexia, afastando a porta de mim e abrindo-a cada vez mais com a pequena fenda que fiz para ajudá-lo.

Quanto mais ela se abria, mais eu me arrastava em direção ao corredor e pressionava meu ombro contra a porta. Fiz um esforço para respirar assim que cheguei ao corredor, cuspindo o sangue que tinha escorrido do meu rosto e do meu cabelo. O mar ficou dentro do quarto e não passou da porta. Levantei-me para ganhar mais equilíbrio e empurrei o ombro contra a porta. Magnus colocou a perna para fora. Eu me lancei contra a porta de novo, e ele conseguiu tirar a parte de cima do corpo, ofegando como eu havia feito, embora respirasse de maneira mais afobada. Continuei até ele conseguir sair do quarto e ir para o corredor comigo, segurando a porta contra aquele monte de líquido.

— Vamos largar no três — falei, e ele não discutiu. — Um.

— Dois — começou a contar comigo. — Três!

Nós caímos, e a força exercida pelo mar de sangue bateu a porta atrás de nós. Fiquei sem fôlego ao cair no chão, arfando em busca de ar. Ficamos deitados, com as roupas geladas e encharcadas grudando em nossos corpos. Limpei meu rosto rapidamente, para manter o sangue longe dos olhos, me dando um momento para recuperar o fôlego. De repente, percebi que estávamos apoiados um no outro e o soltei rapidamente.

— Estamos bem — falei, sentindo meu corpo rígido e frio, e o jeito com que ele me apertava não estava ajudando. — Pode soltar.

Magnus o fez, imediatamente se encolhendo e tremendo. Estávamos deitados de frente um para o outro. Eu me senti muito próxima dele por algum motivo, então me virei para ficar de barriga para cima.

— Existe um amuleto *pra* isso? — perguntou ele, ofegante.

— Existe um amuleto *pra* tudo.

Levantei-me e corri pelo corredor, deixando uma trilha vermelha atrás de mim. Apanhei a cesta de suprimentos inteira em vez de ficar tentando procurar o necessário no meu quarto escuro. Quando voltei, parando na frente do quarto de Magnus, ele estava em pé, olhando a porta como se ela fosse se abrir a qualquer momento. Mas, quando me sentei com a cesta, ele fez o mesmo, apertando as roupas molhadas contra o corpo e batendo os dentes uns nos outros.

Estava tão frio que eu mal conseguia manter minha caneta firme. Magnus entrou em outro cômodo e trouxe um cobertor pesado e uma lamparina para que eu pudesse continuar a trabalhar. Logo, gotículas de sangue começaram a sair de nossos corpos, se afastando do amuleto em construção. Primeiro eram gotas, depois respingos, se arrastando pelo chão e passando por baixo da porta do quarto de Magnus. Lá dentro, o sangue rugiu como um mar agitado, e, depois, ouvimos um gorgolejo, como um ralo sendo desentupido.

Quando cheguei perto de terminar o amuleto, o sangue se afastou de nós como uma multidão em pânico, levando a umidade e as manchas junto com ele e nos deixando inteiros, como se nunca tivéssemos sido tocados pela Manifestação.

Abri a porta do quarto, mantendo o cobertor sobre meus ombros como se fosse uma capa. Não senti nenhuma presença forte, exceto a de

Magnus atrás de mim. O quarto estava impecável. Achei um lugar em que o amuleto não seria danificado com facilidade e o preguei na parede.

— Acho que agora é seguro dormir aqui — falei, apertando o cobertor contra o meu corpo, para me aquecer.

Ele olhou para algum lugar acima dos meus olhos.

— Ainda tem sangue em você. — Seus olhos se arregalaram um pouco enquanto ele falava. — Você está sangrando.

Recuei antes que ele pudesse chegar perto e toquei a minha testa. Senti um pouco de dor ao tocá-la, e ela latejou depois, mas não passou disso. O frio deixava tudo dormente.

Tirei a mão dele de perto do meu rosto e a empurrei levemente em direção a ele.

— Estou bem.

— Você está sangrando — repetiu ele, como se estivesse tentando se justificar por ter invadido o meu espaço. — Saba pode dar uma olhada.

— Já passei por coisa pior — comentei, virando antes que eu visse a expressão de pena que surgia na maior parte do rosto das pessoas quando eu falava isso. — Boa noite, Magnus.

— Como sabia que eu estava em perigo?

Parei no batente da porta, batucando meus dedos nela antes de me virar de novo.

— Meu amuleto começa a pulsar... — Senti algo quente escorrendo pela minha testa e usei a palma da mão para fazê-lo parar de cair. Talvez a ferida fosse pior do que eu pensava. — Quando encontra o Mau-Olhado.

— Como um batimento cardíaco?

— Acho que sim.

— Você me salvou, Andromeda. — Magnus sentou-se na cama, ainda parecendo um pouco atordoado. Desorientado. — Estou em dívida com você. Já me afoguei antes, e foi desagradável o suficiente para que eu nunca quisesse passar por isso de novo.

— Isso já aconteceu?

— Não é a primeira vez que a casa tenta me afogar. Na época eu dormia em outro quarto... Acho que ele ainda está manchado de vermelho.

Ele olhou para mim, quase sério, como se o antigo quarto dele fosse o detalhe mais importante da história.

— A Manifestação me paralisou como hoje à noite. Eu não conseguia sair, não conseguia pedir ajuda. E se... se você soubesse como é se afogar, sentir seus pulmões ficarem apertados com a falta de ar e achar que sua cabeça vai explodir a qualquer momento. Eu me senti assim a noite toda. Meus pulmões ardiam e ansiavam por ar. Fiquei assim até de manhã, que foi quando o sangue foi embora...

O soluço preso na minha garganta fez ela queimar. Era muito fácil me identificar com ele. Eu tinha crescido com essa sensação de afogamento. Às vezes, quando Jember estava me preparando para "o mundo real", ele me sufocava e me mandava descobrir um jeito de me soltar. Na maioria das vezes, eu acabava desmaiando, e, então, ele me dava um sermão, explicando como eu deveria usar meu peso corporal a meu favor e não ter medo de enfiar os polegares nos olhos de um inimigo.

Claro que os dias de Preparação Para o Mundo Real normalmente acabavam com a gente roubando baclava da padaria da esquina. Duvido que o Mau-Olhado tenha dado doces para Magnus depois de afogá-lo.

Magnus estava mexendo no suéter sem perceber, cutucando o tecido e fazendo buracos nele.

— Não teve nem a decência de me matar — murmurou.

Fui até a cama, hesitando antes de colocar minha mão sobre o ombro dele.

A situação do castelo era pior do que eu pensava. Deveria ter imaginado, já que dez profissionais licenciados tinham passado por aqui antes de mim e ido embora. Estava claro que tudo aquilo estava além das minhas habilidades. Eu precisava de conselhos. De ajuda.

Jember, por favor, colabore uma vez na vida.

Magnus olhou para mim e, então, abriu a gaveta ao lado da cama e tirou um lenço, oferecendo-o para mim.

— Tem certeza de que não quer que a Saba dê uma olhada?

— Estou bem — sussurrei, limpando a testa antes de pressionar o tecido, agora molhado, na ferida.

— O que posso fazer para ficarmos quites?

— Só fiz o meu trabalho, senhor.

— Salvar a minha vida não faz parte do seu trabalho. Podia ter me deixado sofrendo. Ou ter construído o amuleto lá fora, longe do perigo. Estou te devendo.

Ele se levantou, devagar o suficiente para que eu pudesse me afastar... e chegou perto o suficiente para que eu sentisse que deveria ter feito isso.

— Diga seu preço, Andrômeda — disse ele.

Olhei para Magnus, que me encarava. Desafiava-me. Ele queria ver se eu ia ceder e pedir algo em troca por salvá-lo. Por mais mesquinho que fosse, eu não faria isso. Estava acostumada a ser desafiada e intimidar em troca.

Mas, por algum motivo, eu só queria confortá-lo.

— Não tem dívida nenhuma — falei.

— Você não quer nada de mim?

Eu não podia responder isso. Não com um simples sim ou não. Queria dinheiro, mas ele já estava me pagando. Comida e um teto, mas também já eram meus. Mais chocolates, talvez, mas eles não significavam nada. Estaria respondendo só por responder.

E ele estava perguntando por algo mais profundo. Algo pessoal, equivalente à vida que eu havia dado a ele. Vendo por esse lado, era uma pergunta mais assustadora do que parecia. Uma que eu nunca poderia responder, mesmo se eu soubesse o que dizer.

— Bom, já que você não tem nenhum pedido... — Magnus recuou e abriu sua gaveta, retirando uma pequena caixa de madeira dali. Pegou um maço de notas e nem se preocupou em contar antes de oferecê-lo para mim.

— Não — falei, recuando. — Não te salvei por interesse.

— Considere isso um bônus por um trabalho bem feito.

— B-bom... — Seria realmente uma idiotice não aceitar. Eu só tinha seis centavos na conta, mas estava ali, recusando dinheiro por conta de princípios. Foi estranho ficar encarando o dinheiro na frente dele, mas só precisei olhar para as notas de cores diferentes para ver o quanto tinha. Era mais do que eu ganhava em uma semana. Tinha algo errado ali.

— Ainda não recebi meu salário essa semana. Podemos dizer que você me pagou adiantado.

— Pelo amor de Deus, pega logo — reclamou, suspirando pesadamente. — Amanhã você vai receber o seu salário, conforme diz o contrato. Além do mais, com certeza isso vai ser mais útil *pra* você do que *pra* mim.

Só tocar no dinheiro já parecia vergonhoso. Magnus estava me pagando pelos motivos errados. Eu não suportava a ideia de ser paga só por fazer a coisa certa. Mas, ao mesmo tempo, recusar um presente tão generoso seria extremamente rude. Fechei os punhos para esconder o rolo de dinheiro.

— Obrigada... Vou te deixar dormir — adicionei rapidamente, assim que percebi que ele ia falar algo, e fui em direção à porta.

— Não posso te deixar sair daqui sangrando. Que tipo de anfitrião eu seria se fizesse isso? — Seu tom de voz era calmo e esperançoso, então só assenti. Ele foi até o banheiro privativo. Ouvi o barulho de um armário sendo aberto e algumas coisas sendo mexidas. Logo ele voltou com uma garrafa de líquido transparente.

Ele invadiu meu espaço de novo, mas não tentei me afastar. Meu coração estava acelerado, mas não por medo ou por adrenalina. O olhar dele era tão direto e penetrante. Era impossível de acreditar que ele estivesse sempre tão abatido quando tinha gente por perto, que, talvez, secretamente, tivesse medo de conhecer pessoas. Porque, agora, ele estava quase me prendendo só com um olhar, e havia só uma pitada de timidez em seus olhos castanhos.

Mas, como se lesse meus pensamentos, ele passou a olhar para a minha testa latejante. Pegou o lenço da minha mão — meus músculos se contraíram nessa hora, pois eu tinha esquecido completamente de que estava apertando o tecido com força — e o umedeceu com o líquido transparente. Sem aviso, pressionou-o no meu corte. Fiz uma careta, fechando os olhos brevemente, e usei minha mão para bater na dele, para tirá-la de...

A mão dele... estava na parte de trás da minha cabeça. *Afagando-a*. Afagando-me. Fiquei quieta e respirei fundo. Nunca senti algo tão reconfortante quanto o seu toque. Eu... tinha *permissão* para gostar da sensação que o toque do meu empregador causava? Mesmo que não significasse nada — e não significava. Ele só estava me ajudando, era apenas um ano mais velho que eu, e, se não fosse meu empregador, seríamos colegas.

Magnus verificou o local antes de rasgar um pequeno pedaço de gaze que havia trazido e, depois, entornou um pouco de remédio grudento nela. Segurei-me para não sorrir. Sua expressão concentrada o fazia parecer gentil, como um menino, enquanto colocava a gaze sobre o meu corte, alisando-a com os polegares, para que o remédio se espalhasse e fizesse com que todo o tecido grudasse no local. Essa versão dele era melhor do que seu semblante cansado e aborrecido.

— Obrigada.

Ele apertou levemente as bordas com o lenço, removendo o excesso do remédio. Depois, voltou a olhar para os meus olhos. Piscou quando me afastei, como se estivesse acordando de um transe.

— Obrigado você por fazer eu me sentir útil.

Um rubor surgiu em suas bochechas e seguiu até a ponta do nariz. Uma gracinha... Meu Deus, não, no que eu estava pensando? Parei de olhar na hora.

— Boa noite, senhor. — Comecei a ir em direção ao corredor.

— Magnus.

Parei no batente da porta para olhá-lo, encontrando seu olhar novamente. Eu deveria ter pedido para ele parar de me encarar. Era socialmente rude. E estranho, para ser honesta. Mas não era um olhar invasivo ou pervertido, apenas o pedido silencioso de um garoto que ansiava por conexão.

E, depois dessa noite, acho que era uma conexão de que eu precisava tanto quanto ele.

— Boa noite... — Segurei a maçaneta e fui para o corredor. — Magnus.

CAPÍTULO
11

Acordei com dor de estômago e a cabeça cheia de medo.

Não por causa do quarto cheio de sangue — eu tive horas para aceitar o que tinha acontecido —, ou o fato de que meu amuleto mal havia me protegido. Isso era mais preocupante, mas com certeza Jember sabia como torná-lo mais forte.

Se ele estivesse disposto a me ajudar, claro.

Saí da cama e vesti as roupas que estava usando no dia em que cheguei. Se eu me apressasse, conseguiria falar com Jember antes que ele saísse da igreja — ele trabalhava a noite toda, e, se eu não o alcançasse antes de dormir, ele estaria ainda mais mal-humorado. Pelo menos na igreja havia uma leve chance de ele se comportar na frente dos sacerdotes.

Peguei um pouco de dinheiro do esconderijo que eu tinha atrás do armário e o coloquei na parte oculta da minha bolsa. Agora eu só tinha que torcer para que Tom ou Emma me dessem uma carona.

O aposento dos empregados não tinha aquelas portas escancaradas como as do resto da casa nem a luz do sol passando por grandes janelas, como um tecido delicado entrando em contato com a madeira. Era um corredor estreito e com o teto baixo. E frio, tanto no sentido figurado quanto no literal. As portas dos quartos vazios que ficavam dos dois lados estavam fechadas como túmulos. Fiquei grata por ouvir vozes vindas da única porta aberta. Parte de mim teve medo de ter que procurar pela casa toda.

— Por que não podemos só ir embora? — disse Emma. — Já economizamos dinheiro suficiente *pra* voltar *pra* Londres e temos muitos amigos lá que podem nos abrigar até arranjarmos um emprego.

— Mais algumas semanas e teremos o bastante *pra* vivermos sozinhos.

— Mas a que custo?

Fiquei parada no batente da porta, mas eles não olhavam na minha direção, ou eu era melhor em me camuflar do que pensava.

Tom passou a mão pelo cabelo.

— Dê um tempo a Andromeda, tenho certeza de que ela vai...

— Não temos mais tempo, Tom. Edward desapareceu, assim como todo mundo. Nós só temos um ao outro.

Pigarreei. Eles viraram para mim rapidamente, Emma quase pulando de susto.

— Bom dia — cumprimentei.

Quando tentei olhar para Emma, ela começou a ajeitar o cobertor da cama.

Tom suspirou, apertando a ponte do nariz.

— No que podemos ajudar, Andromeda?

— Acham que poderiam me dar uma carona até a cidade?

Emma se desesperou, seu rosto desabando como se a gravidade tivesse ido embora.

— Não está nos abandonando, *né*?

Tentei lhe dar um sorriso reconfortante, mas não sei se foi convincente. Eu queria essa viagem tanto quanto ela queria que eu fosse embora.

— Só preciso buscar umas coisinhas na feira.

— Jesus, sim, por favor! — Emma pegou uma bolsinha que estava na mesa. — Preciso mesmo sair deste lugar pérfido.

⚞∾⚟

O muro de pedra incontestavelmente sólido que cercava a cidade continha dois portões de entrada — um em cada extremidade oposta. Tinha quatro metros e meio e era fácil de escalar, e eu teria feito isso mesmo, se não tivesse companhia.

Tom conduziu os cavalos por uma das duas estradas poeirentas, largas o suficiente para acomodar a carruagem gigante, indo bem devagar, para evitar colidir com os compradores. Carruagens exageradas com assentos acolchoados não eram mais uma novidade para esta cidade. Mas eu morava aqui há 7 anos, desde que Jember tinha conseguido o cargo na igreja, e eu raramente via um desfile desses pelas ruas. Geralmente elas estavam apenas de passagem.

A cerca de um quilômetro e meio da praça central onde ficava a igreja, as duas estradas principais terminavam e formavam um grande círculo ao redor da parte interna da cidade. Aqui tinha uma extensa feira de cabras, um lugar onde viajantes podiam deixar seus animais e onde os ricos deixavam suas carruagens. Já havia alguns camelos, asnos e cavalos nas baias. Saí da carruagem ao mesmo tempo que Tom. Ele deu um pouco de dinheiro para os meninos que vieram até nós, e eles começaram a desatrelar os cavalos sem nenhuma palavra.

Tom estendeu a mão para Emma, que a pegou e usou a outra para deixar seu chapéu de aba larga ainda mais largo. Mesmo estando com o rosto completamente protegido do sol, ela fez uma careta.

— Já está tão quente. Não deveríamos ficar por muito tempo

Olhei para as roupas deles, assim como fiz antes de sairmos, mas era tarde demais para falar alguma coisa. Embora não estivessem usando lã, era algo parecido e claramente muito pesado e apertado para o clima. As cinturas do vestido de Emma e da calça de Tom estavam tão pressionadas contra seus corpos que pareciam estar chamando o suor. A verdade é que ainda não estava tão quente, mas qualquer um se sentiria sufocado com aquela quantidade de roupa apertada, independentemente do tempo.

— Quanto tempo é "muito tempo"? — perguntei.

— Bom, temos que fazer a longa viagem valer a pena. — Emma olhou para Tom, que concordou com ela. — Acho que consigo aguentar uma hora.

Ele fez que sim com a cabeça.

— É tempo suficiente para um café da manhã simples. Vamos precisar dessa energia para aguentar a bronca da Peggy.

Uma hora. Quando a viagem toda havia durado o dobro disso. Não fazia sentido, mas esse era o menor dos meus problemas naquele momento.

— Uma hora, então — falei. — Encontro com vocês aqui.

Não fui direto para a igreja. Em vez disso, fui para a feira de cabras e comprei um pouco de *tej* do pastor — o vinho que ele produzia era mais forte e melhor, além de ser menos caro, do que qualquer coisa que tinha na feira. Tive a sensação de que precisaria de um pouco de álcool para me encorajar.

Por um momento, só apreciei o vinho de mel antes de realmente tomar um gole. Doce, depois amargo, um pouquinho picante, ardente. Deixou-me ligeiramente tonta. A última vez que eu havia bebido *tej*, eu morava com Jember... tinha gosto de casa.

E, com esse pensamento, o vinho virou veneno em minha boca.

Guardei a garrafa na bolsa e corri para a rede de proteção das ruas. Enquanto as duas ruas principais e a feira eram feitas de areia, o restante eram becos feitos de pedra; a largura permitia que apenas uma carroça ou que dois adultos caminhando lado a lado passassem ali. E, em ambos os lados dessas ruas, havia uma linha de edifícios quadrados feitos de concreto e de cimento, separados apenas por alguma cor brilhante que alguém havia pintado no meio ou por um beco perpendicular para continuar a rede.

A cidade tinha sido arquitetada para resistir à guerra — se os inimigos conseguissem passar pelas defesas do muro, eles encontrariam um labirinto e teriam que navegar por ele se quisessem chegar ao epicentro. Mas é claro que as guerras desviaram completamente da cidade — para a decepção dos arquitetos, com certeza. Agora, o labirinto só confundia turistas e bêbados.

Andei rapidamente, tentando não parecer rude ao cumprimentar as pessoas sem parar.

Só diminuí a velocidade quando cheguei à praça principal.

A igreja era a construção mais antiga da cidade. Um edifício feito de pedras vermelhas desgastadas pelo tempo, elevado em uma plataforma de doze escadas. Tão majestoso quanto o castelo de Magnus, só que mais elegante e digno. Mesmo sem a plataforma, era três vezes mais alta que todas as outras construções. Suas quatro paredes planas pareciam tentar alcançar os céus.

Tirei meu *netela* da bolsa e cobri a cabeça, prendendo o lenço ao redor do pescoço antes de subir as escadas de modo casual, para não atrair atenção negativa.

O ritmo suave do cântico aumentava a cada passo, tornando-se um eco conforme eu removia as sandálias e entrava na sombra do sol. As pinturas coloridas de santos nas paredes e as colunas da entrada me cumprimentaram tanto com gentileza quanto escrutínio. O cheiro de incenso beliscava e fazia cócegas nas minhas narinas. Uma grande cortina branca bloqueava a vista para o santuário, simultaneamente fazendo com que eu também não fosse vista de cara. Tudo estava do mesmo jeito.

No sentido físico aquela não era mais a minha casa, mas minha mente estava mais calma do que estivera em semanas.

O santuário principal ocupava a maior parte do primeiro andar. Colunas pintadas o cercavam, criando uma pequena passarela ao redor do perímetro. Havia algumas salas pelas paredes, mas as entradas estavam bloqueadas por cortinas brancas e pesadas. Entre cada coluna tinha um grande vaso, todos cheios de água ou de várias ervas, e eu alternei entre me esconder atrás deles e das colunas. Havia um punhado de pessoas rezando em pé, na direção do altar — local em que Jember estava sentado, construindo um amuleto.

Ele usava o traje oficial dos *debteras*: um turbante branco — um pouco mais largo que o normal para acomodar os *dreads* que ele se recusava a cortar — e uma toga, também branca, mas com listras vermelhas, pretas e amarelas na bainha. E seu traje oficial de Jember: luvas de couro vermelhas, uma bota preta comprida na perna esquerda e uma prótese feita de um metal opaco na perna direita. A barba estava despenteada, mas as roupas estavam limpas.

Sentimentos mistos surgiram em mim ao vê-lo trabalhando. Primeiro, percebi que sentia falta dele. Mas, se eu não estivesse vendo-o cortar padrões complexos com a rapidez de um especialista, esse sentimento poderia ter sido o último. A verdade é que seu trabalho era a única coisa admirável nele.

E era por isso que a raiva vinha muito depois, mas eu precisaria reprimi-la se realmente fosse aguentar pedir ajuda.

Tentei não me mexer, não só por respeito ao ritual, mas também para impedir que Jember me visse antes que eu estivesse pronta. Demoraria apenas alguns minutos para ele começar um cântico. Era o sinal para que as pessoas que rezavam pudessem beber o pequeno copo de água benta que ficava no chão à frente de cada um deles. Inclinei-me um pouco para o lado, meio longe da coluna, no intuito de ver para qual tipo de Manifestação os amuletos estavam sendo construídos — um erro. Jember olhou na minha direção, mas sem errar uma nota do cântico.

Talvez ele não tenha me visto.

Tá bom, Andi. E talvez o deserto não seja quente.

Isso significava que eu não teria como surpreendê-lo. Teria que estar pronta para me aproximar assim que o ritual terminasse. Sem saudações ou conversa fiada — Jember não tinha paciência para essas coisas. Teria que ser clara e rápida.

Finalmente, a oração tinha terminado, e cada devoto fez o sinal da cruz — da testa para o peito, e de um ombro para o outro. Jember envolveu cada amuleto em um tecido simples antes de entregá-los para as pessoas necessitadas, e elas aceitaram com as cabeças curvadas e nada além do som de seus passos conforme saíam.

Saí da parte de trás da coluna para me preparar — e por estar curiosa para saber quais tipos de amuleto ele havia construído. No caso de assombrações domésticas, *debteras* tinham que ir diretamente para a fonte delas. Mas, se alguém estivesse com uma má sorte súbita, ou com o gado doente, ou com as colheitas comprometidas, um amuleto básico normalmente acabaria com a influência do Mau-Olhado.

Esses foram os primeiros tipos de amuleto que aprendi a fazer. Antes mesmo de Jember pensar em me ensinar. Era o ritual para construí-los que demorava, não o ato em si.

Esperei até que a última pessoa fosse embora para subir ao altar.

— Jember, preciso de ajuda.

Ele nem se deu ao trabalho de me olhar enquanto juntava suas coisas.

— Me diga o nome. — Seu tom de voz parecia tenso.

Mordi o lábio. Eu tinha recebido instruções específicas de Jember — extremamente específicas, e com consequências igualmente elucidativas se eu as desobedecesse — quando ele me expulsou: não incomodá-lo a não ser que eu estivesse em perigo. Não tinha o que comer? Se vira. Não tinha onde dormir? Não era problema dele. Mas se alguém me ameaçasse ou tentasse me machucar? Eu poderia falar com ele, mas só nessas situações.

Eu era muito boa em ficar fora de perigo. Parcialmente porque sou pequena e sei dos meus limites físicos, então tento evitar encrenca com as pessoas. Mas, principalmente, porque eu nunca quis pedir ajuda para ele. Não queria lhe dar esse gostinho.

Mas eu não tinha um nome, e não parecia certo inventar um só para fazê-lo parar e me escutar, até porque essa pessoa provavelmente já acabaria morta à tarde se eu o fizesse.

— Tem a ver com um trabalho — falei rapidamente. — Essa Manifest...

Ele saiu sem nem olhar. As pernas dele eram muito mais compridas que as minhas, então, mesmo que ele estivesse mancando, eu tive que correr para acompanhá-lo.

— Só preciso saber se a purifiquei corretamente.

Ainda assim ele continuou andando. Estava quase no cômodo da parte de trás do salão onde eu, como uma *debtera* não licenciada, não poderia entrar. Era onde os sacerdotes trocavam as roupas comuns pelas vestes sagradas antes dos cultos.

Corri na frente dele e bloqueei a entrada.

— Jember...

— Não me incomode, garota.

Em vez de me deixar sair por conta própria, ele usou a lombada do livro que segurava para me atingir no rosto, fazendo com que eu saísse de seu caminho. Tropecei, grata por ele não ter me atingido com muita força, mas com raiva de mim mesma por não ter me esforçado mais para ficar no lugar.

Então, ele desapareceu atrás da cortina do cômodo, e eu fiquei ali, parada e em choque por um momento. O choque logo se transformou numa raiva silenciosa, como se minha cabeça fosse explodir como um tomate sendo espremido. Queria chamá-lo, mas me sentia ridícula ali, implorando pela atenção dele.

Respirei fundo. Eu só tinha uma opção. Duas, na verdade. Eu poderia fazer do jeito demorado e silencioso — esperar Jember terminar seus afazeres e encontrá-lo em casa. Isso demoraria uma ou duas horas, e havia a possibilidade de eu não conseguir a informação que queria. E tinha o jeito rápido, que era... questionável. Mas eu não tinha como esperar uma ou duas horas.

Então respirei fundo de novo...

Fazia tanto tempo que eu não gritava de um modo tão descontrolado que quase fiquei em silêncio novamente ao me chocar com os ecos das paredes de pedra. No entanto, imediatamente ouvi a reação desejada dos sacerdotes do outro lado da cortina sob a forma de exclamações assustadas e passos frenéticos. Nenhum deles saiu do quarto, então gritei de novo.

Então, vi um pedacinho da luva vermelho-sangue de Jember na cortina antes de ele empurrá-la para o lado. Seu olhar era selvagem como o de um leão. Ele ainda estava usando o turbante, mas havia tirado a toga, ficando apenas com uma calça e camisa brancas — a mesma camisa que usava desde os meus 5 anos, tão desgastada em algumas partes que parecia estar à beira de se desfazer sozinha. Ele agarrou o seu *maqomiya*, pressionando o longo bastão de oração com tanta força contra o chão que parecia estar tentando perfurá-lo. Não consegui lutar contra o tremor que percorreu meu corpo, pois era algo que já estava condicionada a fazer ao vê-lo. Recuei um pouco, mesmo que minha mente tentasse ser racional e dizer que Jember não me disciplinava há anos, e nunca dentro das paredes da igreja.

Pelo menos não nos lugares em que os sacerdotes pudessem ver.

— Você perdeu a cabeça? — questionou ele, aproximando-se na mesma velocidade em que eu me afastava.

— Se eu disser que sim, você vai me ouvir?

— Eu posso perder minha posição se descobrirem que era você aqui, gritando como uma...

— Tem uma Manifestação perigosa que quase... — Meu pé descalço vacilou no chão irregular de pedra, e, desta vez, meu grito foi verdadeiro quando Jember pegou a parte da frente do meu *netela* folgado e o torceu, deixando-o bem apertado perto da minha cabeça, para me impedir de escapar.

Ele usou o tecido como uma coleira, me arrastando até um armário e me jogando ali dentro antes de entrar. Não tinha velas ali, mas havia luz o suficiente vinda por meio da porta, permitindo que eu me apoiasse nas prateleiras com as mãos antes de bater a cara nelas.

— Estou chocado, Andi — disse ele com um leve tom de divertimento na voz. — O que Deus acharia daquele seu chilique falso?

Engoli minha raiva e me mexi para me segurar na parede lateral e não ficar completamente presa.

— Deus é misericordioso. Ao contrário de você.

Jember se mexeu junto comigo, e consegui ver, devido ao sol que iluminava seu rosto, uma parte de seus lábios repuxados por conta da raiva.

— Eu sou misericordioso — disse ele, já sem humor. — Você pode sair com suas próprias pernas ou eu posso te bater até te deixar inconsciente e te arrastar pelos degraus da frente.

Eu tinha puxado a minha faca, mas agora sabia que não seria necessário usá-la. Eu não conseguia ver o rosto dele, mas, com a outra mão, ele estava segurando a que havia agarrado o meu lenço, como se tivesse socado uma parede. Ele tinha passado dos limites e acidentalmente tocou meu pescoço. Para ele, a sensação de tocar a pele humana era insuportável mesmo usando luvas. Uma vez, quando perguntei, ele disse que era *como cacos de vidros perfurando-o até o osso.*

Tinha a ver com a perna que ele tinha perdido, que tinha a ver com o Mau-Olhado de alguma forma. Mas perguntar muitas coisas para ele era parte do motivo pelo qual eu estremecia ao ver seu *maqomiya*, então, por fim, decidi que ter um pouquinho de mistério na minha vida era melhor.

Dito isso, eu já deveria estar indiferente à dor dele. Não deveria me importar. Queria não me importar. Mas, Deus, ainda partia meu coração vê-lo sentindo dor.

Concentre-se, Andi. Ele não se importa. Por que você deveria?

— Por que está tão determinado a não me ajudar? — perguntei.

Ele apoiou a mão que não doía no suporte horizontal do bastão, apoiando o queixo nas juntas dos dedos e tirando o peso da prótese.

— Por que uma *debtera* não licenciada está preocupada com Manifestações?

A pergunta fazia sentido, mas ainda doía como uma ferida aberta.

— Não estaria aqui pedindo ajuda se você não tivesse me expulsado.

— Sim. Você estaria casada como o restante das meninas da sua idade e irritando seu marido agora em vez de mim.

Resolvi zombar da fala dele:

— Você não me criou para pensar muito em casamento, então o que esperava?

— Eu esperava que você fosse tomar uma decisão baseada em estratégias de sobrevivência, mas escolheu a rua em vez de uma casa segura e renda estável. — Jember soltou a mão que estava acariciando, deixando-a fechada e ficando ereto novamente. Eu deveria ter achado um lugar mais seguro para ficar durante essa pausa. — Você tem 3 segundos *pra* decidir se vai sair daqui andando ou não.

— Eu vou. — Ele não ia me bater agora, apesar da ameaça. Estava acordado desde cedo, construindo amuletos. Era bem maior e mais forte, mas eu sempre fui mais rápida. Nós dois sabíamos, mesmo que não falássemos, que ele não tinha força para fazer isso.

Ainda assim, se eu o incomodasse mais, uma pequena dose de raiva misturada com adrenalina poderia ser o estímulo necessário, e eu não estava com a menor vontade de acordar com os olhos inchados atrás da igreja.

— O quarto ficou inundado de sangue — falei rapidamente. — E já tinha acontecido antes. — Jember levantou o bastão do chão, e eu aproveitei a oportunidade para correr para o salão. — Ele disse que, na última vez que isso aconteceu, ele se afogou vivo.

Jember bateu o bastão contra a parede de pedra, testando sua força.

— Ele viu a Manifestação, *supôs* que estava se afogando, e o medo fez seu corpo imitar os sintomas.

Parei.

— É possível. Mas... — Tropecei, pressionando a mão na lateral da minha cabeça e quase mordendo a língua. Uma dor aguda irradiava pelo meu couro cabeludo, e pisquei algumas vezes, para me recuperar do impacto, mas logo minha visão ficou embaçada de novo por causa das lágrimas. Olhos estúpidos que choravam. Traidores. — Então não foi uma Manifestação perigosa? Não preciso me preocupar com ela?

— Não tem como se afogar e continuar vivo. — Jember não estava com pressa para me alcançar, apenas andava e batia o bastão contra a parede. — Como conseguiu um cliente sem ter licença?

Recuei conforme ele se aproximava. Desta vez eu não seria pega de surpresa.

— Ele viu isso como um benefício.

Os olhos dele se estreitaram ligeiramente.

— *Pra* te pagar menos? — Eu conseguia ver que a mente dele estava pensando em todas as possibilidades para justificar minha situação e sabia que não demoraria muito para que ele chegasse à correta. Será que ele me ajudaria se soubesse que eu estava trabalhando num emprego que ele mesmo havia recusado?

— Ele me pagou o suficiente. Não morri de fome, não é?

Ele estava quase me levando para o santuário principal, mas parou de repente.

— Você não vai conseguir manter essa fachada por muito tempo sem uma licença. Além de não ter a habilidade necessária *pra* conseguir um patrocínio.

— E de quem é a culpa? — Senti meu rosto ficando quente de ódio por ele de novo. — Você disse *pra* eu me casar com um estranho ou morar na rua. Eu tive que cuidar de mim mesma.

— Está procurando por um novo mentor?

— Por que se importa, velhote? Quase morri por sua causa.

Dei um passo em falso, a rajada de vento vinda do *maqomiya* fazendo cócegas em meu nariz. Estremeci conforme ele se estilhaçava após se chocar contra a parede, me apoiando na oposta, para evitar a ponta que havia se quebrado e espalhado pelo chão. Ficamos em silêncio enquanto ela rolava, parando logo depois. Não vi, só ouvi, pois estava encarando Jember enquanto ele me encarava. O ódio que eu sentia formou um nó na base da minha garganta, me impedindo de falar... ódio para suprimir a dor, que se misturava com medo, que contaminava a saudade que eu sentia.

A perna dele estava doendo, e eu sabia, pois ele não tinha vindo atrás de mim. Em vez disso, pegou o bastão arruinado e me assistiu odiá-lo sem dar um motivo que fosse para me contradizer.

Jember realmente não tinha coração. Eu sempre soube disso, mas agora tinha certeza. Uma casca oca na forma de um ser humano. Deus, pensar nisso me fazia querer chorar, mas lutei contra a vontade. Ele não merecia ver que causava emoções nas pessoas... ele não merecia saber que eu queria — precisava — que ele sentisse algo por mim também. Algo humano, espontâneo.

Estremeci de novo, mas o bastão quebrado não veio até mim dessa vez. Em vez disso, ele o deixou cair aos meus pés.

— Pare de agir como uma criança, Andromeda — disse ele, amargo. — Você *escolheu* isso. Não me culpe pelos seus péssimos instintos de sobrevivência.

Ele se virou e me deixou ansiando por ele e odiando-o ao mesmo tempo. Enquanto isso, a vontade de chorar só aumentava.

Engoli as lágrimas antes que elas pudessem embaçar meus olhos e saí correndo da igreja, e os santos, conforme eu ia embora, me observavam tão preocupados quanto decepcionados.

CAPÍTULO 12

Assim que voltei para o meu quarto, com a sacola de suprimentos, ouvi passos rápidos acompanhados do tilintar severo de sinos se aproximando. Virei-me bem a tempo de ver Magnus escancarar a porta e fincar os pés na entrada.

A mandíbula dele estava travada com tanta força que eu conseguia ver seus músculos flexionados; as bochechas estavam vermelhas.

— *Pra* que estou te pagando? — questionou ele. — *Pra* que você serve se eu não souber onde você está?

Seu cabelo estava bagunçado, e a camisa com gola indiana verde e azul era longa o suficiente para disfarçar o fato de que ele ainda não tinha vestido calças. Desviei o olhar das pernas descobertas dele rapidamente. Não me importava em ver Jember sem calça, pois já havia me acostumado com isso enquanto crescia, mas, por algum motivo, ver Magnus assim me fez corar. Coloquei a sacola na cama e comecei a inspecionar os itens, tomando cuidado para manter minhas novas roupas íntimas fora de vista.

— Fui fazer compras.

— Você deveria ter me avisado.

— Não me diga que sentiu minha falta.

Ele ainda estava carrancudo, mas parecia estar mais calmo do que antes.

— Você é a única pessoa interessante nesta casa. Estive entediado há dias.

— Você ficou bem sozinho por 3 anos, então um dia a mais não deveria fazer diferença.

Ele apoiou o ombro na jamba da porta.

— Pelo menos trouxe alguma coisa *pra* mim? *Pra* recompensar toda a minha dor e sofrimento?

— Deveria ter te trazido umas calças.

Magnus olhou para si mesmo rapidamente e saiu correndo. Usei essa oportunidade para guardar minhas roupas íntimas, mas logo ouvi o barulho de seus pés com meias se aproximando de novo.

— E outra coisa — disse ele, entrando no quarto enquanto afivelava o cinto. — Por que está tão quente aqui? Você abriu uma janela? Não estou aguentando o calor.

Revirei os olhos.

— Como você reclama, hein?

— Ninguém mais parece se importar com isso. — Ele sentou na cama e olhou para mim, erguendo as sobrancelhas. — Então? O que trouxe *pra* mim?

— Nada. Você é um mimado. — Dobrei a sacola de tecido, mas Magnus pegou a minha mão, me impedindo de guardá-la. A mão dele era fria, mas macia. Suave. Senti vontade de esfregá-la para esquentá-la, mas resisti. — Você tem algo *pra* me dizer?

— Pelo menos me avise na próxima vez que for sair. — Ele soltou minha mão, então segurou meu cobertor. — Olha, me desculpa por fazer um estardalhaço. É que eu acordei e achei que você... bem... — Magnus se levantou com rapidez, usando os dedos como pente conforme caminhava até a porta. — Só me dê uma satisfação. É o mínimo.

— Nunca te abandonaria antes de completar o trabalho — falei, e ele vacilou, parando na porta.

E, então, se abraçou, parando entre o calor do meu quarto e o frio do corredor, mas acabou se virando e voltando para dentro.

— Mas e então? O que você comprou?

— Só alguns itens necessários.

ENTRE PAREDES AMALDIÇOADAS

— Eu poderia ter feito isso por você. Da próxima vez, só me dê uma lista, e eu mando alguém.

— Eu precisava sair. Mudar um pouco de ambiente.

— Você usou seu bônus?

Sorri. Mas ele parecia tão confuso que não pude evitar.

— O que mais eu usaria?

— Não precisa usar seu próprio dinheiro para esse tipo de coisa. Não enquanto morar aqui.

— Prefiro ser independente.

— É por isso que você deu um jeito de ser expulsa do seu treinamento? *Pra* ser independente? — Quando não respondi suas perguntas grosseiras, ele inclinou a cabeça para o lado, me olhando como um filhotinho confuso. — Aliás, por que foi expulsa? Você nunca contou.

— Porque não é da sua conta.

— Estava dormindo com os sacerdotes?

Eu o encarei, boquiaberta, e depois joguei o travesseiro na sua cabeça. Ele quase não pegou, chegando perto de cair no corredor com o impacto.

— Sabia que não precisa ser tão insuportável o tempo todo?

Magnus arregalou os olhos.

— Eu sou insuportável?

Sua reação indicava que ele nunca tinha ouvido isso, o que era estranho. Será que ninguém tinha coragem de enfrentá-lo?

— E desrespeitoso.

Ele fez que sim com a cabeça, abraçando meu travesseiro contra o peito, e se inclinou um pouco para frente, como se estivesse ouvindo com atenção.

— E o que mais?

Não tinha o menor indício de sarcasmo na pergunta. Hesitei.

— Impaciente.

— Isso é verdade. Você quer um salário maior?

— Não, Magnus... — Respirei fundo. — Quero que você seja melhor.

— Você é a primeira *debtera* a reclamar da minha personalidade.

— Na sua frente.

— Você acha? — Ele parou e olhou para baixo, balançando os dedos cobertos pelas meias. — Eu... entrei um pouco em pânico... quando vi que você tinha saído. Achei que tinha ido embora *pra* sempre. Me pergunto se os outros foram embora porque também não me suportavam.

— Eu te suporto, Magnus, mesmo em seus piores momentos — falei, aproximando-me. Quando me movi, seus olhos encontraram os meus de novo, cheios de esperança e de algo constante e agradável, como satisfação. — Mas isso não quer dizer que você pode agir como uma criança mimada o tempo todo. Sei que é uma boa pessoa. Seria bom se demonstrasse essa bondade às vezes.

— Posso ser bonzinho. Você quer alguma coisa?

— Foi uma pergunta séria?

Ele olhou para mim como se eu estivesse brincando.

— Sim. Quero ter certeza de que você nunca mais vai me deixar.

Sorri.

— Isso até seria legal se não fosse tão egoísta.

— Você é insubstituível, Andromeda. Espero que saiba disso.

— Me diga... e eu vou saber.

Magnus fez uma pausa, como se estivesse chocado com a exigência.

— Você é insubstituível. — Ele desviou o olhar de repente, esfregando o rosto e fazendo uma careta para os pés. — Mas ainda estou te pagando *pra* trabalhar. Então não saia mais sem me avisar.

— Sim, senhor.

— Cada vez que você me chama de "senhor", perco uns anos de vida. Vai me matar antes da velhice.

— Magnus — corrigi.

— Sim?

Mordi meu lábio, para evitar que uma risada escapasse.

Ele abriu a boca para falar, mas, em vez disso, pigarreou. Depois de um tempo, perguntou:

— Você sentiu minha falta, pelo menos?

Meu coração parecia que ia sair pela boca. Era estranho me sentir contente e enjoada ao mesmo tempo.

— Até que não.

Ele ergueu uma sobrancelha.

— Você é tão cruel. Depois de todo o meu esforço *pra* ser legal contigo.

— Que esforço?

— Eu disse que você era insubstituível, não disse? Além de ter me dado ao trabalho de colocar uma calça.

— Você é meu empregador. Não deveria ficar sem calça.

— Bem... — Ele hesitou, suas bochechas ficando vermelhas de vergonha. Pegou minha garrafa de *tej*, tirando a tampa. — Sim, você tem razão. Levar um processo não seria bom, como diz Esjay.

A reação dele foi... adorável. Mas, ao admitir isso, senti meu próprio rosto ficando corado, então evitei o elogio, para me manter sob controle.

— Então, *pra* você, ficar sem calça é um problema rotineiro?

— *Uma* outra vez não significa "rotineiro". — Ele abriu a garrafa, recuando antes mesmo de encostar os lábios nela. — Oh, Deus! Este suco de laranja está azedo.

— É vinho de mel — falei, tomando a garrafa dele e segurando-a perto do corpo. Ele tossiu, engasgando como um gato com uma bola de pelo presa na garganta. Revirei os olhos.

— Isso que dá não pedir permissão antes de tomar um gole da bebida dos outros.

— É nojento. — Ele se esforçou para engolir. — Fiquei zonzo só de sentir o cheiro.

— Ah, dá um tempo. Álcool não funciona assim. — Peguei o braço dele, para escoltá-lo até a porta. Ele pôs uma das mãos sobre a minha, e pude sentir calor e vida deixando marcas relaxantes em mim. — Eu gostaria de descansar um pouco, se não se importar.

— Claro, Andromeda — disse ele, dando um tapinha na minha mão. — O que você quiser.

Olhei para ele, erguendo as sobrancelhas.

— Obrigada?

Ele saiu, indo para o corredor.

— Gostaria de comer comigo? Daqui a algumas horas, quando você tiver acordado.

Fiz que sim com a cabeça.

Ele se apoiou na jamba da porta, batucando-a com os dedos antes de respirar fundo e olhar para mim.

— Eu realmente estou... *muito* feliz por você ter voltado.

E, então, antes que eu pudesse falar algo, ele me deixou, como de costume. Que homem estranho. Estranho, complicado... engraçado... gentil de vez em quando... e absolutamente adorável.

Eu estava corando, mas não ia impedir desta vez, mesmo que alguém estivesse vendo.

— Também estou feliz por estar de volta — falei para a porta dele, que ainda estava aberta, e, então, fechei a minha, para tirar um cochilo.

CAPÍTULO

13

Uma batida na porta me acordou do cochilo, e, quando eu a abri, Saba estava ali, olhando para mim, radiante, enquanto segurava uma caixa luxuosa.

— Oi, Saba — falei, coçando meu couro cabeludo. — Espero que sejam chocolates.

Ela ergueu as sobrancelhas como se dissesse *espero que esteja brincando* e abriu a caixa. Lá, havia frascos e potes, cremes e óleos.

Fiquei boquiaberta. E fiz um som que não fazia há tempos.

Era um gritinho animado como o de uma criança.

— São seus? — perguntei, sem conseguir esconder meu entusiasmo. Saba fez que não com a cabeça, sorrindo ainda mais. — Então são meus? — Mesmo que eu soubesse que sim... ainda não conseguia acreditar. Mas sabia.

Saba me incentivou a pegar a caixa, mas eu não precisava de incentivo. Apressei-me e a coloquei na cama, para que eu pudesse sentar e ver o que tinha dentro. Sabonetes, loções, esfoliantes. Óleos que eu nunca poderia comprar antes de trabalhar aqui, a não ser que economizasse dinheiro por meses. Nunca na minha vida eu teria pensado em sequer tocar nestes frascos com meus próprios dedos, muito menos ter a chance de usar o que tinha dentro deles.

Saba colocou uma pequena banheira de madeira no chão e começou a aquecer um pouco de água na lareira. Então, ela começou a soltar meu cabelo, examinando-o durante o processo. Ela tirou uma tesoura prateada da caixa cheia de óleos e a mostrou para mim.

— Sim. Obrigada. Tenho certeza de que preciso muito de um corte.

Saba apertou meus ombros e, depois, pegou um pente e começou a trabalhar. Fiquei sentada em silêncio, as memórias adentrando minha mente.

— A última vez que cortaram meu cabelo foi no início do meu treinamento como *debtera*... Jember teve que raspá-lo. Suponho que era porque os sacerdotes não queriam ter nenhum problema com piolhos.

Lembro-me principalmente de chorar no beco atrás da igreja enquanto Jember sentava atrás de mim com uma navalha. Não porque doía ou porque eu era apegada ao meu cabelo, mas porque alguns homens que nunca iriam interagir comigo estavam preocupados com a possibilidade de eu levar insetos para a igreja.

Porque eles me achavam suja.

Mas agora era diferente. A cada *tic* da tesoura, minha cabeça parecia mais leve. Como empregada, Saba provavelmente tinha que fazer isso o tempo inteiro, mas eu podia perceber que ela não estava fazendo isso por ser o trabalho dela. Estava fazendo porque... *se importava*.

Quando ela terminou de cortar e pentear, fez um gesto para que eu tirasse as roupas. Hesitei, mas tranquei a porta do quarto antes de tirar as roupas e colocá-las na cama, embora tenha mantido meu amuleto. Depois daquele primeiro Despertar, não ia tirá-lo de jeito nenhum.

Saba me entregou um vaso e fez movimentos circulares nos próprios braços. Assenti, e ela me ajudou a sentar na banheira. Dentro do vaso tinha açúcar, percebi pelo cheiro, misturado com óleos essenciais. A água que ela derramou sobre a minha cabeça estava quente, mas não fervendo. Peguei um pouco da mistura com as mãos e comecei a me esfregar. E foi... eu nunca tinha sentido algo assim. Era definitivamente menos abrasivo que areia, e a sensação de maciez que os óleos deixavam na pele era, se eu fosse descrever em uma palavra, divina. Enquanto isso, Saba começou a esfregar meu couro cabeludo com os óleos sem açúcar, e eu quase tive que parar o que estava fazendo para absorver tudo aquilo.

Se eu tivesse que classificar as melhores sensações do mundo, ter meu couro cabeludo massageado estaria em terceiro, logo atrás de ficar com a barriga cheia e de poder esvaziar meus intestinos com facilidade. Era algo milagroso. Fechei os olhos para me lembrar melhor da sensação do óleo se aquecendo com o atrito dos movimentos, do conforto dos círculos rítmicos no meu couro cabeludo e da satisfação de poder finalmente passar os dedos por todo o comprimento do meu cabelo sem ele estar embaraçado.

Quando terminei, me sentia mais leve, como se quase 5 quilos de tempos difíceis e de areia tivessem sido tirados de mim.

Eu sinceramente não sabia se algum dia já tinha estado tão limpa assim. Mas, se pensasse muito sobre isso, acabaria chorando.

Saba tirou os resíduos de produto de mim com alguns baldes de água fria, o que teria sido muito pior se meu quarto não tivesse sido aquecido com um amuleto. Ela fez com que eu me vestisse de novo. Depois, com a ajuda dela, me sentei na frente do espelho, e ela começou a fazer tranças *albaso* — tranças grossas e finas que se alternavam desde o couro cabeludo, mas que, no meio do caminho, explodiam em cachos na parte de trás da cabeça. Cachos. Cachos de verdade. Ficou bonito. *Eu* estava bonita. E saudável, e... melhor do que já havia estado em toda a minha vida.

Não tinha muito o que fazer com o meu rosto, e talvez eu tenha sido boba em recusar a maquiagem que ela se ofereceu para fazer. Mas tinha um limite, e, se eu o ultrapassasse, acabaria me encaixando no padrão de outra pessoa. E, até agora, eu me sentia eu mesma, só que mais limpa.

Eu me sentia bem. Esperava que as pessoas dessem valor a essas sensações: se sentirem limpas e apresentáveis. Eu certamente dava. Havia demorado algumas horas, mas cada minuto valeu a pena. E era capaz de ter sido a melhor coisa que já tinha acontecido comigo.

— Obrigada, Saba — suspirei. Toquei as pontas do meu cabelo, sentindo que as pontas duplas e danificadas tinham sido substituídas por fios relativamente macios, e, então, olhei para a expressão satisfeita da minha amiga pelo espelho. — Dá *pra* acreditar? Não falei nada durante todo esse tempo.

Saba ofegou, curvando-se sobre a minha cadeira, com os ombros tremendo. Levantei rápido e apoiei o joelho no assento, para ver qual era o problema, mas logo um sorriso substituiu minha cara de preocupação. Ela estava rindo. Foi algo muito bom de ver, e eu me juntei a ela sem pensar muito.

— Acho que você é a minha pessoa favorita — falei, segurando seu ombro surpreendentemente sólido. — Seus músculos são bem definidos. Imagino que seja por Magnus te mandar fazer todo o trabalho pesado daqui.

Saba revirou os olhos, mas manteve um sorrisinho.

— Vou voltar ao trabalho antes que Magnus perca a cabeça de novo — comentei, inclinando-me para frente. Parei. Será que Saba se sentiria confortável com um abraço?

Não. Eu não ia passar dos limites com a única amiga que já tive. Além disso, eu não tinha muita experiência com abraços, então provavelmente não o faria do jeito certo.

— Vou te ajudar primeiro — falei, mas Saba ergueu as mãos e fez que não com a cabeça. Ela sorriu e me entregou minha cesta de suprimentos, me expulsando do quarto e fechando a porta logo depois. Fiquei encarando a minha própria porta fechada.

Todo mundo desta casa era tão estranho. Mas pelo menos Saba o era de um jeito bom.

Desci as escadas. Entre aquela viagem à cidade, meu cochilo e aquela mudança de visual mais do que necessária, eu tinha passado a maior parte do dia sem trabalhar. Mas não é como se eu tivesse tirado algum dia de folga antes. Ainda assim, poderia muito bem tirar vantagem de ter um amuleto bem mais poderoso agora.

Ouvi um som estranho quando desci as escadas e as contornei. Parecia alguém dedilhando algum instrumento. Já tinha ouvido isso antes. Foi na minha primeira noite aqui — uma noite tão aterrorizante que quase esqueci que havia começado com uma bela música. Segui a música e encontrei Magnus tocando um pequeno piano. Era rico em detalhes, assim como todas as coisas de que ele gostava. O resto do cômodo estava coberto por lençóis brancos. Isso, somado às cortinas abertas que permitiam a entrada da vibrante luz do sol e aos flocos de poeira que flutuavam magicamente pelos raios, tornava a paisagem quase etérea. O cômodo estava frio, assim como os outros, mas de algum modo não parecia tão frio como no restante dos dias.

Coloquei a cesta no chão e me apoiei no piano, observando-o por um momento antes de dizer:

— Seu piano está quebrado.

Magnus olhou para cima e, então, olhou de novo e se atrapalhou com algumas notas, como se estivesse surpreso em me ver. Ou, talvez — e era o mais provável —, estivesse surpreso em me ver arrumada. Eu ri, e ele corou, sorrindo antes de voltar a ler as partituras.

Não sei por que ri. Não é como se eu achasse engraçado assustá-lo.

— Você está bonita — disse ele. Parecia que tinha mais a dizer. E, em vez de falar, ficou brincando com a borda da página, dobrando-a e desdobrando-a.

— Hum... Obrigada. Saba cortou o meu cabelo. — E estava mais hidratado do já esteve em anos, mas ele não precisava saber de todos os detalhes. — Ela parece ser bem devota a você. Espero que pague bem a ela.

— Ah, Saba tem o que ela quiser. O que é meu é dela.

Eu duvidava disso, mas, com Magnus, era melhor lidar com um problema de cada vez.

— Quis dizer um salário. Pelo trabalho dela.

— Ela não recebe salário. Tem acesso à minha fortuna, assim como eu. Um dos benefícios de ser uma amiga de longa data — disse ele, voltando para as notas rápidas e eclesiásticas. — E isso aqui é um cravo, aliás. Não um piano. — Magnus continuou a tocar por alguns instantes. — Você é pior que qualquer fantasma desta casa. Está tentando me intimidar, Andromeda, aparecendo assim, do nada, e me enchendo de perguntas?

Ele finalizou nossa conversa muito deliberadamente, mas não me irritei. Em algum momento eu iria conseguir as respostas.

— Duvido que isso seja possível, Magnus.

Gostei do jeito que ele sorriu quando falei seu nome. Imaginava que tivesse sorrido por causa disso, pelo menos. Era mais provável que fosse porque estava tendo dificuldade em tocar e virar rapidamente a página ao mesmo tempo.

Ele olhou para mim novamente.

— Suponho que não se possa intimidar um semelhante.

— Sou sua empregada. Não somos iguais.

— Você está me fazendo um grande favor. E, em troca, estou te fazendo outro.

— Você me contratou. E está me pagando.

— Sim, mas ninguém te obrigou a aceitar o trabalho. Além disso, somos iguais de muitas outras maneiras. — Ficamos quietos enquanto a música tomava conta do cômodo. — Preciso que vire as páginas.

— "Por favor".

— Por favor, o quê?

Revirei os olhos.

— Você quis dizer "Andromeda, pode virar minhas páginas, por favor?"

— Mas vai virar ou não vai? Estou chegando ao fim e não gostaria de parar agora.

— Diga "por favor", e eu vou pensar no seu caso.

Seus dedos esbarraram um no outro, fazendo um barulho *estridente*. De modo hesitante, ele ergueu o olhar, como se seus nervos estivessem dominando-o. Mas o olhar dele é que estava me dominando. Eu gostava quando ele olhava para mim. No entanto, agora ele estava sendo muito firme, muito invasivo. Eu não ia deixá-lo me avaliar antes que eu pudesse fazer a mesma coisa com ele.

Ele não é seu inimigo, Andi.

Ainda assim, minha voz saiu um pouco dura quando questionei:

— Por que está me encarando?

— Porque eu posso — respondeu ele, quase casualmente.

— Prefiro que não faça isso.

— Não consigo evitar. Você não... — Quanto mais ele hesitava, mais demonstrava estar incomodado. — ...*desaparece* quando olhamos um para o outro.

Meus músculos enrijeceram por um momento, mas não por causa do frio.

— Não desapareço?

— Sempre que olho nos olhos de alguém, a pessoa desaparece no dia seguinte. As coisas dela continuam no quarto, mas é como se nunca tivesse existido. Simplesmente... desaparece.

Mordi meu lábio por alguns instantes.

— Todo mundo nesta casa deveria usar um amuleto.

— Mas não vão. Peggy é velha e supersticiosa. Não confia em quem não é protestante. Quando tentei dizer a ela que eu achava que eu era o motivo dos desaparecimentos, ela achou que eu estava à beira de um colapso nervoso. Ela sabia que era por causa da maldição, mas não acreditava que era precisamente eu. Foi por isso que criei a lista de regras. Se ninguém ia me escutar, pelo menos poderia manter todo mundo longe.

— Por que simplesmente não adiciona amuletos à lista?

Ele fez que não com a cabeça.

— Eles não vão usá-los. Nem mesmo Esjay ou Kelela conseguem convencê-los.

— Faz sentido agora — falei, apontando para seus pulsos. — O motivo de você usar os sinos.

Ele fez que sim com a cabeça.

— *Pras* pessoas me ouvirem chegando.

— Achei que você só gostasse de irritar todo mundo.

Magnus sorriu para mim de novo. Eu meio que amava aquele sorriso.

— Saba tem sido minha única amiga de verdade há 3 anos. Tenho dificuldade em me conectar com as pessoas quando não consigo olhá-las... Gosto de ver os olhos das pessoas.

O olhar dele me atraiu como um farol. Eu não conseguia pensar direito quando ele me olhava assim.

— O que está tocando? — falei rápido, olhando para as partituras.

— Uma sonata de Bach. — Primeiro, seu rosto se iluminou. Depois, fez uma careta. — Muito mal. As músicas dele são extremamente exigentes, e eu nunca fui bom em ser preciso.

Não fazia ideia do que Magnus estava falando, mas ele parecia ter se esquecido de me hipnotizar com os olhos, e esse era o objetivo final.

— Achei maravilhoso.

— Conhece Bach?

— Não conheço nada de música estrangeira.

— Isso é bom. Então você não vai perceber se eu estragar mais uma.

Minha risada soou meio sufocada quando tentei abafá-la, e enfiei meu rosto nos braços até conseguir recuperar a compostura. Isso levou apenas alguns segundos, mas ainda assim.

— Talvez, se você praticasse música tanto quanto desenha, não ficaria tão desapontado consigo mesmo.

Magnus fingiu estar ofendido, mas vi diversão em seu rosto.

— Deus, Andromeda. Pare de me fazer refletir sobre meus fracassos. Que punição cruel.

— Então pratique mais.

— Prefiro não me esforçar tanto.

— Então se contente com a mediocridade.

Desta vez, quando ele me olhou boquiaberto, foi genuíno. Ele começou a brincar com a borda da página de novo.

— Você é bem assustadora às vezes. Não de um jeito ruim, é só que... você me faz sentir as coisas de um jeito intenso. E pensar nelas profundamente. E você me faz suar muito. Nada é fácil contigo. E, *pra* ser honesto, depois de uma vida inteira de pessoas puxando o meu saco... Gosto dessa mudança.

Senti o calor subindo pelo meu pescoço. Não sei o porquê. E não ficou claro para mim que sua fala tinha sido um elogio.

— Você é um homem estranho.

— Isso é um elogio, vindo de você. — Aquele sorriso esperançoso e juvenil se alargou quando sorri para ele. Ele deu tapinhas no banco do piano. — Quer sentar?

Primeiro hesitei, mas, depois, deslizei em volta do instrumento e me sentei no banco. Magnus retinha muito calor, como a maioria dos homens, e percebi que estava sentada bem próxima dele, nossos braços se encostando. De perto, percebi que Magnus era bem mais alto que eu. Não sei por qual motivo eu só havia percebido isso agora.

De qualquer forma, era melhor do que ficar em pé. Aqui, o sol batia nas minhas costas, o que suavizava o frio.

Senti Magnus se aproximando e algo tocando o meu cabelo — talvez o nariz dele, já que suas mãos estavam dobradas sobre o colo.

— Você está cheirosa.

— E você parece surpreso. Eu fedia antes?

— Tudo aqui cheira à umidade. Então eu não tinha percebido.

Joguei o livro de partituras no chão, como um gato zangado, sorrindo enquanto ele fazia uma careta para mim.

— Como assim "não tinha percebido"?

Sua careta se transformou num sorriso, como se ele não estivesse acostumado a fazer isso de modo genuíno.

— Quero dizer que o cheiro de uma pessoa não é importante.

Não consegui me lembrar do que tinha sido dito na conversa anterior, então ficamos parados enquanto eu tentava não sorrir. Eu estava gostando um pouquinho demais disso tudo. Virei para encarar o — qual era o nome mesmo? Crabo? —, deslizando meus dedos sobre as decorações.

— Obrigada pelos cremes e óleos — agradeci, mudando o assunto para algo que fizesse eu me sentir menos... tonta.

— Agradeça à Saba, ela é quem sabe dessas coisas. — Ele olhou para mim. — Agora, *por favor*, pode virar as páginas?

Sorri. O calor de seu corpo, mesmo através do suéter que eu estava usando, fez com que cócegas esmagadoramente doces percorressem meu corpo.

— Só porque você pediu com jeitinho.

Ele estendeu a mão e pegou o livro do chão, abrindo-o em uma música e dobrando-a, para que a lombada cedesse um pouco.

— Você lê?

— Partituras? Não. Jember me ensinou os hinos oralmente.

— Então vou fazer que sim com a cabeça quando estiver pronto, certo?

Assenti, me inclinando para me preparar.

Ele começou.

Esta era como óleo sendo derramado no chão. Devagar, fluida, mas, de alguma forma, imprevisivelmente desordenada. Não a execução, mas a melodia. Seu significado. Como um romance surgindo em meio à desordem.

— Estou atrapalhando — falei, sentindo seu braço passando por mim para tocar uma nota alta.

— Você nunca atrapalha. — Sua fala, de alguma forma, pareceu muito mais que verdadeira.

Ele assentiu, e meu coração bateu mais forte e, por mais estúpido que fosse, não voltou a um ritmo mais calmo até eu virar a página com sucesso, para que ele pudesse continuar sem interrupções.

— Virar páginas é sempre tão estressante?

Magnus riu, errando algumas notas. Acho que ele estava ficando melhor nisso de rir. Soava mais natural.

— Por que você acha que eu sempre arranjo alguém *pra* fazer isso por mim?

— Manifestações do Mau-Olhado são muito mais fáceis de lidar.

— *Pra* você, definitivamente. Já que purificou mais do que qualquer outro *debtera*.

Comecei a virar a página, mas ele resmungou, como se estivesse brigando com um gato malcriado.

— Você fez que sim com a cabeça! — exclamei.

— *Pro* outro lado. É uma repetição.

— O que é uma repetição?

— Volte *pro* começo!

Levei meu braço até a outra página para virá-la, mas puxei rápido demais, e o livro caiu nas teclas. Magnus tirou as mãos do caminho e riu. Não por malícia ou por sarcasmo, mas genuinamente, como um garotinho que tinha ouvido a melhor piada de todas. E era contagiante, então comecei a rir junto.

Eu acho... que poderia viver só daquela risada, se sobreviver nesse mundo não exigisse dinheiro.

Empurrei o braço dele.

— Te falei que não sei ler partituras.

Magnus envolveu o braço em meu ombro, me abraçando, e senti minha respiração falhar antes que eu pudesse forçá-la a voltar ao normal.

— *Pra* uma primeira vez, você foi muito bem — disse ele, ainda sorrindo por conta da risada e pegando o livro de partituras do chão.

Ele teve que me soltar para fazer isso, e eu senti falta de seu abraço assim que ele se afastou. Ele fez uma pausa enquanto levantava, olhando por cima de mim.

Imitei seu gesto, vendo sangue vazando pelo teto. Era muito mais fácil construir um amuleto quando a Manifestação estava acontecendo. Eu tinha que purificá-la antes ela fosse embora.

— Não está machucando ninguém — disse Magnus enquanto eu levantava. — Fique.

As palavras dele me fizeram parar. Olhei para ele, ainda sentado no banco, e ele tinha aquele mesmo olhar esperançoso da noite em que havia me dado aqueles chocolates. Aquele olhar me deixava nervosa como nenhum outro. Ele não queria nada além de interação humana, contato visual ou algum tipo de afeto. Eu era a única que podia dar isso a ele, e parte de mim se sentia egoísta por negar algo a que eu mesma não dava valor. Mas purificar a casa dele era a única forma de salvá-lo. Dessa forma, ele nunca mais precisaria depender tanto de uma só pessoa.

Outra parte de mim, no entanto, se sentia egoísta por um outro motivo... não querer salvá-lo. Por querer ter aquele lindo e esperançoso olhar todo para mim.

Um som de desgosto por mim mesma escapou, e eu o vi ficando desanimado. Todas as partes do meu corpo queriam apagar os últimos segundos e recomeçar sem aquele som impensado.

— Magnus... — Tentei começar algo. — Eu...

— Você está certa. — Ele levantou rapidamente, mas não estava mais olhando para mim, e perder aquele contato com ele fez com que um bolo se formasse na minha garganta. — Purificar a casa do Mau-Olhado é mais importante. Vou te deixar trabalhar.

E ele saiu. Sem mais nem menos. Não hesitou, não olhou para mim. E o bolo na minha garganta não me deixou chamá-lo.

CAPÍTULO
14

Magnus se escondeu em seu quarto pelo resto do dia. Então, na manhã seguinte, me vesti e fui direto para onde eu sabia que ele estaria — a biblioteca. As cortinas das janelas altas estavam abertas, mas havia tão pouca luz passando por elas que, se eu morasse neste cômodo, teria pensado que ainda estava de noite. Magnus não parecia estar aqui, mas um prato usado estava na mesinha, e tinha velas acesas numa quantidade perigosa, considerando que era uma sala cheia de livros, então ele não poderia estar longe.

Um livro voou da prateleira até a cadeira de Magnus e se abriu ali. Toquei na minha faca por instinto.

— Magnus? — Nenhuma resposta. Senti-me boba de repente. Livros pulando de prateleiras devem ser algo normal numa casa amaldiçoada... Era o que eu presumia.

Com certeza aquela mulher ensanguentada que Magnus estava desenhando no meu primeiro dia aqui tinha feito isso. A Bibliotecária, segundo ele. Ela não costumava deixar mensagens para ele por meio de livros?

Fui até a cadeira, peguei o livro aberto e a pilha de livros embaixo dele e, em seguida, sentei e os coloquei no colo. O livro de cima estava aberto, e uma tinta escura circulava uma passagem do parágrafo. Não, não era tinta, percebi, enquanto alisava a página e a substância, vermelha na luz da lareira, sujava meus dedos. Era como se a Bibliotecária tivesse tocado os lábios ensanguentados e desenhado o círculo com o dedo.

"Não me provoque, garota miserável e teimosa! Ou, com minha raiva imortal, eu irei acabar com você..."

Tinha que ser uma mensagem para mim. Uma ameaça, assim como na noite daquele primeiro jantar. No entanto, como daquela vez, pareciam ser só palavras — o que me lembrou de Jember e de todas as ameaças que ele fazia mas não cumpria, e, por um momento, eu sorri. Fechei o livro e o coloquei na mesinha do meu lado, vendo o título branco e brilhante da *Ilíada*, escrito numa capa preta, me encarando.

Olhei para o livro que continuava no meu colo — um caderno de desenhos aberto numa página quase completamente preenchida de fileiras de mãos, todas agarrando o ar em posições diferentes.

A próxima página era mais do mesmo. Fileiras e mais fileiras de mãos. E a outra me fez pausar. Kelela, dos ombros para cima. Cinco versões diferentes, cabelos diferentes. Todos os ângulos do perfil dela. Todos eram esboços, sem muitos detalhes, mas excepcionalmente bons.

E lindos. Tão lindos quanto ela era pessoalmente. Uma representação perfeita dela.

Era irritante... olhar para um desenho tão bonito. Não. Era irritante olhar para um desenho tão bonito de *Kelela*.

Não acredito que estou com ciúmes de um desenho bobo.

A próxima página me fez pausar por mais tempo.

Minhas orelhas ficaram quentes. Um casal se abraçando nas sombras das estantes. Como os outros, era só um esboço e não estava pronto, mas não foi difícil perceber o que estava acontecendo.

— O que você está fazendo? — Magnus avançou na minha direção, apoiando-se na cadeira com uma mão atrás da minha cabeça enquanto usou a outra para fechar o caderno de desenhos com força. Seus dedos estavam bem abertos, como se estivessem impedindo o acesso à superfície, sua palma pressionando o livro contra as minhas coxas.

— O que *você* está fazendo? — alertei. Tinha pegado a faca por instinto, colocando-a contra a garganta dele, mas pensei melhor e guardei rapidamente o objeto. Eu poderia vencer Magnus sem dificuldade, com ou sem faca. Além disso, ele era inofensivo. Este confronto não merecia o uso de uma faca.

Seus olhos estavam arregalados, como se suspeitasse da arma.

— Está tentando me matar?

Ergui o queixo de modo desafiador.

— Claro que não. Se você morrer, não serei paga.

— Então... — vacilou ele — se importa? Eu não fico mexendo nas suas coisas.

Eu deveria ter dito para ele se afastar. Mas não o fiz.

— Não sabia que era pessoal. Desculpa.

A expressão dele murchou um pouco, como se estivesse esperando uma reação diferente de mim.

— O que achou dos meus desenhos?

Eu os achava excelentes. Mas, por algum motivo, não consegui dizer isso.

— Você desenha muitas mãos.

— Desenho coisas com as quais me importo.

Todos os desenhos de Kelela apareceram na minha mente para me provocar, e eu estremeci.

— Kelela sabe o quanto você costuma desenhá-la?

— Só a desenho quando ela pede, então, sim.

— E aquele bem escandaloso de vocês dois se beijando? Ela já viu?

Ele sorriu.

— Aquela é Kelela? Não dá *pra* ver o rosto dela. Pode ser qualquer pessoa, sabe? Se usar a imaginação.

Senti meu pulso acelerando e, por um momento, me permiti imaginar que talvez ele não tenha desenhado Kelela. Que talvez ele tenha... me desenhado. Mas a ficha caiu.

— Não acho que ela ia gostar de saber que você a desenha daquela maneira.

— Acho que você está brava — disse ele, aproximando-se — porque quer ser a pessoa que eu beijo.

Dei um tapa tão forte na cara dele que seu rosto virou. Prendi a respiração por um momento, como se minha mente tivesse acabado de voltar ao meu corpo. Era como se... ele tivesse ouvido meus pensamentos.

— Se eu parar *pra* pensar... — Magnus movimentou a mandíbula algumas vezes, para verificar o estado dela, removendo a mão do caderno de desenhos e levando-a até o rosto, para acariciar o local. — Eu mereci.

Foi instinto, eu deveria ter dito. Estava acostumada a ter que me proteger. Mas ele não merecia uma explicação, muito menos um pedido de desculpas.

Coloquei o caderno de desenhos na mesa e tentei me levantar da cadeira, mas ele não se mexeu, dificultando a minha saída. Fiz uma careta para ele.

— Você está invadindo o meu espaço.

— *Seu* espaço? Essa cadeira aí é minha.

— Me deixe levantar, Magnus.

Ele sorriu, me provocando.

— Qual é a palavra mágica? Aquela que você fica pedindo *pra* eu usar...?

Eu sabia o que Jember faria. Com uma faca na garganta de Magnus, a palavra mágica dele seria apenas "saia". Talvez até com um xingamento de presente. E, então, Magnus teria 3 segundos para obedecer antes que Jember arrancasse o esôfago dele.

Mas tudo o que consegui fazer foi respirar fundo, como se meu corpo estivesse xingando, só que sem as palavras. Porque ele estava certo sobre uma coisa — eu só queria arrastar o corpo dele até aquela cadeira e saber se seus lábios tinham o gosto do mel e da noz-moscada que ele deixava perto do café.

Mas eu não podia querer isso, não é? Ele era meu empregador.

Além de ser irritante.

Era estranho fazer contato visual com nossos rostos tão próximos, mas o encarei de modo firme, para lhe mostrar que eu estava falando sério.

— Você não pode me intimidar.

A testa dele se enrugou.

— Não estou tentando te intimidar.

— Então sai — falei, avançando, apesar de ele continuar me barrando. Em dias normais, eu o assustaria, mas ele continuou firme, e meu rosto chegou bem mais perto do dele. — Ou quer levar um tapa mais forte?

— Adoraria — disse ele, a voz sem humor. — Sua palma foi o contato humano mais genuíno que tive o ano inteiro.

As palavras dele me fizeram gelar, e lágrimas se juntaram atrás dos meus olhos. Querer que alguém te toque de qualquer maneira... mesmo que te machuque. Era um pensamento triste e distorcido.

Se bem que... Eu não havia sido criada com toques. Na verdade, fui criada para evitá-los. Então tive que ter empatia. Imaginei como seria crescer com esse luxo e tê-lo roubado de você.

Eu não conseguia ficar chateada com ele. Magnus não tinha tato e era rude com as pessoas, mas, ao mesmo tempo, isso também era resultado de sua condição. Não era repreendido, mas também não era cuidado. Seu péssimo comportamento não era completamente culpa dele... e meu péssimo comportamento também não estava ajudando.

Gentilmente, coloquei minha mão sobre sua bochecha ainda vermelha e o beijei.

Era o extremo oposto e talvez tão errado quanto bater nele. Eu não me importava. Ele pressionou os lábios macios nos meus com certa força, como se tivesse perdido o equilíbrio, mas logo ouvi o barulho de couro sendo amassado atrás de mim conforme ele segurava a parte de trás da cadeira. Mesmo quando seus lábios se afastaram dos meus, eles não me deixaram de verdade, e a incerteza de Magnus era tão adorável quanto insuportável. Ele chegou ainda mais perto, e o calor de seu corpo fez meu coração acelerar...

Então, do nada, ele recuou, tropeçando em direção ao fogo. Segurou-se no apoio da lareira assim que levantei para tentar alcançá-lo. Mas parei antes de tocá-lo, decidindo me abraçar, para me manter firme.

— Por que fez isso? — perguntou ele. Sua voz, furiosa. *Machucada.*

O zumbido do meu coração chegava aos meus ouvidos como se tivesse um rato dentro deles, mas consegui olhar Magnus nos olhos. Sua expressão estava mais confusa do que seu tom sugeria. Como eu poderia dizer o *porquê* a ele? Qual resposta eu poderia dar que faria sentido para qualquer um de nós?

Felizmente, ele não esperou para que eu descobrisse.

— Não mereço ser beijado.

— Por que não?

— Eu sou... um monstro, Andromeda. — O calor do rosto dele perto do meu me fez congelar. De repente, percebi que não estava mais olhando para os seus olhos. Estava olhando para a sua pele macia, quente e marrom-avermelhada por conta do reflexo do fogo. A curva de seu pescoço parecia estar pedindo que meus dedos deslizassem por todo o seu comprimento. — Mas, bem, se afeto é a sua contribuição para a minha humanidade, então...

Seu sussurro era como prata derretida. Belo e perigoso ao mesmo tempo.

Meu coração batia forte. E meu estômago doía. Às vezes eu odiava o quanto a empatia me fazia mal. Ou talvez simplesmente odiasse que eu estivesse pensando no desenho daqueles dois amantes nas sombras das estantes... de como nós dois poderíamos estar vivendo aquilo agora se nos afastássemos um pouco do fogo...

Mesmo estando aborrecida comigo mesma, tive que morder meu lábio, para não provar o dele de novo. Afastei-me, mantendo uma distância mais apropriada.

— Você é um bárbaro que gosta de provocar as pessoas.

Ele ergueu as sobrancelhas grossas.

— Eu te provoquei, Andromeda?

Corei, e Magnus, aquele demônio, sorriu.

— P-pare com isso.

— *Foi você* quem *me* beijou, lembra?

Peguei o caderno de desenhos e o empurrei contra o peito dele. Vi pela sua expressão que ele ficou chocado com a minha força.

— Peggy é uma grossa — falei, tentando pensar rápido em algum outro assunto. — Se ela não começar a tratar a mim e à Saba como gente, não vou mais trabalhar aqui.

A expressão de Magnus ficou confusa, depois, angustiada.

— Vou cuidar disso.

— Ótimo. Eu... eu estou indo agora.

— Você realmente não deveria se apegar muito a ela. — A voz dele me fez parar antes que eu pudesse me virar para sair.

— Como assim?

— Assim que você purificar o castelo todo, Saba vai embora. E, no ritmo em que você tem trabalhado, não vai demorar muito.

Virei de novo para olhar para ele.

— Ela só é sua cuidadora enquanto você estiver amaldiçoado?

— Algo do tipo. — Ele fechou o caderno de desenhos, abraçando-o. — Ela é a pessoa mais importante do mundo *pra* mim. Eu a amo como se fosse da família. Mas estou te avisando *pra* não se apegar demais.

— Está tentando ditar com quem eu devo ou não devo fazer amizade?

— Estou te dizendo que vai se arrepender se o fizer.

Abri minha boca para falar, mas mudei de ideia e saí do quarto. Não valia a pena discutir. Não era como se ele pudesse me impedir de manter a única amizade que eu havia feito aqui. A única pessoa da casa com a qual eu me importava.

Aliás, não. Isso não era verdade, e só de pensar nisso senti um frio no estômago.

Porque, sendo honesta comigo mesma, eu me importava muito com Magnus também.

CAPÍTULO 15

Consegui evitar Magnus por dois dias depois do que aconteceu.

Não tive escolha. Aquele beijo tinha sido... inesperado. Constrangedor e errado também, mas, de alguma forma, parecia ter sido a coisa mais verdadeira que eu já havia feito. Eu queria mais... e mais... meu Deus, o que tinha de errado comigo?

Eu havia beijado o meu empregador, e, quanto mais tempo nós dois tivéssemos para esquecer disso, melhor.

Esperei até ouvi-lo tocando Bach para ir até a biblioteca. Já estava na hora de tirar a Bibliotecária de lá, embora eu soubesse que ela ia me dar trabalho. Era uma Manifestação extremamente interativa, o que normalmente era um sinal de que não iria desistir de seu lugar sem lutar. Mas, de acordo com Magnus, pelo visto ela só conseguia interagir por meio dos livros. Então pelo menos eu não teria que me preocupar com esse espírito maligno me matando com o atiçador da lareira.

Primeiro, dei uma espiada na sala, para ter certeza de que estava vazia. Senti a atmosfera se movimentando no momento em que entrei no cômodo com a minha cesta, como se a Bibliotecária pudesse ver o que eu estava prestes a fazer. Ignorei a sensação e sentei na cadeira perto do fogo. Quanto mais cedo eu começasse, mais cedo acabaria, e esta Manifestação provavelmente levaria cerca de duas horas e dois amuletos: um para bloqueá-la, impedindo a interação, e um para purificá-la por completo. Quanto menos tempo eu perdesse aqui, mais provável...

Ouvi um estrondo, e pelo canto do olho vi um livro cair no chão.

Hora de trabalhar.

Eu trabalhei rápido, mas com cuidado. Não queria ter que começar tudo de novo. Dez minutos depois de começar, um livro caiu no chão e deslizou até chegar aos meus pés. Ignorei-o. Alguns minutos depois, mais um foi parar em cima do primeiro. Cruzei as pernas e continuei trabalhando. Isso continuou pelos próximos 20 minutos, até que meu amuleto começou a latejar, e eu pude identificar a página do livro de cima sem precisar me inclinar.

Algo vermelho e brilhante que não estava nos outros livros chamou minha atenção. Fiz uma pausa, me atrevendo a dar uma olhada.

Olhei para o topo da página, local em que o título ficava ao lado do número da página, no cabeçalho. *Jane Eyre*. Eu nunca tinha lido, mas ouvi dizer que era um romance. E importante, pelo visto, pois um parágrafo estava circulado de vermelho por um traço largo e irregular como se tivesse sido feito por um dedo.

> *Quando somos atacados sem motivo, devemos revidar com muita força, tenho certeza. Com tanta força que a pessoa que nos atacou aprenda a nunca mais fazer isso.*

O quarto já estava frio antes, mas, de repente, me senti congelar.

Da esfera de proteção criada pelo meu amuleto, ouvi o pingar de uma gota. Soava abafado e distante, mas, ao mesmo tempo, próximo. Vi o líquido escorrendo por fora do escudo invisível, deixando uma trilha vermelha por onde passava.

Engoli a saliva, para manter minha garganta limpa e forte.

— Você não me intimida. Nós duas sabemos que este não é o seu lugar.

Senti algo pingando de novo e olhei para cima, congelando, mas tentando não mostrar medo enquanto olhava para o rosto da Bibliotecária. Ela se inclinou sobre mim, as mãos esqueléticas apoiadas nas costas da minha cadeira, um líquido denso e vermelho-escuro pingando de seus lábios cheios.

Rápido, desviei o olhar, hesitando antes de acender a ponta da caneta novamente.

— Você não pode me machucar — declarei, continuando com o trabalho, para provar o meu ponto.

Pareceu uma eternidade, mas provavelmente foram 1 ou 2 minutos até o som de gotas parar. A antecipação causada pelo líquido vil me fez estremecer. Eu estava pronta. Suspirei.

E então algo voou por cima da minha cabeça, passando de raspão pelo meu couro cabeludo antes de cair no chão, na minha frente. Olhei para cima brevemente. Um livro em brochura. Se tivesse uma mensagem nele, havia sido muito mal escolhido, pois a lombada não era pesada nem flexível o suficiente para permanecer aberta. No entanto, logo senti uma dor forte e aguda na parte de trás da minha cabeça e algo pesado batendo em meu ombro e caindo ao lado da cadeira em que eu estava sentada, me assustando o suficiente para que eu ficasse de pé. Segurei o amuleto e a caneta com apenas uma mão, segurando a parte de trás da cabeça com a outra enquanto me encostava na lareira. Meu couro cabeludo latejou quando removi a mão, e eu — Deus me ajude — olhei para a mancha vermelha na minha palma. O ardor e a palpitação indicavam que aquilo vinha mais de mim do que das gotas. Minha mão trêmula saiu um pouco do meu campo de visão conforme eu encarava o livro pesado na cadeira.

Não estava aberto de propósito, como os primeiros. Não, este livro estava mandando uma mensagem diferente, a mesma que a brochura.

Uma mensagem que poderia me matar se eu não trabalhasse rápido.

Outro livro saltou de uma prateleira, vindo em direção a mim, e eu me abaixei, para me esquivar. Escondi-me ao lado da cadeira, protegendo a cabeça com o braço bem a tempo de me defender de outro livro que caiu logo em seguida. Levantei-me rápido, correndo para fora do cômodo e me escondendo atrás da porta na hora em que mais um veio voando, a lombada batendo na parede à minha frente e se espatifando.

Fiquei encostada na parede, ofegando. Os livros pararam de serem lançados... mas eu também não conseguia sentir direito a presença da Bibliotecária. Era como se alguém tivesse borrado as marcas de giz em minha mente, deixando-as distorcidas no momento em que deixei a sala. Então... não tinha como purificar a biblioteca na segurança do lado de fora do cômodo. A única opção era voltar para lá.

Respirei fundo e corri de volta para dentro.

Meu coração estava batendo forte. Minha cabeça estava latejando. Meu amuleto estava pulsando, como se não estivesse fora da biblioteca. Eu deveria ter analisado melhor a situação antes de entrar correndo, pois o ataque começou imediatamente. Abaixei-me antes que um dicionário atingisse minha cabeça.

A Manifestação não consegue me tocar diretamente.

Coloquei meus antebraços na frente do rosto para bloquear mais dois livros.

É por isso que ela está usando os livros. Se eu pudesse apenas...

Um forte impacto no meu ombro me fez tropeçar, mas na direção certa. Havia duas estantes encostadas na parede, e a distância entre elas não era maior que 1 ou 2 metros.

Se eu pudesse apenas fazer uma barricada...

Usei um livro para me esconder e corri para a lareira, e meu corpo sabia exatamente o que fazer antes mesmo de eu completar o pensamento. Empurrei os objetos que estavam na mesinha redonda no meio das cadeiras — algo se espatifou no chão, mas eu não tinha mais tempo — e a agarrei pelas duas pernas. Dois livros atingiram meu quadril e meu braço, como se estivessem tentando me fazer largar a mesa, mas fiz uma careta e corri para o pequeno espaço que encontrei.

É do tamanho certo...

Gritei de dor quando a parte pontuda de um livro me atingiu nas costas, me virando rapidamente para afastar outro com o antebraço.

Agora preciso proteger a parte da frente...

Esquivei-me de um livro e derrapei, o calor do fogo da lareira na minha retaguarda enquanto eu agarrava os braços de uma das cadeiras de couro e a empurrava. Sob todo aquele couro deveria ter madeira maciça, ou aquela cadeira estava há tanto tempo no mesmo lugar que tinha ficado praticamente grudada ali...

Cerrei os dentes ao sentir livros caindo na minha lombar e na minha perna, usando todo o peso do corpo para empurrar a cadeira. Ela começou a se mover, mas meu impulso foi interrompido quando um livro pesado me atingiu na parte lateral do rosto. Caí na madeira dura, segurando minha têmpora, que latejava. Ofeguei, completamente exausta.

Minha cabeça estava zunindo. Por meio da visão embaçada, vi um atlas gigantesco caído do meu lado.

Outro livro caiu perto dele, e eu me segurei a tempo de não morder a língua com força o suficiente para arrancá-la.

Levanta, Andi. Você não pode ficar deitada aí pra ser assassinada por livros.

Tentei usar a outra mão como apoio para me levantar, a tontura e outro livro atingindo a lateral do meu corpo, quase me derrubando de novo. Senti a cócega de um líquido escorrendo pelo meu rosto, descendo pela minha têmpora. Lambi os lábios, provando o sal das minhas próprias lágrimas juntas ao sangue da minha língua. A mão que estava na têmpora ficou vermelha, e eu tentei me agarrar à cadeira.

— Ai, meu Deus — falei, ofegante. — Me ajuda...

Então ouvi alguns barulhos desconexos. Percebi uma correria e a sombra de alguma coisa vindo em minha direção, embora parecesse estar vindo pelo chão em vez de pelo ar. Entrei em pânico brevemente, protegendo minha cabeça e meu rosto com as duas mãos. Em vez de sentir um impacto, ouvi um som metálico ecoando. O barulho me assustou tanto que saí do estado de choque.

Alguém estava parado na minha frente, com as pernas abertas, pronto para agir, e o que quer que estivesse em suas mãos me cegava enquanto refletia a luz do fogo. Deslizei meu pulso pelos olhos, para ver melhor, meu coração de repente batendo mais forte.

Magnus estava na minha frente, segurando uma bandeja de metal com ambas as mãos. Meu coração pulou de emoção quando ele usou o objeto para mandar um livro para longe.

— Você a deixou brava, Andromeda — disse ele. — Acho que ela gosta menos de você do que de mim.

Eu ri, apesar de estarmos correndo risco de vida.

Tentei levantar duas vezes, na terceira conseguindo rebater um livro com a mão bem a tempo. Magnus o tirou do caminho por mim, mas eu estava desorientada demais para reclamar enquanto ele me conduzia para um cantinho entre o apoio da lareira e a parede, seu corpo na frente do meu, como uma barreira, e a bandeja sobre nossas cabeças. Como ela bloqueava a maior parte da luz, tive que piscar para ajustar a visão.

— Se prepare para correr — avisou ele. — Te dou cobertura.

Usei o dorso da mão para enxugar o restante das lágrimas dos meus olhos, para que pudesse olhar para ele direito. Magnus parecia cansado. Seus olhos estavam escuros, e as sobrancelhas, sérias e vincadas em uma expressão irritada. Perguntei-me se ele havia conseguido dormir mais que eu.

Acendi minha caneta.

— Se importa em ficar parado aí enquanto trabalho?

— Parado aqui?

Ouvi o som metálico de um livro se chocando contra a bandeja, mas isso não me impediu de continuar traçando algumas linhas na prata. Este plano estava funcionando perfeitamente.

— E bloquear os livros enquanto trabalho. Prometo que vou te compensar.

— Você perdeu a cabeça? Precisamos te tirar daqui.

Um livro atingiu a parede ao nosso lado, e minha respiração parou quando Magnus se aproximou mais. Pressionei minhas costas na parede, como se essa fosse a única opção racional para fugir do que eu estava sentindo. O corpo dele, agora, fez mais do que me aquecer. Meu corpo todo pedia para continuarmos o que havíamos começado naquela noite.

Mas eu tinha que trabalhar. E ele era irritante.

— Magnus — falei firmemente.

— Andromeda? — perguntou ele, de um jeito despreocupado até demais, com uma pitada de provocação que me deixou à beira de um ataque de nervos. Meu Deus, isso era bom ou ruim?

— Sei que você gosta desta Manifestação, mas todas elas vão ter que ir embora em algum momento.

— Não em detrimento da sua segurança. — Magnus colocou um braço em volta da minha cintura, e, por um momento, pensei que meus joelhos iam colapsar. — Considere isso um pagamento da minha dívida. Uma vida por uma vida.

— Você não me deve nada, Magnus. — Ele se posicionou na minha frente, dando pequenos passos, e usou o próprio corpo para tentar me conduzir para trás. Coloquei minhas mãos no peito dele, para pará-lo. — Só fique na minha frente. Não vai demorar.

— Logo ela vai conseguir jogar um atlas gigantesco, e esta bandeja minúscula não vai aguentar.

Ele usou os dedos para mexer na minha cintura por um instante, e eu ergui as sobrancelhas.

— O que você está fazendo?

Magnus parecia estar se sentindo desencorajado, levando os dedos para o meu pescoço e depois para as minhas axilas.

— Você não sente cócegas? Estou tentando te fazer cócegas, *pra* te deixar mais relaxada e te tirar daqui... ai! — Ele segurou a mão que eu tinha usado para bater em seu peito.

Escapei por trás dele, me protegendo debaixo de um livro.

— Se não vai me ajudar, então saia da minha fr...

Magnus largou a bandeja e correu até mim, segurando meus ombros e me forçando a ir para trás. Ele era maior que eu, e, com seu impulso, minha única opção era ir com ele ou cair no chão. Se eu estivesse na rua, teria dado uma joelhada na virilha dele, mas a situação não pedia isso. Eu não queria machucá-lo. Ainda assim, o que ele fez me irritou.

— Não pedi *pra* você me salvar. — Tentei me livrar das suas mãos, mas ele pegou meus braços de um jeito que os inutilizava. — Não *preciso* que me salve!

— Não vale a pena ter a cara amassada por um dicionário!

— Sim, você vale a pena! — Fiquei chocada com minhas próprias palavras, mas nem tenho certeza se Magnus notou.

Tropeçamos pela porta, e soltei a prata e a caneta. Agarrei a camisa dele para me equilibrar bem na hora em que ele me soltou, se preparando para nos segurar antes que batêssemos na parede. Mas, de alguma forma, conseguimos parar antes do impacto. Ficamos ali por um momento, ofegantes.

E, então, um pigarro fez meu coração despencar.

Quando olhei, Tom estava parado no corredor, segurando uma cesta de lenha e sorrindo como se tivesse acabado de descobrir um segredo escandaloso.

— H-hum... — Afastei-me de Magnus, desejando poder me fundir com a parede. — Magnus estava... hum... me protegendo durante o trabalho. — Meu rosto queimava, e eu ajoelhei rapidamente, para pegar minhas coisas e escondê-las.

— Ah, é? — indagou Tom, e consegui notar o divertimento em sua voz.

Examinei minha caneta. Sem danos, graças a Deus.

— Você poderia ter quebrado a minha caneta, Magnus — falei, tentando mudar de assunto. *Qualquer um* serviria.

Magnus riu, tirando sarro da situação, e percebi que ele havia virado completamente as costas para Tom.

— Você poderia ter uma concussão causada por Tolstói, *Andromeda*.

Mal consegui manter o rosto sem expressão, então me concentrei em pegar a prata que havia caído no chão. Não seria útil agora, com a ponta danificada daquele jeito...

Como se eu me importasse com prata danificada. Como se eu não estivesse tentando me distrair da minha situação atual.

Tom segurou a cesta com mais firmeza.

— Eu, hum, vou deixar vocês resolvendo isso — disse ele, piscando para mim quando passou por nós.

Fiquei parada, esperando Tom desaparecer em um quarto no corredor antes de falar:

— Espero que esteja feliz. Tom deve estar pensando o pior de nós.

— Estou feliz — comentou ele. — E espero que ele esteja pensando isso mesmo.

Fui em direção a ele, vendo-o vacilar enquanto eu pegava a parte da frente de seu suéter e o puxava para nivelar seu rosto com o meu, embora eu ainda tivesse que olhar para cima.

— Por que não fez o que pedi e ficou na minha frente enquanto eu trabalhava? Você não *quer* ser purificado?

— Você está brava porque salvei a sua vida sem permissão ou porque Tom achou que estávamos tendo um momento ínt... Ai! — Eu o empurrei, e suas costas se chocaram contra a quina do batente. Ele riu. — Por que está descontando em mim? Há muitos cômodos *pra* purificar. Escolha outro.

— Você está protegendo a Bibliotecária.

— O quê? — Ele ficou surpreso, agarrando os cachos bagunçados com ambas as mãos. — Estou *te* protegendo, sua tartaruga-mordedora.

— Não me chame de tartaruga-mordedora.

— Você *tá* quase me mordendo agora!

Gritei de frustração.

— Só saia do meu caminho e me deixe trabalhar.

— É por isso que tem me evitado nos últimos dias? — perguntou ele, mas eu já estava indo embora. — Ou só está com vergonha de admitir que gostou de me beijar?

Parei, sentindo meu rosto queimando ao voltar a olhar para ele.

— Não se iluda.

— *Pra* ser justo, me saio melhor quando estou preparado.

— Bom *pra* você — falei, sem ver graça.

Ele soltou uma pequena risada.

— E, só *pra* você saber, hoje estou preparado.

Cerrei os punhos e tive que engolir saliva para manter minha voz uniforme.

— Não zombe de mim, senhor.

— Nunca — disse ele e, pela primeira vez, parecia completamente sensato e sincero. Ele tirou um lenço, molhando-o com a língua e pressionando-o na minha têmpora ensanguentada. Se não fosse por isso, eu teria esquecido, pois mal latejava. — E não me chame de "senhor".

— Ou você vai me substituir? — Eu queria sair dali e deixá-lo sozinho, fazendo birra. Em vez disso, olhei para os seus olhos cheios de curiosidade. — Você falou isso durante a entrevista, que me substituiria por alguém se eu te chamasse pelo seu nome.

— Não me lembro disso. No entanto, me lembro de dizer que você é insubstituível. Queria que se lembrasse disso também, minha tempestadezinha.

Suspirei e desviei o olhar dele, afastando seu lenço.

— Não sou sua "zinha".

— Por que não?

Ergui minhas sobrancelhas, me sentindo igual a Jember, mesmo que não tivéssemos o mesmo sangue.

— Como assim "por que não"?

— O que está te impedindo de ser minha?

Minhas mãos estremeceram, e eu pressionei a prata na minha barriga, para fazê-las pararem.

— Sua?

— Sim, Andromeda. Fique comigo.

— M... Magnus, eu... — Olhei em volta, para ter certeza de que Tom não estava no corredor, de que ele não conseguiria ver como eu estava corando. — Não posso. Eu trabalho *pra* você.

Ele suspirou e sorriu.

— Só por isso?

Seu alívio fez com que eu perdesse um pouco o ar dos meus pulmões, pois sabia que só tinha uma solução.

— Por favor, não me demita — falei, e minha voz soou tão baixa e tensa em meus próprios ouvidos que zumbiam.

As mãos frias dele seguraram o meu rosto, aliviando o calor das minhas bochechas.

— Se eu te despedisse, provavelmente nunca mais te veria de novo. E eu quero te ver todos os dias da minha vida.

— Magnus — murmurei. Segurei as mãos dele, minha visão um pouco embaçada. — Isso parece certo, mas não é. Existe uma clara diferença de poder aqui.

— Concordo — disse ele, aproximando-se. — Mas eu farei meu melhor para me submeter à sua dominância. Com a graça de um cavalheiro.

Eu ri, mas logo parei ao senti-lo pressionando gentilmente os lábios na minha testa.

— Estou esperando a ficha cair... Nunca consigo o que quero tão fácil assim.

— A ficha, minha querida — disse ele, balançando as sobrancelhas enquanto passava as mãos pelo meu pescoço e sobre meus ombros —, vai cair quando discutirmos ferozmente quase todos os dias.

— Nesse caso, já não tenho tanta certeza. — Sorri ao vê-lo fazendo uma careta, ficando na ponta dos pés e mantendo meus lábios bem próximos aos dele. — Você vai dar dor de cabeça, pelo visto.

O nariz dele esfregou minha bochecha quando ele inclinou a cabeça, e um arrepio percorreu minha espinha.

— É estranho. Todo mundo me enche de elogios, menos você.

— Estão mentindo. — Minha voz foi silenciada quando os lábios dele tomaram os meus.

Este beijo não foi como o último. Este era seguro e doce... parecia uma promessa. Não uma promessa de dor. Uma promessa de que ele iria cuidar do meu coração. De que talvez — algum dia — ele fosse me amar.

Uma promessa de que ele não iria me abandonar.

CAPÍTULO
16

O jantar foi uma tortura. A comida estava deliciosa, é claro, mas eu não conseguia aproveitá-la totalmente com metade dos meus pensamentos em Magnus. Ele estava tão quieto... e triste. Eu não o tinha encontrado desde a biblioteca, mas isso havia sido há apenas duas horas. Há duas horas, tínhamos prometido nossos corações um ao outro, e agora... havia algo errado.

Tudo o que eu queria fazer era descobrir o que era, confortá-lo... tocá-lo. Ele estava em sua cadeira de sempre, na ponta da mesa, o que o deixava no lugar certo para segurarmos as mãos.

Deus me ajude. Eu podia demonstrar esse tipo de afeto na frente dos outros sem que pensassem que eu estava sendo insolente com meu empregador? Mas a pele dele estava me chamando, e acho que ele precisava do toque tanto quanto eu. Era incômodo lutar contra a atração magnética que eu sentia por ele.

Por que está fazendo isso consigo mesma, Andi?

Belo não seria uma palavra que eu usaria para descrever Magnus se fôssemos estranhos nos cruzando na rua, mas, ao conhecê-lo, percebi que a beleza dele era como a de uma cobra. Temida e incompreendida, mas não por culpa própria. Esbelta, de aparência quase delicada, mas com uma força inegável sob a superfície. Assustada, escondida e saindo para o ataque periodicamente. Um tipo de beleza que não era para todos. Magnus não tinha charmes que eu pudesse destacar, mas, ao mesmo tempo, tinha todos, e eles eram feitos de cabelos bagunçados, pausas estranhas na fala e sorrisos tímidos.

Mas isso tudo não significava nada. Era irracional. Não eram motivos suficientes para se apaixonar por...

— Qual é a graça?

Tirei os olhos da comida e os direcionei para Kelela, que estava sentada à minha frente. Ela usava *box braids* longas e douradas esta noite, decoradas com correntes finas também douradas e flores da mesma cor, feitas com miçangas. Eu estava orgulhosa do meu cabelo novo, mas ela estava deslumbrante. Radiante. A coisa mais imprudente que eu poderia fazer seria elogiá-la.

Ela tinha uma expressão curiosa em seu belo rosto, mas nada confiável, como se tivesse a intenção de usar qualquer resposta que eu desse para me humilhar.

— Graça? — respondi, sem alterar a voz. — Não me lembro de rir.

— Você estava sorrindo.

Estava, Andi?

— Só estou apreciando a comida.

— Peggy é a melhor — disse Esjay. — Preciso pegar as receitas dela e dá-las para o nosso chef.

— E eu tenho que aprendê-las também. Ou pelo menos as favoritas de Magnus. — Ela sorriu para mim. — Vou te dar uma dica *pra* levar *pra* sua vida, Andrômeda. A melhor maneira de manter um marido feliz é pelo estômago.

Foi um comentário aparentemente inocente, mas a implicação fez meu estômago revirar.

— Não precisa aprender a cozinhar — começou Esjay — pode contratar alguém para isso. Concentre-se nos estudos.

— Sim, irmão — respondeu ela, mas eu conseguia ver a vitória em sua expressão. Ela sabia que tinha me afetado.

— Ah, você está noiva? — perguntei, tentando manter o mesmo tom de antes mesmo que estivesse com um bolo na garganta. — Magnus nunca chegou a mencionar.

— Por que ele mencionaria? Homens não se importam com essas coisas, não é, Magnus?

Magnus fez um som ininteligível. Era difícil saber se era um sim ou um não.

De um jeito ou de outro, senti como se estivesse sendo traída.

— Preciso de uma cadeira mais confortável — disse ele, levantando-se abruptamente. Kelela estava em pé e ao lado dele em questão de segundos.

Esjay estendeu a mão para mim antes que eu pudesse me levantar.

— Andromeda, pode ficar aqui por mais um tempinho? Tenho que discutir algumas coisas sobre o contrato contigo.

— De novo com essa história de contrato, Esjay? — resmungou Magnus. — Deixa isso quieto. Eu deveria dar tudo a ela. Não preciso de dinheiro mesmo.

— Você está cansado, Magnus — disse Esjay rapidamente. — Kelela, leve-o para um lugar mais confortável.

Ela nem precisava que alguém dissesse algo, pois já tinha colocado o braço em volta da cintura de Magnus, conduzindo-o para longe antes mesmo de Esjay terminar.

— Por que não cantamos um pouco? — perguntou Kelela enquanto o levava para outro lugar. — Me lembro de ver um livro na sua prateleira de partituras com uma música de que eu gosto muito.

— Sinto muito por isso — disse Esjay, assim que eles saíram. — Peggy disse que ele estava bem de manhã. Você sabe o que pode ter mudado o humor dele?

Neguei com a cabeça, ainda mais confusa do que ele.

Esjay suspirou.

— Gostaria que Kelela não ficasse trazendo o noivado à tona. Sim, eles foram prometidos um ao outro, mas... — Ele fez que não com a cabeça. — Só não quero que ela se encha de esperanças.

— No caso de Magnus nunca ser purificado? — perguntei.

— Sim. Não duvido da sua habilidade, mas já passamos por outros dez *debteras*. Sempre existe a possibilidade de que nenhuma quantidade de ajuda profissional seja suficiente.

— Eu *vou* purificar esta casa — falei.

— Acredito em você.

— E, ainda assim, não deixa Kelela aprender a cozinhar as comidas favoritas dele.

Houve uma pausa, que foi longa o suficiente para que eu sentisse como se tivesse falado demais. Como se a palavra "amor" estivesse na minha frente de novo, e ele pudesse lê-la como uma folha de papel.

— No início, eu estava tão entusiasmado quanto ela — comentou ele. — Mas as coisas estão diferentes agora, e ela vai se dar melhor na vida com uma educação. Essa é uma certeza. Casar com Magnus não é.

— Ela parece decidida a se casar com ele, independentemente disso.

— Ela é jovem, e eu a deixo sonhar, mas ela vai para a França em breve, para ficar com a nossa tia... e sonhos mudam de acordo com as circunstâncias.

Kelela ia embora? Eu estava aqui há semanas e não tinha ouvido nada sobre ela ir para a França, e ela parecia ser o tipo de pessoa que se gabaria de algo assim. Com certeza era um plano de última hora, visto que o sonho deles de casá-la com um herdeiro de uma fábrica de chocolates não estava funcionando.

Ainda assim, um vislumbre de esperança apareceu em minha mente... mas logo o apaguei com uma dose de senso comum.

— Suponho que não tenha nada sobre o contrato que você queira discutir, então.

Ele fez que não com a cabeça, e fui para a sala de música. Não sei o motivo, já que tudo o que eu queria fazer era terminar meu trabalho e nunca mais olhar para Magnus de novo. Porque eu... tinha beijado ele. E ele tinha me beijado também. E havia dito que queria ficar comigo. Sabendo que estava comprometido com outra pessoa.

Encontrei-o sentado num sofá, coberto por um lençol e segurando uma xícara de café. Kelela estava do outro lado da sala, procurando por algo na estante. Sentei no sofá na frente dele. Um pouco do café que estava na mesa entre a gente provavelmente me faria bem, mas eu estava com tanto frio na barriga que não sabia se conseguiria tomá-lo sem passar mal.

— Hoje olhei Tom nos olhos — disse ele, sua voz baixa e assustada.

Olhei de relance para Kelela, que estava de costas para nós, ainda procurando algo na pequena biblioteca de partituras, então sussurrei:

— Quando ele nos viu no corredor?

— Estava tão distraído que não ouvi os passos dele. Eu sabia que deveria ter desviado o olhar.

— Ele deve ter ouvido os sinos, então com certeza desviou o olhar a tempo.

— Talvez. — Ele não parecia convencido disso.

Meu estômago embrulhou. Eu não tinha escolha, *né*? Teria que sair pelos corredores durante o Despertar se eu quisesse impedir o... desaparecimento de Tom. Se isso fosse acontecer mesmo.

— Me deixe cuidar de tudo, *tá* bem? — falei. — Estou aqui *pra* isso.

— Você é uma dádiva de Deus, Andromeda. Espero que saiba disso. — Magnus bebericou o café e se inclinou no sofá, mantendo os antebraços apoiados nas coxas. — Não estou bem hoje.

Engoli o bolo que estava na minha garganta.

— Sinto muito.

— Existe alguma cura *pra* isso? Um amuleto?

— Nunca vi um amuleto que curasse depressão.

— Então é isso? — perguntou ele, encarando a escuridão da xícara. — Depressão?

— Talvez você deva descansar.

Ele fez que não com a cabeça.

— Esjay e Kelela vieram de longe *pra* me ver. Aprecio a companhia deles. — O café se agitou conforme ele o colocava na mesa, e eu me inclinei para estabilizá-la. Minha mão roçou na dele. Sua pele era suave, seus dedos estavam tremendo, e, mais do que nunca, eu quis tirar aquela xícara estúpida do caminho, para segurar a mão dele. Senti-me idiota por querer isso.

— Fique, Andromeda. — Hoje, parecia mais uma pergunta do que uma ordem.

— Claro. — Afastei minha mão da dele, levando a xícara de café comigo.

— Encontrei!

A voz incrivelmente alta de Kelela me assustou, fazendo com que eu ficasse ereta de novo, quase derrubando o café, mas me equilibrando bem a tempo.

— É essa música! — exclamou ela, entregando um livro de partituras para Magnus. — Você toca, e eu canto.

Ele pegou a partitura. Eu nunca havia visto Magnus tão pouco entusiasmado com música antes.

— Vai ter que me dar um tempo *pra* ler antes.

— Ah, vai ser fácil *pra* você — insistiu Kelela, puxando-o pelo braço, para fazê-lo levantar —, já que é o músico mais talentoso que eu conheço.

— Sou o único músico que você conhece — disse ele, mas a seguiu sem reclamar.

Independentemente do que Esjay havia falado sobre a França, eles estavam prometidos um ao outro. Eles se casariam, provavelmente assim que o castelo fosse purificado. Eu precisava me acalmar. Tranquilizar meu coração acelerado. Comportar-me como uma funcionária, talvez até uma amiga, mas nada mais.

Porque Magnus nunca iria, poderia, ser mais do que isso.

Então era isso. Eu me concentraria no meu trabalho, em fazer dinheiro, em ganhar meu patrocínio. Não ia mais passar tempo com Magnus ou me envolver com ele emocionalmente. Além do mais, amar alguém era uma péssima estratégia de sobrevivência. Eu ficaria bem melhor sozinha.

Assim que eles se sentaram no instrumento e as primeiras notas começaram a tocar, saí do jeito mais discreto que consegui e segui para o corredor escuro. Mal tinha chegado às escadas quando ouvi meu nome, o som de pegadas — e sinos — vindo atrás de mim.

— Você disse que ia ficar — disse ele enquanto me seguia pelo corredor.

Meu coração doía de tão rápido que batia no peito.

— Pensei que quisesse ficar sozinho com Kelela.

Acelerei os passos quando cheguei às escadas, mas Magnus parou na minha frente.

ENTRE PAREDES AMALDIÇOADAS 147

— Eu *pedi pra* você ficar.

E eu queria. *Muito*. Mas como poderia? Então, em vez disso, falei:

— Parabéns pelo noivado.

Ele congelou. Eu queria que ele negasse, que perguntasse sobre o que eu estava falando. Em vez disso, parecia culpado.

Aproveitei a oportunidade para me esquivar dele e correr pelas escadas.

Ainda assim, os sinos me perseguiram.

— O que Esjay disse?

— Você parece chocado — falei amargamente. — Por quê? Não era para eu saber?

— Não é o que você está pensando...

— Ontem você disse que queria ficar comigo, e hoje descubro que está noivo. É *exatamente* o que estou pensando.

Agarrei a maçaneta da porta do meu quarto, mas, de repente, suas mãos estavam sobre as minhas, me impedindo de girá-la, puxando a porta para trás enquanto eu tentava empurrá-la para frente. Magnus repousava a outra mão na jamba da porta, para se manter no lugar. Ele era tão forte quanto sua altura indicava quando se esforçava.

— Foi uma promessa da boca *pra* fora que eu fiz aos 14 anos — disse ele. — Era só uma paixãozinha boba. Eu era jovem e não sabia do que estava falando.

— Esjay parece achar que é algo real.

— Esjay nunca cuida da própria vida.

— É porque o trabalho dele é cuidar da sua.

Eu queria odiar a sensação do corpo dele pressionado contra o meu, me aquecendo. Queria odiá-lo por me beijar. Mas, Deus, eu não odiava.

— Pelo menos me deixe explicar.

— Explicar o quê? Que está me usando para o próprio prazer enquanto está comprometido com Kelela?

— Eu e Kelela não estamos comprometidos.

— Você é um mentiroso. — Forcei um pouco mais e consegui uma pequena brecha antes que ele pudesse bater a porta de novo. Irracionalmente, senti meu coração acelerando, minha adrenalina subindo por estar encurralada num espaço pequeno. Não importava se Magnus nunca pudesse me assustar, que nunca seria uma ameaça, mesmo se fosse a intenção dele. Logo, minhas estratégias de sobrevivência iam me incentivar a fazê-lo parar de uma maneira mais violenta.

— Se afaste de mim, senhor.

— De novo com isso de "senhor". Andromeda, sou eu...

Virei para encará-lo.

— Você é meu empregador, *senhor*. Nada mais.

Seu aperto afrouxou, e sua mão tremia contra a minha.

— O que posso fazer para provar que eu quero você?

Antes dessa noite, eu teria corado. Eu me sentira indigna da atenção que estava recebendo. No entanto, agora eu sabia que ela não significava nada.

Mas a expressão dele era uma mistura de dor e desespero e — meu Deus, por que ele estava olhando para mim desse jeito? Eu tinha que repetir para mim mesma que ele era um mentiroso, que ele queria Kelela, que ele a havia *desenhado*. Mas ele estava tão perto de mim que eu conseguia sentir sua respiração acariciando meu rosto, e eu queria seus lábios, queria tanto...

Como se tivesse ouvido meus pensamentos, ele me beijou. Eu resisti, batendo em seu peito, tentando tirar a mão dele da parte de trás do meu pescoço e me afastar. No entanto, quando um protesto verbal chegou aos meus lábios, não pareceu um protesto de verdade.

Agarrei seu suéter, puxando-o para mais perto tão rápido que nos chocamos contra a porta. Mas ele não parou de me beijar, e eu não queria que parasse. Por um momento, nossas almas falaram uma só verdade, afastando toda a raiva e a vergonha. Naquele momento, nós dois nos queríamos, profunda e honestamente.

Mas, então, o momento passou, e a realidade tomou conta de novo... e não havia nada de honesto nela.

Empurrei o rosto dele para o lado, para recuperar o fôlego. Magnus me deixou, graças a Deus. Talvez porque soubesse que sua fantasia tinha acabado.

— Você flerta comigo — comecei, minha voz trêmula —, você me beija. Estando noivo.

— Mas você também quer isso, não é? — disse ele, e senti que eu estava à beira de um ataque de nervos.

Empurrei seu peito, e ele tropeçou para trás.

— Posso até ser pobre e feia, mas tenho os mesmos direitos humanos que as outras pessoas. Não serei um capricho igual o seu noivado. Não serei usada.

— Omitir detalhes não é o mesmo que mentir, Andromeda. Todos fazem isso, até mesmo você. *Principalmente* você. Mas não quer dizer que eu tenha te usado. Eu nunca faria isso.

— Você já fez. — Apoiei-me na parede conforme ele se aproximava, parando-o com minhas palavras. — Não me toque.

— Por quê? Vai me morder?

— Se for necessário.

Ele soltou uma risada curta e ofegante, e seu olhar era tão firme que fez com que eu me sentisse nua.

— Você é extraordinária.

Respirei fundo, para me acalmar.

— Vou para a cama.

— Não assim — disse ele, aproximando-se de mim. — Não brava comigo.

— Sou um ser humano com livre-arbítrio. Eu vou dormir.

— Você sabe que às vezes sou um idiota insensível. — Magnus suspirava fortemente, como se estivesse sentindo dor. — Fique comigo, Andromeda. Me perdoe e fique comigo.

— Como vou te perdoar se você nem pediu desculpas?

Bati a porta na cara dele bem a tempo de bloquear parcialmente o seu irritante "como assim eu não pedi desculpas?".

Encostei minhas costas na porta, cobrindo a boca para silenciar minha respiração instável. Eu não podia acreditar que realmente achei que... Mas é claro que era tudo coisa da minha cabeça. Eu deveria saber que algo tão bom nunca poderia ser real. Deus, eu era uma idiota. Qualquer homem que beijasse uma mulher enquanto estivesse comprometido com outra, por mais superficial que fosse o compromisso... Como eu poderia acreditar em qualquer coisa que ele dissesse novamente?

E, ainda assim, sua voz, tão perto da porta, abafada, mas de alguma forma ainda ecoando por mim...

— Me desculpe, Andromeda. Por favor, acredite em mim. Me desculpe...

Eu odiava ficar derretida pelas suas súplicas. Odiava o fato de que ele tinha tanto poder sobre mim. Odiava sentir vontade de abrir a porta, perdoá-lo e beijá-lo de novo e de novo.

Mas, em vez disso, tranquei a porta e me enterrei nos cobertores, para bloquear a voz dele por completo.

CAPÍTULO
17

Não tive muito tempo para elaborar um plano decente, só um que era, na melhor das hipóteses, incerto: ficar fora do quarto de Tom antes que o Despertar começasse e purificar qualquer Manifestação que aparecesse para fazê-lo "desaparecer". Não ser comida viva pela casa no processo. Magnus havia dito que os alojamentos dos funcionários já haviam sido purificados, então eu não teria que me preocupar com nenhum outro traço me atrapalhando.

Faltando 3 minutos para as 22 horas, coloquei minha faca no bolso e peguei o atiçador da lareira, para me prevenir. Eu estava usando o amuleto, claro, mas, depois daquele primeiro Despertar, não queria correr riscos.

Assim que abri a porta, uma sombra voou para cima de mim. Gritei de susto, mas, como estava acostumada a me controlar, consegui pelo menos virar o atiçador para a direção certa. Agora, a luz da minha lareira havia permitido que eu visse Saba na minha frente, mantendo a porta fechada com uma mão... e segurando o atiçador com a outra.

Seria estranho se eu não estivesse morando numa casa em que mãos saíam pelas paredes.

— Não posso purificar o Mau-Olhando ficando no meu quarto — falei. Saba me ignorou, trancando a porta. — Tom pode estar em perigo. Preciso ir até o quarto dele e para isso preciso sair do meu... Saba, pare!

Tentei passar por ela, mas ela me empurrou de volta só com a força de uma de suas mãos na minha barriga. Entrei em pânico por um momento — *como ela era tão forte?* —, mas só havia sido necessário esse momento, esse segundo de hesitação, para Saba se aproveitar do meu impulso e me conduzir à força para a cama.

Caí na cama, encarando-a.

— O que está fazendo? Eu *preciso* ir até lá.

Ela fez que não com a cabeça firmemente.

— Sim. — Levantei, e ela bloqueou minha passagem. — Não se importa com Tom? Com Magnus? Este é o único jeito de salvá-los.

Tentei passar por Saba, mas ela me interceptou, colocando seus braços em volta do meu corpo e me segurando. Tentei me livrar do aperto por um instante, mas ela era forte demais. O corpo dela era firme, mas não como o de alguém que tinha músculos bem definidos. Não era natural.

Conseguia sentir seus braços frios mesmo por meio das minhas mangas. Tão frios, e mesmo assim ela nunca usava um suéter. Era como se ela não estivesse sentindo o mesmo que os braços sentiam.

— Me solta? — perguntei, sentindo seu queixo se mexendo na minha testa enquanto ela balançava a cabeça.

Respirei fundo. Se eu relaxasse, se ela sentisse que eu havia me acalmado, ela ia me soltar. Então eu a ameaçaria com a minha faca. Que Deus me perdoe, mas tinha que ser feito. Era só para distraí-la até que eu conseguisse sair do quarto.

O relógio gigante na base das escadas indicou a chegada das 22 horas, e o vento começou a soprar na mesma hora. Gritos, gemidos, batidas, mas nenhum tão intenso quanto os daquela primeira noite.

Eu tinha que sair deste quarto. *Agora.*

Respirei fundo mais algumas vezes, para acalmar meus batimentos cardíacos. Coloquei meus braços ao redor da cintura de Saba, apoiando a lateral do meu rosto no seu peito, abraçando-a de volta. Enganando-a, para ser sincera. Nunca fui muito boa em chorar de propósito, mas poderia tentar. *De novo, Deus, por favor ignore qualquer tipo de atividade suspeita que presenciar aqui.*

Funcionou sem o choro, pois, depois de alguns instantes, o aperto de Saba afrouxou, e seu abraço pareceu mais natural. O quarto estava silencioso, exceto pelos espíritos que gemiam e pelo vento que uivava do lado de fora, exceto pelos estalos da lareira, exceto pelo meu coração que batia tão forte que eu conseguia ouvir. *Meu* coração, percebi... só o meu. Não tinha nada vindo do local em que eu estava apoiada. Quieto. Nada.

E, de repente, não consegui mais relaxar.

Saba percebeu que eu havia ficado tensa e me apertou novamente, só que eu não protestei desta vez. Meu cérebro estava transbordando.

Ela não era reconhecida como uma funcionária por ninguém da casa, apenas por Magnus... apenas pelo hospedeiro do Mau-Olhado. Ela não sentia frio. Literalmente não tinha coração. Agora tudo fazia sentido. Bem, fazia e não fazia.

Saba era, de alguma forma, resultado do Mau-Olhado. Mesmo sem as características de uma Manifestação, sua sobrevivência dependia da maldição. Sendo assim, não tinha como ela me deixar purificá-la sem lutar.

Magnus havia dito para eu não me apegar muito a ela, mas nunca imaginaria que era por esse motivo.

— O que quer que você seja — falei, e senti ela se mover —, o que quer que você tenha sido, por favor saiba que tenho muita compaixão por você. Mas preciso pôr um fim nisso. Muitas pessoas desapareceram, e isso precisa acabar. Me deixa ir, Saba. Não quero te machucar.

A resposta dela foi me apertar com ainda mais força, como se fosse feita de aço.

Meu estômago revirou. Eu já tinha lutado diversas vezes nas ruas — por comida, pela minha vida, por um teto decente. Eu tinha as cicatrizes para provar. Mas machucar uma amiga...

Anda logo, Andi.

Agarrei o braço dela com uma mão, cravando minhas unhas em sua pele e pegando a faca com a outra na mesma hora em que chutei sua canela. Saba tropeçou, e eu ouvi o *estalo* de um prato quebrando, e uma dor aguda e quente subindo pelos meus dedos, anestesiados pelo frio do restante da casa. Mas ignorei a dor e me concentrei na faca, apontando-a na direção de Saba e de seu...

Meu sangue parecia correr frio em minhas veias.

...de seu...

Virei-me devagar, para olhar meu ombro, onde o braço de Saba ainda estava apoiado, apesar de o seu corpo estar a quase 2 metros de distância. Meus dedos haviam sido cortados e passados através do centro vazio do topo de seu braço, e se apoiavam na base dele. Meu sangue escorria pela borda do membro destruído.

Olhei rapidamente para Saba, e ela estava parada, seu braço direito faltando, oco onde se conectava ao antebraço. Ela parecia uma boneca de porcelana bonita e triste.

Um grito distante ecoou pelas escadas. Ah, Deus. Tom.

Sacudi o ombro para me livrar do braço quebrado, deixando-o cair no chão. Ele imediatamente reagiu, procurando seu corpo de origem e usando os dedos para se movimentar pelo chão como uma aranha gigante. Saba chegou perto dele e o recuperou. Era agora ou nunca. Corri para cima dela, apunhalando seu joelho e girando a faca até que sua perna quebrasse com um *clique* sutil. Ela perdeu o equilíbrio, tropeçando no outro joelho, e eu aproveitei para me esquivar dela.

Alguma coisa agarrou minha perna, me fazendo tropeçar. O impacto no chão fez minha cabeça começar a girar e a minha faca sair deslizando para as sombras. Bati o pé no chão, quebrando os dedos da mão desmembrada que agarravam meu tornozelo, e me joguei em cima de Saba, conseguindo atirá-la no chão antes que ela conseguisse anexar sua perna ao corpo.

Lá fora, eu teria dado um soco nela, mas não podia fatiar minha mão direita também — a mão que eu usava para fazer amuletos. Em vez disso, tentei pegar a pá de metal depois de derrubar toda a caixa de ferramentas. Saba me agarrou com o braço que ainda estava inteiro, sua força me impedindo de alcançar a pá, mesmo com uma mão, e eu cometi o erro de olhar para ela. De sentir uma pontada de culpa ao ver o medo arregalando seus olhos.

— Então me deixe ir, Saba — implorei, tanto pelo bem-estar dela quanto pela minha própria consciência. Eu não queria sentir o corpo da minha amiga se quebrando por minha causa, mesmo que isso não parecesse machucá-la.

Ela balançou a cabeça veementemente. Seu objetivo era claramente se proteger. Parte de mim respeitava isso. Eu havia feito isso a vida inteira.

Mas isso também queria dizer que, pelo menos por agora, ou nunca mais, eu não poderia vê-la como amiga, mas eu iria lidar com essas emoções em outro momento. Agora, minhas estratégias de sobrevivência insistiam para que eu eliminasse o obstáculo que me impedia de conseguir o que eu precisava.

Que assim seja.

Agarrei o braço dela com os meus e a segurei. Consegui pegar a pá e quebrei seu braço na parte em que se conectava com o ombro. Levantei e fiz a mesma coisa com a perna que ela ainda tinha. Depois, empurrei tudo para debaixo da minha cama. Assim, eles ficariam mais distantes do corpo dela, e eu ganharia tempo.

— Me desculpa — falei rapidamente, mal conseguindo olhar para sua expressão horrorizada. Agarrei minha bolsa de suprimentos e saí correndo do quarto.

Corri para onde as pulsações do meu amuleto apontavam, descendo as escadas e ignorando todas as outras Manifestações que encontrei — exceto um bando de ratos, que corriam por cima e por baixo dos meus pés, fazendo com que eu perdesse um pouco a velocidade. Eu estava com calor e suada por causa dos acontecimentos no meu quarto, então o frio da casa não fez muito efeito em mim. Esfreguei meus dedos no suéter para me livrar do excesso de sangue, embora suas pontas latejassem e doessem muito. Coloquei os óculos de aumento, manchando meu rosto de sangue quente — que logo se tornou frio devido ao ar gelado ao meu redor.

Meu amuleto pulsava tanto que começou a ecoar dolorosamente pelo meu corpo, e, quando cheguei ao meu destino, descobri o motivo.

Sob a luz escassa das brasas que já se apagavam, vi o corpo de Tom amarrotado no chão, uma poça escura lentamente se acumulando sob seu corpo, seus olhos encarando o nada.

E, em cima dele, me encarando, os olhos verdes e retrorrefletores de uma...

Ai, meu Deus...

De uma hiena.

Sem dúvida alguma, essa não era uma besta mortal ou uma Manifestação. Era a própria maldição. O Mau-Olhado encarnado.

Eu só sabia disso porque Jember tinha purificado uma — o único *debtera* dos últimos 20 anos, talvez até dos últimos 50, a conseguir fazer isso. Só que ele nunca me disse como havia conseguido essa façanha. Disse, no entanto, que, se alguém me pedisse para fazer isso, era para eu sair correndo na direção oposta e não olhar para trás.

De repente, percebi para onde a perna e a humanidade de Jember tinham ido, e a realidade do que o destino me reservava me atingiu como um soco no crânio.

— Deus, por favor — rezei, agarrando meu amuleto em busca de conforto, mas suas pulsações eram tão fortes que mais pareciam gritos de horror.

A hiena pisou no corpo de Tom, sinos tilintando a cada passo que ela dava, a crina de suas costas curvas toda eriçada.

Peguei meu disco de prata e comecei a trabalhar.

Você não tem um plano, Andi.

A hiena começou a chegar mais perto, seu rosnado se misturando com o estalar das brasas.

Você realmente achou que o Mau-Olhado ia ficar parado te assistindo trabalhar?

Pelo menos, graças a Deus, o escudo do amuleto se estendia em quase um metro. Sentei e continuei o que estava fazendo.

Quando cheguei ao sétimo traço, ouvi o barulho das unhas afiadas que se arrastavam pelo chão de madeira, chegando mais perto e parando na minha frente, a respiração quente do Mau-Olhado invadindo o meu oxigênio... o rosnado perigosamente perto do meu rosto. Olhei para cima só para ter certeza de que o amuleto estava cumprindo seu papel. Um metro de distância não era muita coisa quando uma hiena demoníaca e com sede de sangue estava querendo te pegar.

Sobressaltei-me, parando o que estava fazendo. Vi que a cabeça da besta estava se aproximando do limite do escudo apenas para se afastar e, depois, correr em direção a ele novamente, batendo a cabeça no mesmo local. Uma vez. Depois outra. E outra. Estava fazendo meu escudo ceder, já alguns centímetros mais perto do que antes.

Meu coração disparou. Ai, Deus. Eu não ia conseguir terminar o amuleto tão rápido.

Mas o que mais eu podia fazer?

Voltei ao trabalho rapidamente, ignorando os golpes da hiena contra o escudo.

Mas, quanto mais ela se chocava contra ele, mais os barulhos que ele fazia se intensificavam, até que eu tive que parar. Estava enjoada.

Continue, Andi.

E eu não estava nem perto de terminar.

Deus, me ajude e me dê forças...

Eu tinha parado por tempo demais. Assim que acendi a caneta de novo, senti a respiração quente da hiena em meu rosto. Encolhi minhas pernas. Eu ainda tinha algum escudo...?

Algo me agarrou, me arrastando pela casa, e eu gritei e me debati, derrubando meu amuleto mal-acabado no chão de madeira. Estar com uma mão toda cortada não me ajudava a lutar, então fechei os olhos por um momento quando minhas costas bateram na parede do corredor, agradecendo mentalmente por não ter arrancado a língua fora com o choque. Duas mãos fortes seguraram meus braços, prendendo-os nas laterais do meu corpo.

Encarei Saba com firmeza, aproveitando que nossos olhos estavam no mesmo nível.

— Me larga.

Ela fez que não com a cabeça.

— Não me faça te quebrar de novo. Se precisar, eu vou.

Seu aperto ficou mais forte, e eu tive que me esforçar para não demonstrar fraqueza.

Ela usou o próprio corpo para me impedir de fugir enquanto a hiena saía lentamente do cômodo do qual tínhamos acabado de sair. No entanto, eu mal tive tempo de sentir medo ou coragem, já que Saba abriu a porta do outro lado do corredor e me jogou lá dentro.

— Saba! Pare com isso! Me deixa sair! — Nenhuma luz entrava ali, exceto pelo pedacinho que vinha por baixo da porta. Minha mão foi parar numa parede, depois em outra parede, e depois... em outra parede. Enquanto isso, a presença da hiena ficava cada vez mais fraca e distante. Chegou um momento em que eu não conseguia sentir nem um só traço.

— Saba!

A última parede que toquei era uma porta, mas já era tarde demais. Estava trancada. Bati na porta com minha mão boa.

— Saba! — Mexi na maçaneta e chutei a porta ao mesmo tempo. Botei a mão no bolso à procura da minha faca, me xingando por não tê-la pego antes de sair correndo do quarto.

Gritei de frustração, então me abaixei para procurar algo no chão que pudesse me ajudar. Tinha que ter algo aqui que fosse útil para arrombar a fechadura. Que tipo de pessoa tinha armários vazios dentro de casa?

E, então, percebi que não conseguia mais sentir a presença da hiena.

Eu tinha fracassado.

CAPÍTULO 18

Em algum lugar da neblina, ouvi meu nome. Senti um tremor, como se estivesse numa carroça andando sobre um terreno irregular. Algo me tocou de modo suave, mas firme.

Gemi, uma tontura estranha fazendo com que eu tivesse dificuldade para abrir os olhos. Quando finalmente consegui, até a luminosidade indireta dos raios de sol no teto fizeram minha cabeça doer. Alguém estava inclinado sobre mim... e com a cabeça pegando fogo.

Pisquei, e meu nome veio da neblina de novo. Pisquei mais uma vez, e a criatura flamejante se transformou em uma Emma completamente exaltada, seus cabelos vermelhos com reflexos dourados por causa da luz do sol.

— Andromeda... — Meu nome foi a única coisa que consegui ouvir.

— Onde estamos? — Tentei falar, mas me embolei toda com as palavras.

Ela falou mais coisas, mas não entendi nada.

— O quê? — Lutei para conseguir me levantar, sentindo as mãos dela em meus ombros, me ajudando. O cômodo começou a girar na mesma hora.

Levei a mão até minha cabeça dolorida, e o cheiro acentuado de algum tipo de erva invadiu minhas narinas, clareando minha mente. Arregalei os olhos, para desembaçá-los.

Minha cama. Meu quarto. Espera, eu estava me lembrando... o Despertar. Saba quebrando como barro.

Ah, Deus. A hiena.

Levantei num pulo, meus joelhos cedendo com o movimento, então tive que me segurar com as duas mãos. Uma manchinha vermelha começou a se espalhar pela minha mão enfaixada, e eu apenas observei, sem conseguir sentir nada.

— Andromeda — disse Emma, ajudando-me a sentar. Ela deu uns tapinhas no meu rosto, procurando algum sinal de sanidade em mim, eu tinha certeza. — Você está bem?

Eu não me lembrava de ter saído daquele armário. Mas, pensando bem... Olhei para os meus dedos cortados, que estavam individualmente enfaixados e cobertos. Eu mal conseguia senti-los. Estava letárgica. Tinha certeza de que era efeito de algum sonífero ou de algum tipo de calmante. Fiquei irritada só de pensar que alguém tinha me dado remédios sem meu consentimento.

Meu palpite era Saba. Algo gentil, considerando o que eu havia feito a ela. Ela havia me salvado ontem à noite mesmo assim. Ou me impediu de salvar...

— Ai, meu Deus — murmurei. — Tom.

— Sim, Tom. — Emma assentiu, e sua expressão aliviada logo se transformou, e ela começou a chorar. — Por favor, me ajude a achá-lo, Andromeda. Acho que ele desapareceu.

— Desapareceu... — As memórias voltaram para mim de uma vez, e uma em específico causou um frio na minha espinha, me fazendo tremer. A imagem dele deitado no chão, mutilado, os olhos encarando o teto, estava carimbada na minha mente. Não, ele não tinha desaparecido. E, a não ser que Saba tivesse se livrado do corpo como ela havia se livrado das evidências da nossa briga de ontem, eu sabia onde ele estaria.

Esforcei-me para levantar, lentamente, com Emma ao meu lado. Eu ainda estava com as mesmas roupas de ontem, então não precisaria me vestir. Lembrei-me da minha faca, procurando-a rapidamente pelo chão e encontrando-a na mesinha de cabeceira, como se não tivesse sido usada. Tomando cuidado para não usar muito a mão esquerda, prendi a faca na cintura sem me preocupar em escondê-la.

Olhei para Emma, mas não tinha forças nem para tentar sorrir.

— Vamos encontrá-lo.

Emma envolveu o braço no meu, para me ajudar a descer as escadas. Mesmo com a cabeça latejando, mexer o corpo estava ajudando-o a acordar, como se a droga estivesse saindo dele conforme eu me movimentava. Quando chegamos à base das escadas, eu já tinha autonomia suficiente para tocar o ombro dela.

— Vamos nos separar — falei, e os olhos dela se arregalaram de pavor. — Vamos demorar horas se não fizermos isso.

— Esta casa me assusta — choramingou ela.

Como eu diria a ela que a cena que ela poderia ver se me acompanhasse a assustaria mais?

— Abra as janelas e deixe o sol entrar conforme anda pela casa. Vai te ajudar a se sentir melhor. Daqui a meia hora nos encontramos aqui.

Emma assentiu, correndo na direção em que eu sabia que ela não acharia nada. Fui para o lado oposto, para o cômodo em que tinha acontecido.

Algo estava estranho. Tentei lembrar como o local estava ontem e nos dias anteriores. Sim. A tapeçaria havia caído da parede e agora estava no meio do piso. Não... não havia caído. Havia sido colocada ali como se fosse um tapete.

Usei meu ombro e minha mão para empurrar a mesinha que havia sido colocada ali, então saí de cima e chutei o tecido para longe. Recuei na mesma hora.

Tom estava no mesmo lugar em que eu o havia deixado, mas ao mesmo tempo não estava. Parte de seu corpo tinha afundado no chão, como se estivesse boiando numa piscina rasa — apenas vestígios de sua coxa, sua mão e seu rosto estavam visíveis. Mas não estava na água, e sim em pedra maciça e madeira rachada, e seu corpo parecia um fóssil petrificado dentro deles. A pele estava cinza — ou pela morte em si ou pelo endurecimento —, e a expressão, congelada num olhar vazio.

Rapidamente o cobri de novo para escondê-lo, mas, depois disso, não consegui me mover por um momento. Aquela tapeçaria tinha sido tirada da parede de propósito, para cobrir o que o Mau-Olhado havia feito.

Levantei e corri para o corredor — me mover tão rápido me fez ficar zonza, mas esse era o menor dos meus problemas. A mesa e o tapete aleatórios no meio do corredor não pareciam mais tão aleatórios. A mesinha de madeira era mais pesada do que aparentava, mas eu a empurrei com o ombro e chutei o tapete. O rosto assustado e fossilizado de Edward me encarava... o homem cujos olhos gentis tinham me cumprimentado na minha primeira noite aqui e havia, sem dúvida, desaparecido naquele primeiro Despertar.

Coloquei o tapete sobre ele de novo e corri para o corredor, mexendo em outra tapeçaria. Nada. Continuei seguindo pelo corredor e tirando qualquer tipo de decoração que eu achasse pendurada nas paredes. Até que me deparei com uma cesta que parecia estar numa posição suspeita e encontrei uma mão estendida para mim como se implorasse por ajuda.

Fiquei parada no corredor, tremendo.

De certa forma, Emma estava certa. A casa estava mantendo as vítimas como reféns, mas senti que não haveria nenhum reencontro feliz depois que o Mau-Olhado fosse purificado. A casa estava consumindo-os. Sugando os corpos e — meu Deus — regurgitando o sangue das vítimas? Fiquei enjoada só de pensar, e então olhei para o fim do corredor.

— Magnus? — Estava tudo quieto, o que fez minha voz soar alta até demais, mesmo que eu não estivesse gritando. Não ouvi o cravo, então fui direto para a biblioteca. Magnus estava desenhando na mesma cadeira de sempre. Ele parou para jogar um dardo no retrato de seu pai. O objeto grudou firmemente na tela, juntando-se aos outros dardos que estavam um pouco abaixo do cinto do homem.

— Castrando seu pai? — perguntei.

— É uma maneira extremamente terapêutica de passar a manhã. — Magnus fechou o caderno de desenhos e o colocou no colo, prestando atenção apenas em mim. Ele estava sorrindo, parecendo não ter ideia do que tinha acontecido na noite anterior. O que me deixaria feliz, se não tivesse que contar as coisas horríveis que tinha descoberto.

— Você dormiu até tarde, Andromeda — disse ele, balançando o lápis para mim como se estivesse me censurando. — Não achei que isso fosse possível.

Deus o abençoe. Ele ficava tão fofo levantando suas grossas sobrancelhas para mim com aquela expressão curiosa. Senti uma satisfação esmagadora ao vê-lo assim.

— Foi culpa das drogas — falei estupidamente, sentando-me ao lado dele.

Magnus imediatamente pegou minha mão. Eu aceitei e a apertei com força. Suas mentiras deveriam importar, mas não importavam. Naquele momento, havia problemas maiores.

— Preciso falar contigo.

Seus olhos se arregalaram quando ele viu minha mão enfaixada.

— Deus. O que aconteceu?

Respirei fundo.

— As pessoas da casa não estão desaparecendo. Elas estão sendo assassinadas.

O rosto de Magnus ficou pálido.

— Assassinadas? Pelo Mau-Olhado? Mas eu pensei que... — Ele parecia prestes a vomitar, e eu não o culpava. — Me disseram que contato visual com o hospedeiro do Mau-Olhado fazia isso, mas nunca achamos nenhum corpo, e eu nunca consigo me lembrar de nada na manhã seguinte. Então, eu... — Ele puxou e cutucou os fios do suéter. — Eu pensei que, talvez, não estivesse matando ninguém.

— Há corpos, só que a casa está consumindo eles. Você nunca percebeu que a decoração da casa é meio estranha?

— Eu deixo Saba mexer nos móveis o quanto ela quiser. — Ele congelou. — Não está dizendo que ela...

— Não. Não, ela só está encobrindo tudo. Porque... — Engoli em seco. — Porque ela é parte do Mau-Olhado, não é?

Magnus piscou.

— Como assim? Não tem nada de errado com a Saba.

Afastei as mãos dele da minha, lembrando-me de tudo de ruim que ele já tinha feito.

— Assim como você, não gosto quando mentem *pra* mim.

Ele piscou de novo, encolhendo as sobrancelhas.

— Não sei bem o que está tentando dizer.

— Está se fazendo de burro?

— Não, eu só não entendi o que você disse...

Inclinei-me sobre a mesa e puxei a orelha dele, levantando a voz em meio às suas reclamações frenéticas.

— Então vou repetir a pergunta...

— Ok, ok, eu ouvi — reclamou ele, afastando meus dedos de sua orelha.

— Ela não tem batimentos cardíacos. A pele dela é fria e se quebra como cerâmica. Ninguém na casa além de mim e de você a vê, pelo visto. O que ela *é*?

Ele demorou apenas alguns instantes para dizer:

— Pode fechar a porta?

Não sobrou ninguém pra nos ouvir. Quase falei, mas não tinha motivo para colocar mais sal na ferida dele. Respirei fundo, fui fechar a porta e, depois, voltei a sentar na cadeira ao lado dele.

— Fale — ordenei.

— Ela é uma vítima do Mau-Olhado — disse ele, esfregando a orelha.

— Uma vítima? — Minha confiança começou a desmoronar. — Então ela está... morta?

— Sim. Reanimada, mas não viva de verdade.

Congelei.

— M-mas... — Minha querida amiga Saba... estava *morta*? — Mas por quê? Como?

Ele respirou fundo, como se estivesse cansado dessa pergunta.

— Não sei se posso responder.

— É questão de vida ou morte, Magnus. Você precisa me contar. — Inclinei-me sobre a mesinha e peguei a mão dele, para fazê-lo prestar atenção em mim. — Por favor. Me conta.

Magnus não olhou para mim. Normalmente ele só queria fazer isso, mas agora...

— Não me odeie por isso.

— Por isso o quê? — Ele não respondeu, então virei seu rosto para mim. — Me conta.

Ele engoliu a saliva e respirou fundo.

— Com quem você acha que ela se parece?

Fiz uma pausa.

— Com você, eu achei, logo no primeiro dia. Sua irmã, talvez?

— Quase.

Fiz uma pausa ainda maior agora.

— Isso não está fazendo o menor sentido, Magnus.

— Depois que uma vítima do Mau-Olhado é enterrada, há um curto período de tempo em que o corpo pode ser exumado, e o Mau-Olhado pode reanimá-lo por motivos próprios. — Ele olhou para o fogo por um momento. — Meu pai, se é que devo chamá-lo assim, fez isso... com a minha mãe.

Agarrei a mesinha, pressionando os dedos contra a madeira com tanta força que achei que fosse arrebentá-la.

— O quê? — Fiquei boquiaberta. Pela quinta vez.

— O Mau-Olhado me esperou nascer, pelo menos, antes de lançar a maldição. Ele tinha um bilionário e um herdeiro... duas gerações de riqueza. — Magnus ficou quieto, engolindo a saliva algumas vezes. — Minha mãe foi a primeira vítima do meu pai... a primeira pessoa a fazer contato visual e morrer.

Levantei, abrindo e fechando minha mão boa incessantemente.

— Saba é sua mãe.

A mãe dele. O que significava que ela era pelo menos 22 anos mais velha do que aparentava.

Ficamos calados por um momento. Minha mão cortada estava começando a latejar, mas o nó na minha garganta doía bem mais. Tentei engoli-lo algumas vezes, mas acabei desistindo e indo para a lareira, local em que cuspi aquele gosto detestável nas chamas.

— Por isso você disse que Saba vai embora quando o Mau-Olhado for purificado. É porque ela está conectada a ele. É uma serva dele. Ela morre quando ele for expulso.

— Ela é minha amiga — rebateu Magnus, ofendido. — Nunca a vi como mãe, mas ela sempre foi minha amiga. Ela obedece ao Mau-Olhado porque não tem escolha, porque não consegue se defender dele. Às vezes ela... — Ele se encolheu ainda mais no assento, abraçando o caderno de desenhos. — Ela chora enquanto obedece aos comandos dele. Ela não quer fazer nada daquilo, mas seu corpo é forçado a obedecer. Me sinto horrível ao vê-la assim.

— Magnus... — Ajoelhei-me na frente dele e coloquei as mãos em seus joelhos. O fogo fez com que as lágrimas em seu rosto brilhassem. — Minha voz ainda estava firme quando falei: — Me sinto tão culpada. Eu estava me segurando. Eu poderia ter feito muito mais *pra* purificar a casa esse tempo todo.

— Fico feliz por você não estar com pressa. — Ele se inclinou, colocando o caderno de desenhos ao seu lado, no chão. — Não estou pronto *pra* te ver indo embora.

Ele passou os dedos pelas curvas das minhas orelhas, suas palmas segurando o meu rosto. Elas tinham a quantidade perfeita de calor. Eu poderia ficar sentada ali o dia inteiro se meu corpo permitisse. Se minha mente permitisse. Mas ainda não achava que isso era certo.

De qualquer forma, havia coisas mais importantes para se pensar agora, por isso me levantei.

— Tenho que contar *pra* Emma o que aconteceu com o Tom.

Magnus mordeu o lábio.

— Você realmente acha que é uma boa ideia? Desaparecer é um destino mais gentil do que a morte.

— Mais gentil *pra* quem? Ela acha que todo mundo vai reaparecer quando o Mau-Olhado for purificado. Preciso falar *pra* ela o que for necessário *pra* fazê-la sair daqui.

— Não mencione nada sobre morte, pelo menos. — Ele se levantou, tocando minha bochecha. — Ela não tem mais nada.

— Ela ainda tem ar para respirar, não tem?

— A verdade nua e crua não é *pra* todo mundo, Andromeda. Às vezes, o melhor que podemos fazer é mentir. Nem todos são fortes como você.

Hesitei e respirei fundo.

— Não vou contar a ela, mas vou encorajá-la a ir embora. E viver.

— Você é melhor que todos nós. — Ele beijou minha testa, permanecendo apenas tempo o suficiente para que, por um momento, minha respiração vacilasse. — Então... qual é o próximo passo?

— O próximo passo? — Olhei para minha mão enfaixada, sentindo a determinação percorrendo por mim. — Nos livrarmos dessa hiena.

CAPÍTULO

19

Fiquei feliz por ter seguido o conselho de Magnus, pois Emma recebeu a notícia de que Tom havia "desaparecido" tão bem quanto se poderia esperar. Deixei-a chorar no meu colo por alguns minutos até Peggy assumir meu lugar, embora eu duvidasse de que essa mulher tivesse um resquício de humanidade no corpo. Emma não podia viajar chorando desse jeito, principalmente sozinha — eu não queria que ela fosse alvo de assediadores ou ladrões. Mas eu lhe assegurei que poderia dormir no meu quarto esta noite e que eu a levaria para a cidade assim que ela estivesse pronta.

No entanto, eu não poderia demorar muito. Precisava ver Jember o mais rápido possível e, desta vez, não seria educada nem ia obedecer os seus limites de tempo. Ia incomodá-lo o dia inteiro se precisasse — dessa vez ia conseguir respostas, ele gostasse ou não.

Quando Saba e eu chegamos à porta dos estábulos, ela já estava aberta, e Emma já havia começado a amarrar os cavalos. Ela usava uma calça e uma camisa branca, embora elas coubessem bem demais para terem sido de Tom. Também usava uma boina que teria ficado grande demais se ela não tivesse colocado todo o cabelo dentro, a ponta se estendendo o suficiente para impedir que o sol chegasse ao seu rosto... a mesma boina que Tom estava usando na noite em que o conheci. Havia uma bolsa a tiracolo do lado da carruagem.

Se ela tivesse sorte, passaria por um menino de 14 anos. Talvez fosse suficiente.

— Tem certeza de que está disposta a fazer isto? — perguntei.

— Qualquer coisa é melhor que ficar aqui.

Deixei-a subir na carruagem, tentando não prestar atenção em seu choro enquanto Saba terminava os preparativos.

<hr/>

Estava mais perto do almoço do que do café da manhã agora. Pulei da carruagem e paguei o cocheiro, esperando Emma descer lentamente do veículo. Era óbvio que ela tinha chorado, pois seu rosto estava vermelho e inchado, então tomei a liberdade de abaixar a ponta da boina, para esconder.

— Você tem o suficiente *pra* sobreviver? — perguntei. Não queria falar muito sobre dinheiro num espaço público, mas ela pareceu entender porque deu tapinhas no bolso da camisa e na bolsa.

— O suficiente *pra* chegar na Inglaterra. Também tenho vários amigos e familiares para me ajudar quando estiver lá.

Seu rosto já estava rosado por causa do calor. Eu não tinha certeza se ela ia durar um dia sem cozinhar.

Ficamos caladas por um momento.

— Respeito muito o que está fazendo — disse Emma repentinamente. — Ter seu próprio trabalho e sua própria vida. De onde venho, as mulheres não têm essa opção.

As mulheres também não tinham muitas opções por aqui. Ninguém tinha, a não ser que tivessem dinheiro. Nossas opções eram morrer de fome ou sobreviver.

Dei de ombros.

— Só faço o que preciso *pra* sobreviver.

— Acho que já está na hora de eu fazer o mesmo.

— Está protegida? — perguntei. Ela permitiu que eu desse uma olhada na arma que ela tinha no bolso. — Fique com Deus, Emma.

— Você também. — Ela pegou minha mão e assentiu, parecendo certa e incerta ao mesmo tempo.

Observei-a indo embora por um momento, então olhei para Saba, que havia se juntado a mim.

Estava na hora de ir — minhas estratégias de sobrevivência estavam me mandando sair daquela rua toda aberta.

Saímos andando pela feira lotada, passando por vendedores de frutas e de nozes gritando e clientes pechinchando antes de chegarmos ao labirinto.

Desta vez, não me dei ao trabalho de ir à igreja — a esta hora, Jember já estaria dormindo depois de sua noite agitada. Conduzi Saba até o beco atrás da igreja, bloqueado pelo labirinto por uma parede que se estendia por todos os lados menos o da entrada, onde uma porta de adega estava cravada no chão. A corrente e o cadeado não estavam na parte de fora, o que significava que Jember tinha trancado tudo por dentro. Ele definitivamente estava em casa.

Olhei para Saba.

— Consegue ficar aqui fora por alguns minutos? Ninguém nunca vem aqui, juro.

E não iam mesmo. A lei não tinha poder sobre a igreja — ou melhor, as pessoas respeitavam mais a igreja do que a lei —, então a parte da minha infância que eu tinha passado sob os cuidados dela fez com que eu me sentisse livre de várias formas. Talvez esse tenha sido o motivo de Jember ter escolhido viver literalmente embaixo da igreja. Ninguém ousaria cometer um crime por ali. Era o lugar mais seguro da cidade.

Apesar disso, eu sabia que havia algumas armadilhas ao redor da porta. Só porque era seguro não queria dizer que Jember confiava em alguém.

— Acho melhor não tocar na porta — adicionei.

Saba me deu um sorriso encorajador, fazendo um sinal para que eu fosse até a porta. Ajoelhei-me na frente de uma grade que ficava ao seu lado, um empurrão forte com minhas duas mãos fazendo-a chiar antes de abrir.

Sorri.

Velho preguiçoso... ainda não tinha consertado.

Dei uma olhada, para ter certeza de que o caminho estava livre, então entrei pela pequena abertura, começando pelas pernas e pisando num caixote logo abaixo, e fechei a grade.

A não ser pela pequena quantidade de luz do sol que entrava por baixo da grade, não havia muita iluminação. Desci do caixote, vendo poeira subir com o meu movimento. Abafei uma tosse com a curva do cotovelo e usei minha caneta de solda para acender a primeira lamparina que consegui encontrar. Se eu ainda estivesse morando aqui, esta entrada estaria limpa. Agora estava abarrotada de coisas como um armário de suprimentos, com livros e caixas, vasos, uma bicicleta. Nosso braseiro estava completamente bloqueado por caixotes de madeira, e uma camada grossa de poeira e de sujeira confirmava que ele já estava assim há semanas.

Se a porta não tivesse sido trancada por dentro, eu ia achar que ninguém mais morava aqui.

Olhando para baixo, vi uma trilha que ia do quarto até as escadas que levavam à porta da adega, que estava um pouco menos empoeirada do que o resto.

Peguei a lamparina e saí empurrando as tralhas, puxando a cortina que cobria a porta da parede dos fundos para o lado. A luz da lamparina brilhava, formando um caminho amarelo até a cama encostada na parede. Inspirei fundo, então deixei o ar sair, minha irritação se sobrepondo ao meu alívio. Vi a silhueta de Jember, deitado de costas, e, quando pus a lamparina na cômoda, vi que ele estava usando apenas suas calças brancas e as luvas de couro vermelhas. Estava sem a prótese. Ele não comia melhor que eu, mas acho que corpos mais velhos processavam comida de um jeito diferente ou só precisavam de menos, pois ele tinha o peito e os braços relativamente definidos e uma pancinha. Garrafas e potes de vidro estavam espalhados pela cama, e havia um saco de papel cheio de pílulas que, com certeza, eram ilegais.

— Jember — chamei da porta e só quando ele não respondeu eu me aproximei, batendo palmas. — Levanta, velhote.

Nada. Meu coração começou a bater mais forte de repente, e não consegui evitar a irritação comigo mesma por isso. Ele não estava morto, e eu não deveria me importar se estivesse. Mas estava acostumada a me importar, e velhos hábitos eram difíceis de largar.

Fui para a cama e pressionei dois dedos no seu pescoço, mas não tive tempo para me arrepender dessa decisão, ou gritar, ao sentir os dedos enluvados de Jember se fecharem ao redor da minha garganta. A faca já estava na minha mão no momento em que ele me jogou no colchão.

— Vá em frente, garota — disse ele, seus *dreads* caindo sobre meu rosto enquanto ele se inclinava sobre mim. — Me faça te soltar.

Mesmo com meu outro punho preso, eu ainda conseguiria cortar o braço dele. Havia uma boa artéria ali.

Mas era exatamente por isso que eu não o faria.

Senti minha traqueia comprimida queimar. Eu tinha segundos para decidir o que fazer antes de perder a força. Desmaiar. E então ele ia vencer, como sempre, e eu ficaria com dor de cabeça e na garganta pelo resto do dia.

Sem a perna de madeira, ele só tinha uma para suportar o peso. Eu a chutei, empurrando-o e fazendo com que ele ficasse de costas. Pressionei meu joelho no seu braço, apontando a faca para o rosto dele com as duas mãos. Ele pegou ambas com sua única mão livre, forçando-as contra mim.

— Por que não cortou o meu braço? — resmungou. — Te dei a brecha perfeita.

— Artéria.

— Você é molenga.

— Não sou molenga, só preciso de você vivo. — Coloquei a faca mais perto do rosto dele. — Desista, velhote, antes que eu te deixe com um olho só.

— Suas ameaças ficaram mais realistas. — Ele olhou para a faca. — Eu me rendo. — Suavizei minha pressão, permitindo que ele abaixasse as mãos, mas mantive a faca apontada para o seu rosto caso ele mudasse de ideia. — Me diga, como se deve medir o pulso de um homem?

— Enfiando uma faca nele.

— E por que estou tendo que te falar isso de novo? Nunca baixe a guarda, especialmente perto de alguém maior que você. — Ele fez sinal para que eu me afastasse, então eu o fiz, guardando minha faca. — Que diabos aconteceu com a sua mão desde a última vez que te vi?

— Ah... — Olhei para meus dedos ainda enfaixados que, mesmo depois de todos aqueles remédios, estavam começando a latejar por causa da movimentação. — Me cortei com... cerâmica.

— Foi cerâmica ou não? Nem você parece saber. — Ele coçou a barba, me olhando de maneira cética. — Nós dois sabemos que não está aqui porque estava com saudades, então o que quer, garota?

Cruzei os braços e me afastei um pouco, para criar coragem. *Fala logo, Andi.*

Em vez disso, falei:

— Este lugar está um nojo.

— É porque você não está aqui *pra* limpar.

— Ainda não arranjou outro aprendiz?

— Ainda não arranjei um bom o suficiente *pra* fazer meu tempo valer. — Jember riu, então suspirou enquanto se esforçava para sentar na ponta da cama. Ouvi suas juntas estalarem. Ele tinha quase 38 anos, mas parecia ser mais velho por causa da dor. Ele vacilou, massageou o local em que seu joelho costumava ficar e, então, engoliu duas das pílulas ilícitas sem beber água. Toda aquela energia devia ter sido pura adrenalina.

Viver nas ruas por tanto tempo faz com que você aprenda a ligá-la e desligá-la conforme a necessidade.

Eu queria ficar com raiva dele. Queria odiá-lo. Mas não conseguia.

— Como está sobrevivendo? A igreja só te paga se treinar *debteras* para ela.

Jember soltou um longo suspiro, perdendo a postura ao me encarar, como se já estivesse cansado da minha presença depois de apenas alguns minutos de interação. Ele arrancou as luvas e as colocou na cama, balançando as mãos para tirar o suor, então abriu a gaveta ao seu lado e tirou um cachimbo.

— Achei que eu tinha deixado bem claro que não queria ser incomodado.

Tirei o objeto de seus lábios antes que ele pudesse acendê-lo.

— Seu corpo é um templo de Deus.

— Meu corpo é o meu corpo, e o seu é o seu. — Ele pegou de volta, mas não o acendeu. — A não ser que eu decida te matar e usar sua gordura *pra* cozinhar.

E ele havia dito que as *minhas* ameaças não eram realistas. As dele funcionaram no primeiro ano — um ano inteiro de ansiedade constante até eu entender que Jember era preguiçoso demais para cumpri-las. Agora era só uma tradição.

Sorri.

— Boa sorte tentando encontrar gordura em mim.

Jember riu um pouco, finalizando o ato com um respiro pesado. Ficamos sem falar por um momento, e, naquela hora, senti como se estivesse em casa de novo. Depois, ele disse:

— Você deve estar bem desesperada *pra* vir aqui me pedir ajuda.

Engoli em seco.

— Você disse *pra* eu te pedir ajuda caso estivesse em perigo.

— Quem é? Só me dê o nome.

— É... mais um "o quê" do que um "quem".

Jember ficou pálido, e eu estremeci ao ver sua expressão. Ele estava preocupado? Horrorizado? Eu nunca tinha visto essas emoções vindo dele, principalmente juntas.

— Você está em Thornfield, não é? — perguntou ele, sua expressão se transformando em raiva. — Perdeu a cabeça?

— Desde quando você se importa? — retruquei. — Foi você quem fez isso comigo.

Jember pegou uma das garrafas que estavam ao seu lado e a jogou contra a parede de pedra, e eu vacilei ao ouvi-la se despedaçando. Ele tentou se levantar, mas se lembrou de que não estava usando a prótese. Nós dois sabíamos que agora ele não tinha pique para ficar pulando com uma perna só.

Ficamos quietos por um momento. Eu sentia um misto de ódio e culpa dentro de mim.

— Sei que você é mais esperta que isso — disse ele, quebrando o silêncio.

— Eu precisava de trabalho.

— Precisava de tr...? — Ele pressionou os dedos nas têmporas, respirando fundo. — Você sabe que dez *debteras* experientes já passaram por lá, *né*? Isso não foi o suficiente *pra* você ficar longe?

— Eles me disseram que você recusou o trabalho — falei, tentando não chorar, mesmo que as lágrimas já estivessem queimando a parte de trás dos meus olhos. — Por quê?

Ele me encarou como se eu tivesse feito a pergunta mais idiota do mundo.

— Com assim *por quê*?

— Você é o único *debtera* vivo que tem experiência com uma hiena. Magnus provavelmente teria te pagado bem mais do que está me pagando.

— Já te falei mil vezes que é perigoso aceitar um trabalho só por causa do dinheiro. Usar um amuleto não significa que você deve provocar o Mau-Olhado de propósito.

— Com ou sem dinheiro, ele precisa da nossa ajuda.

— E daí?

— Como pode ser tão egoísta?

— Egoísmo é uma boa estratégia de sobrevivência.

Ficamos em silêncio de novo, mas, ainda assim, o quarto estava barulhento. Eu conseguia ouvir meu coração batendo e estava me esforçando para não chorar.

— Só preciso saber como purificá-la.

— Você não vai voltar *praquela* casa.

— Você não pode mais me dizer o que fazer.

— Então você não tem o direito de vir aqui me pedir ajuda.

— *Tá* — falei, cerrando os dentes, e abri a bolsa. — Não é um favor, então. Vou te pagar pela informação.

Jember abriu uma gaveta da mesinha de cabeceira e pegou seu amuleto. Era maior que o meu, tinha uma corrente mais pesada, e a maior parte da prata estava envolvida em linhas pretas e iridescentes. Ele o apontou para mim, repelindo o dinheiro que eu havia tirado do bolso secreto.

— Não vou aceitar seu dinheiro contaminado.

— *Este* dinheiro contaminado? — falei, sorrindo cinicamente, e derrubei algumas notas no chão sujo.

Seu olhar era tão frio quanto o castelo que eu havia deixado.

— Pegue.

— Até Deus sabe o quanto você precisa disso, velhote.

Ele colocou o amuleto.

— Eu nunca aceito dinheiro de uma casa que ainda não foi purificada, e você também não deveria.

Revirei os olhos.

— Nada de ruim aconteceu comigo.

— Sua mão enfaixada diz o contrário.

Congelei ao me lembrar daquela besta, me arrepiando com a memória e sentindo frio mesmo com todo o calor do deserto, e, de repente, não quis mais provocá-lo. Peguei o dinheiro rapidamente e o guardei.

— Você é o único *debtera* dos últimos 20 anos que conseguiu purificar uma casa de uma hiena. É por isso que a igreja te recrutou. Mas você nunca disse como fez isso. Por favor, Jember. Você é o único que pode me ajudar.

Jember suspirou e abaixou a cabeça, apoiando o cotovelo no joelho e esfregando a testa enquanto eu prendia a respiração. Depois de um tempo, ele ficou ereto de novo.

— Ela não pode ser purificada como outras Manifestações, só pode ser removida do hospedeiro e impedida de entrar nele de novo. Depois, é liberada e vai encontrar outro. Aí, sabe o que você faz?

— O quê?

— Você a deixa em paz.

Suspirei de frustração.

— Por que achei que você ia me ajudar?

— Eu *estou* te ajudando. Quer sobreviver? Saia daquele castelo agora e o deixe apodrecer. Quando a família morrer, o Mau-Olhado vai sair para procurar outra vítima gananciosa *pra* infectar. Fim da história.

— Você arruína todas as minhas perspectivas de carreira e acha que pode...?

— Eu arruinei sua carreira? Te fiz um favor.

— Se não me disser como purificá-la, vou ler todos os livros que encontrar. Vou procurar outros *debteras*. Não importa como, eu vou voltar *praquela* casa e terminar o meu trabalho.

— Andromeda, espera.

Eu já tinha me virado e me apressado em direção à porta, mas a voz dele me fez parar. Voltei a encará-lo. Não deveria ter me importado com o que ele tinha a dizer. Deveria ter continuado sem olhar para trás.

Jember estava saindo da cama, e, sem pensar, eu fui até ele e peguei a prótese que estava embaixo da cama. A madeira estava áspera e um pouco lascada, e as tiras de couro e o acolchoado estavam gastos. A extremidade de metal ainda estava firme, só um pouco arranhada, mas, se a madeira cedesse, ela não seria de grande utilidade. Estendi a prótese para ele. Deveria ter deixado Jember fazer isso sozinho. Ele já o fazia há semanas.

— Vai voltar lá só *pra* me irritar? — perguntou ele, pegando a prótese. — Porque eu sei que você é mais esperta que isso.

— Vou voltar para salvar a vida de alguém.

— Isso não vai acabar do jeito que você quer — disse ele, colocando a perna. — Sou uma prova viva disso.

— Então me ajude. Nós dois podemos dar um jeito nessa situação.

Jember riu amargamente.

— Você sempre foi otimista demais. Com certeza não puxou isso de mim. — Ele tirou o amuleto e o estendeu para mim. — Quer agir como uma idiota e lutar com uma hiena? Vai precisar de uma proteção melhor.

Eu poderia ficar com dor no pescoço se usasse essa corrente pesada por muito tempo. Mas esse era o mesmo amuleto que ele havia usado para enfrentar o Mau-Olhado antes. Era a única ajuda que ele ia me oferecer, e eu precisava dela, então uma dorzinha não seria problema.

Hesitei antes de tentar pegá-lo. Jember o tirou do meu alcance, suas sobrancelhas erguidas.

— Não é *pra* você. Vou deixar você voltar lá se você mesma fizer um amuleto à prova de hiena.

Fiquei sem reação por um segundo.

— O quê? Mas você nunca me ensinou.

— E, tecnicamente, não vou. — Ele estendeu o amuleto para mim de novo, sorrindo levemente. — Mas você é esperta o suficiente para estudar este amuleto e descobrir o que fazer.

— Mas isso pode levar dias.

— Dias para construir uma proteção melhor ou segundos para morrer sem ela. — Ele sacudiu o amuleto na minha direção. — Você tem 3 segundos antes de eu retirar minha bondosa oferta.

Peguei o amuleto na mesma hora, embora quisesse bater na cabeça de Jember com ele em vez de estudá-lo. Tenho certeza que Deus não se importaria, já que se tratava de Jember.

— E se não vou ficar no castelo, vou ficar onde?

— Aqui, se conseguir manter a cabeça baixa e a boca fechada.

Sorri de modo pretensioso.

— Isso foi quase gentil da sua parte, Jember.

— Ou você pode me irritar um pouco mais e ir dormir na rua de novo. — Ele se esforçou para levantar, se alongando ao conseguir. — Na verdade, preciso fazer algumas coisas. Me devolva. Você pode estudar meu amuleto antigo por enquanto.

Devolvi o amuleto a ele, segurando a corrente com as duas mãos.

— Preciso dizer à minha amiga que não voltarei ao castelo por um tempo, *pra* ela não se preocupar. Ela está ali fora. — Jember ficou paralisado, então falei: — Não se preocupe, você não precisa cumprimentá-la.

— Eu não ia. — Ele pegou uma camisa cor de açafrão com tantos buracos que quase pareciam intencionais e a cheirou antes de colocá-la, escondendo o amuleto por baixo.

Peguei a chave da cômoda e destranquei o cadeado, abrindo as portas. Saba estava apoiada casualmente na parede do outro lado da igreja, como se morasse ali em vez de em um casarão.

Jember tropeçou nas escadas, parando, e eu fui ver se sua prótese não tinha ficado presa em um buraco ou algo do tipo. E, então, ele xingou — uma palavra grosseira e vulgar.

Olhei para ele com raiva.

— Você não pode falar isso atrás de uma igreja.

Ele disse de novo.

— Jember, *pare*. — Olhei para Saba, para me desculpar, mas... ela estava encarando o chão, suas sobrancelhas abaixadas... e os olhos vidrados.

— Saba?

Eu nunca tinha ouvido a voz de Jember falhar antes, então o encarei, para ter certeza de que o ruído tinha vindo dele mesmo.

— Vocês se conhecem?

— Não me diga...? Meu Deus. *Não* me diga. — Ele falou aquela palavra grosseira novamente, então bateu a porta da adega com força.

— O que deu em você, velhote? — exigi por entre as portas.

— Tire ela daqui — disse ele, sua voz abafada. — Agora.

— H-hum... — Olhei para Saba. Uma lágrima que havia descido pela sua bochecha me fez vacilar por um instante. Mas eu a levei até a lateral da igreja mesmo assim. — Fique aqui. Logo estarei de volta — pedi, voltando para Jember logo em seguida.

— Ela já foi — falei para a porta, que abriu imediatamente.

Ele se apressou pelas escadas, pegando a chave da minha mão e trancando o cadeado sem falar nada.

— Espera aí — exigi ao vê-lo indo embora —, o que foi isso?

Jember se virou para mim, me encarando como se eu tivesse dito algo desrespeitoso.

— Deixa eu adivinhar. Foi nessa cerâmica que você se cortou?

Ele não esperou por uma resposta antes de me deixar sozinha no beco.

Então ele sabia. Claro que sabia. Ele tinha enfrentado uma hiena, e ela devia ter tido um servo também.

Demorei um pouco para me acalmar e, por fim, voltar até onde Saba estava. Ela já havia secado as lágrimas, mas ainda parecia estar aflita.

Eu tinha muitas perguntas, mas decidi que era melhor começar pela menos insensível:

— Você está bem?

Ela começou a fazer que sim com a cabeça, mas não demorou muito. Seus olhos estavam distantes.

— Jember me ofereceu a oportunidade de aprender a fazer um amuleto melhor. Um que pode resistir ao poder do Mau-Olhado. Portanto, se você puder avisar a Magnus que devo ficar alguns dias longe... Saba?

Ao ouvir seu nome, ela piscou, olhando para mim como se estivesse acordando de um sonho. Ela sorriu tristemente e assentiu.

— O que aconteceu?

Ela fez que não com a cabeça. Ficou parada. Depois, pegou um lápis de carvão e se apoiou na parede de pedra da igreja para escrever algo. Ela dobrou o papel e o entregou para mim. De um lado estava sua lista de compras, pois eu vi restos de pontos e itens entre as dobras. Mas, na frente, escritas em letras escuras, estavam as palavras *Para Jember*.

Sua expressão era tão séria que decidi não perguntar mais nada. Vou esperar até vê-la novamente.

— Vou entregar a ele.

Percebi que ela teve dificuldade para sorrir. Depois disso, se virou e foi em direção ao local em que havíamos deixado a carruagem.

CAPÍTULO 20

A poiei o amuleto de Jember no meu colo, olhando para ele como se estivesse lendo um pergaminho. As marcações necessárias para ver através de ilusões. Outras para construir um escudo.

Mas, mesmo que este fosse um de seus amuletos antigos, ainda era mais avançado que o meu. A maior parte dele era um conjunto de traços e pontos. A combinação de cores das linhas enroladas nele não faziam sentido para mim. Não havia um padrão sendo seguido.

Peguei a pequena lousa, lascada e suja, de quando eu era pequena e ainda estava aprendendo a escrever. Comecei com os traços que eu já conhecia, trabalhando até que a construção ficasse diferente do meu próprio amuleto. A partir daí, começou a ficar caótico. Vê-los e fazer uma cópia mal feita não era suficiente — qualquer imperfeição na construção do amuleto o tornaria inútil para o uso. Mas tentar sentir os traços era como ouvir muitas vozes ecoando em uma caverna. Desfocados. Indecifráveis.

Um de cada vez, então.

Isso era entediante e me dava um pouco de dor de cabeça, mas era melhor do que não fazer progresso nenhum. Jember não me deixaria praticar nem em um pedaço de madeira até que eu dominasse os traços. E tudo tinha que estar absolutamente perfeito para que ele me desse um disco de prata — *um* disco, pois a igreja não concordava em dar muitos exemplares de algo tão caro de uma vez. Se eu soubesse que ia ficar aqui, teria trazido alguns do castelo. Mas, já que era assim, eu teria que praticar o suficiente para não bagunçar tudo.

Fácil.

A porta da adega se abriu, e eu finalmente olhei para cima e esfreguei os olhos.

— Passei os últimos 30 minutos tendo que fingir estar impressionado com o novo cavalo do arcebispo — disse ele, limpando o suor da sobrancelha. — Besta imensa. Daria *pra* comer por um ano.

Ergui as sobrancelhas.

— Você conseguiria comer uma criatura tão bela?

Ele olhou para mim como se eu fosse maluca, erguendo as sobrancelhas de volta para mim.

— As pessoas atiram em cavalos coxos o tempo inteiro. *Pra* que desperdiçar toda a carne?

Ele tinha razão. E um cavalo jovem ainda não teria trabalhado muito, então a carne provavelmente seria mais macia. Minha boca salivou só de pensar.

— Não vai ficar coxo por um tempo se ele acabou de comprar.

— Vai saber. — Ele soou vagamente suspeito ao falar. Tirou um pacotinho marrom do bolso, lamentando um pouco ao sentar do meu lado, na cama. Ele ergueu as sobrancelhas rapidamente ao ver meu trabalho. — Hum.

— Algo errado?

— Me diz você.

Levantei o amuleto dele até que ficasse na altura da lousa, comparando ambos.

— Parece estar tudo certo.

— Então por que está duvidando de si mesma?

— Porque você fez "hum" como se tivesse achado ruim.

— Você quer morrer, garota?

— Claro que não.

— Então comece tudo de novo. — Ele passou a manga na minha lousa, apagando todo o meu trabalho antes que eu pudesse pará-lo, então tirou o próprio amuleto e me deu. — E, desta vez, tenha certeza.

Ele abriu o pacote marrom, colocando-o entre nossos corpos. Sorri e peguei o triângulo de baclava. A massa folhada estava quente e crocante, e dela pingava uma calda dourada. Dei uma mordida grande, inclinando a cabeça para trás, para que o mel que escapava do doce fosse para a minha boca em vez de ir para o meu colo.

Cantarolei de felicidade, lambendo os lábios.

— Que bom que está gostando — disse ele —, pois esse é o seu almoço.

— Bom, tudo bem, eu posso... — Eu poderia comprar alguns mantimentos com meu dinheiro extra. Mas ele odiaria isso por ir contra seus princípios. De qualquer forma, a cozinha estava uma bagunça, e eu não teria onde colocá-los. Estava acostumada a me contentar com pouco. Eu ia "sobreviver".

— Viver naquele castelo ainda não espichou seu estômago? Fico surpreso.

— Oh! — *Por falar no castelo...* Peguei a nota dobrada do meu bolso e a entreguei a ele. — Saba me pediu *pra* te dar isto.

Ele hesitou um pouco antes de pegar a nota, mas não teve nenhuma hesitação quando abriu a gaveta e a jogou ali.

Mordi o lábio.

— Não quer ler?

— Enquanto eu estava fora, me lembrei — disse ele, lambendo o mel dos dedos — de que você vai precisar de uma linha especial *pro* amuleto da hiena.

Ergui as sobrancelhas.

— Então você *não* quer ler?

— Você quer um patrocínio ou não?

— Eu preferiria uma licença, mas já é um pouco...

— Tarde *pra* isso — comentou ele ao mesmo tempo que eu. — Nossa preocupação agora é a linha. É feita de ouro puro e muito rara. Não tem na igreja, e, por motivos óbvios, nunca achei que precisaria dela de novo, então teremos que ir às compras.

Meu nariz enrugou. Era surpreendente que eu soubesse o que a palavra "compras" significava, já que, quando eu era criança, Jember a tinha usado da maneira correta tão poucas vezes.

— Comida e remédio são uma coisa, mas você quer que eu roube *ouro*? Vão perceber que sumiu.

— Não, não vão. Ninguém frequenta o local onde vamos.

Levantei e andei um pouco.

— Eu tenho dinheiro agora. Podemos comprar.

— O lugar mais próximo em que vende fica a quase meio dia de distância daqui. Além do mais, qual é a graça em comprar?

O vislumbre de malícia nos olhos castanhos de Jember fez meu coração pular de antecipação. E, Deus me perdoe, só senti um pouco de culpa enquanto meus lábios formavam um sorrisinho.

<hr/>

O sol já estava se pondo quando saímos para a nossa missão, mas, na hora em que nos distanciamos do portão da cidade e começamos a caminhar para o oeste, percebi que não importava que a feira já estivesse fechando com a chegada da noite.

— Você não disse que íamos roubar um túmulo.

Jember riu.

— Mas eu disse que ninguém ia notar.

Vinte minutos depois, estávamos em frente às escadas que levavam até a tumba. Jember se inclinou sobre a alça de seu *maqomiya*, removendo uma vela comprida de seu bolso e entregando-a para mim.

— Como você sabia que a linha estava aqui? — perguntei, acendendo a vela. — Não enfrenta uma hiena há 20 anos.

— Já fiz compras aqui antes. — Ele desceu primeiro, passando por um portão simples, e seguiu para a escuridão.

A luz da vela não tinha muito alcance, mas iluminava o suficiente para que eu visse as paredes de pedra e o teto baixo da tumba. O eco de nossos passos indicava que provavelmente tinha vários cômodos, e percebi que estava certa quando Jember nos guiou por mais duas entradas.

Jember me deu a vela e apoiou seu bastão na parede, e eu o segui ao vê-lo se sentando na frente do caixão de pedra.

— Deixe-a perto.

Ao passar a vela perto de uma linha esculpida no caixão, consegui ver algo brilhando. Ele pegou uma agulha e a enfiou na pequena fenda, puxando uma parte da linha. Após repetir a ação mais algumas vezes, havia um pedaço à mostra grande o suficiente saindo da fenda para que eu pudesse pegar.

— Não — negou Jember, quando tentei.

Suspirei, ficando quieta e assistindo-o puxar mais a linha.

— Posso ajudar?

— Só continue segurando a vela com firmeza.

Alguns minutos de silêncio se passaram antes de eu dizer:

— De quanto eu preciso?

— De um metro.

— A vela não vai durar na velocidade que você está indo. Me deixe ajudar.

— Se a linha arrebentar, não vai servir. Não tenha tanta pressa em morrer.

— Não vou morrer. — Ele riu, debochado, e eu resisti à vontade de derrubar cera quente nele. — Por que você se importa?

— Investi 14 anos da minha vida em te manter viva. Não gosto de perder investimentos... Ah. — O final da linha apareceu, e ele a enrolou em dois dedos. — Não vai demorar muito.

Como era algo relacionado a trabalho, eu sabia que podia confiar nele. E, realmente, o resto da linha veio com mais facilidade, como se estivesse sendo guiada pela ponta que ele estava enrolando. A vela mal estava na metade quando ele cortou o final da linha com a faca.

— Tem um pouco mais de um metro — disse ele, entregando a linha para mim. — É o suficiente pra dar um nozinho no final.

Eu a enfiei no bolso.

— Obrigada, Jember.

— E quando chegarmos em casa...

— Vou trabalhar no amuleto. — Sorri e dei de ombros. — Sem descanso *pra* quem *tá* cansado.

— Ou *pra* qualquer *debtera*, *pra* ser sincero — respondeu ele, e eu pensei ter visto um sorriso em seu rosto. — Se acostume.

Nossos olhares se encontraram ao ouvirmos o barulho de passos na escada e as vozes abafadas junto deles. Assoprei a vela imediatamente, e ficamos parados, observando, quietos, enquanto a luz de uma lanterna iluminava o portão principal — eu estava de costas para a porta, então só vi um pedacinho de luz pelo canto do olho. Pedi a Deus que fossem apenas pessoas vindo visitar seus entes queridos, ou até mesmo sacerdotes.

Mas o xingamento abafado de Jember fez meu coração quase sair pela garganta.

— Ladrões de túmulos.

Nós éramos ladrões de túmulos, mas isso não pareceu um detalhe importante no momento.

— Talvez possamos escapar quando eles estiverem mais longe — sussurrei, mesmo sabendo que minhas palavras eram apenas desejos. Se tivesse um desfile envolvendo a cidade inteira no meio de uma tempestade de areia, ainda daria para ouvir a prótese de Jember.

— O que está segurando a lanterna é menor.

Menor. Isso quer dizer que eu teria que matá-lo enquanto Jember pegava o outro. Matar, pois ameaças e ferimentos apenas criavam motivos para você olhar por cima do ombro durante toda a sua vida.

Peguei a faca, sentindo minha mão suar em volta do cabo. Matar não estava na minha lista de atividades preferidas. Eu havia feito isso apenas uma vez, e só porque eu teria sido violada se não o fizesse. Mas chorei por vários dias só de me lembrar do medo que eu tinha sentido e do quanto havia sido assustador ter que esfaquear meu agressor três vezes para matá-lo. Jember normalmente era quem matava, mas raramente na minha frente. E, desde que havíamos nos mudado para o porão da igreja, não tivemos que lidar muito com esse problema.

Eu preferia bater e sair correndo quando o assunto era confronto físico. Mas, por causa da lesão, Jember não era tão rápido quanto eu. Se ele fosse atingir alguém, ele tinha que ter certeza de que a pessoa não poderia se levantar e ir atrás dele.

Congelei ao ouvir um estrondo e um grito assustado. Algo se despedaçando. Outro grito, só que de dor.

Jember xingou de novo, e eu senti um tecido roçar em mim enquanto ele se levantava, ouvindo-o andar ao meu redor. Meu coração estava batendo forte por causa da adrenalina. Eu estava pronta para atacar qualquer coisa que viesse até nós — se eu pudesse ouvir o que estava vindo, claro, pois agora meu coração estava batendo alto demais.

A lanterna dos ladrões se aproximou, mas uma mulher alta, atlética e com um rosto familiar e angelical estava segurando-a.

Fiquei boquiaberta.

— Saba! — Corri até ela e envolvi meus braços em sua cintura firme, sentindo-a me embalar e encostar a cabeça em meu cabelo. — Estou tão feliz por você ter aparecido.

— Você... nos seguiu? — A voz de Jember era firme, e, quando olhei para ele, vi que ele estava segurando o bastão com força suficiente para deixar as juntas brancas, mesmo sob a luz da lanterna.

Saba afrouxou o abraço, indo em direção a Jember. Ele levantou o bastão para criar um espaço entre eles.

— Espiando *pro* seu mestre? — questionou ele.

Ela fez que não com a cabeça rapidamente.

— Jember — falei, pegando a mão dela —, Saba está do nosso lado.

Ele riu.

— *Pra* isso, é preciso se preocupar com as pessoas. Essa é uma característica que você adquiriu *depois* de morrer?

Tirei o bastão dele do caminho.

— Jember. Pare.

— Não nos siga novamente. — E passou por ela, indo em direção às escadas.

Olhei para Saba com um olhar de desculpas, e ela balançou a cabeça, mantendo um sorriso embora seus olhos estivessem tristes.

— Você nos seguiu *mesmo*? — perguntei enquanto saíamos da tumba. Quando ela assentiu, ergui as sobrancelhas. — Só agora ou o dia inteiro?

Ela mordeu o lábio e me olhou de um jeito encabulado, então desenhou um círculo no ar com o dedo, levando-o para um lado e, então, com o dedo indicador e o do meio, fez um gesto de alguém andando para o lado oposto.

— Você voltou? — Ri e a abracei de novo. — Você nos salvou. Somos gratos por isso, mesmo que Jember não admita. — Distanciei-me um pouco dela, para que pudesse olhá-la. — Mas você deveria ir tomar conta de Magnus. Sei que ele odeia ficar sozinho.

Saba beijou minha testa e me deu a lanterna. Ela olhou para Jember uma última vez e, depois, correu para o deserto e em direção ao castelo, sendo engolida pela escuridão da noite.

CAPÍTULO
21

Eu nunca havia corrido tão rapidamente em direção à morte como quando vi o castelo sombrio diante de mim. Honestamente, eu estava feliz por estar de volta. Feliz pelo amuleto ter levado menos tempo do que eu pensei que levaria. Feliz por Jember ter me ajudado sem causar muitos problemas. Feliz por estar perto de Magnus de novo. Feliz...

Simplesmente feliz.

— Magnus! — chamei.

— Bem-vinda de volta, Andromeda. — Seu tom de voz melódico fez meu coração pular.

Abri a porta e senti o ar saindo do meu corpo.

À minha frente, vi metade do corpo de Magnus afundado no chão, parte de seus ossos e carne destroçados, seu rosto contorcido e em choque devido ao *rigor mortis*.

Gritei, mas não nenhum som saiu. Eu soube instantaneamente que algo estava errado, que eu não deveria estar aqui. Gritei novamente e senti algo duro se chocando contra o meu rosto.

Pisquei, sentindo as arfadas desesperadas sacudindo meu corpo. Eu estava deitada de lado, no meu quarto de infância pouco iluminado, olhando para Jember. Ele estava sentado do lado dele da cama, com as costas na parede e finalizando um amuleto.

Eu estava cansada demais para tocar minha têmpora, embora sentisse o local pulsando de dor. Era melhor do que aquele sonho. *Qualquer coisa* era melhor do que aquilo.

— Obrigada por me acordar.

Ele grunhiu em resposta.

Fiquei observando seu trabalho por um momento. Jember não precisava enxergar para passar os fios pretos e vermelhos através dos pequenos cortes soldados, pois a agulha era como uma extensão de sua mão. Ele a passava pelos buracos, fazia um nó e depois passava o próximo fio. Era como um tecelão em um tear. Tentei contar os laços por meio dos meus olhos semiabertos. Quinze? Não. Ele fazia tudo muito rápido, e eu já estava ficando ansiosa.

Fechei os olhos novamente, embora não tivesse a intenção de dormir. Em vez disso, passei um tempo pensando numa oração para afastar as imagens de Magnus que haviam se alojado na minha cabeça... imagens do que poderia acontecer se eu não conseguisse salvá-lo.

Convenci-me de que elas não eram realistas. O Mau-Olhado não mataria o próprio hospedeiro. Esse nunca seria — nem poderia — ser o destino dele.

...ou poderia?

O ranger da madeira da gaveta se abrindo me fez pular, mas só abri os olhos depois de ouvir um papel sendo desdobrado. Vi Jember abrindo a carta de Saba — com a lista de compras na parte de trás. Devagar. Bem devagar. Prendi a respiração.

Ele soltou uma gargalhada e sorriu, e eu senti minha respiração voltando ao normal. Mas, sem pensar muito, Jember se inclinou para frente e cobriu os olhos com a mão, murmurando um xingamento. Ficou naquela posição por alguns instantes e, depois, se sentou novamente e tirou um bloco de notas da gaveta.

Durante minha infância, nunca usamos muito papel. Então ele usou o pacote de folhas do arcebispo que eu tinha roubado há 3 anos. Elas eram esbranquiçadas e tinham uma cruz elegante e detalhada toda feita de folha de ouro. Percebi que Jember escrevia mais devagar do que confeccionava amuletos. Não desperdiçou a folha, enchendo-a de palavras, por vezes riscando-as, apenas para virá-la e fazer o mesmo do outro lado. Ele parou um momento para ler tudo.

— Volte a dormir, garota.

— O que Saba escreveu? — perguntei, mesmo que fosse apenas para afastar aquela imagem da cabeça.

— Não é da sua conta.

— Como vocês se conhecem? Você disse que nunca foi até a cas... — Gelei, então me levantei, sorrindo descontroladamente. — Saba é mais velha do que parece. Se estivesse viva, acho que teria mais ou menos a sua idade.

— Eu sei... — Jember olhou para mim rapidamente, e sua expressão levemente assustada confirmou que ele sabia que eu sabia. — Calada.

— Vocês estavam juntos!

— Vou te chutar *pra* fora daqui — ameaçou ele, embora o rubor em sua face o deixasse bem menos assustador.

— Você a ama — cantarolei, saindo da cama, para desviar de sua investida. — Admita.

Os olhos de Jember estavam em brasa, e, se ele estivesse usando a perna, com certeza teria vindo atrás de mim.

— Por que não vai cuidar da sua vida? — rosnou ele, pegando o quadro-negro e oferecendo-o para mim. — Pode começar terminando seu amuleto.

Não me mexi. Fiquei com medo de ele se aproveitar da proximidade para me jogar na cama e me bater até eu desmaiar.

Além disso, essa descoberta me deixou irritada.

— Não tem nada de errado em amar alguém.

— Você me conhece há 14 anos. Acha mesmo que sou capaz de amar?

Senti um bolo na minha garganta, mas não sabia se era vontade de rir ou de chorar. Eu o engoli... mais de uma vez.

— Não. — A palavra finalmente escapuliu. — Você não tem coração.

O silêncio entre nós era tão denso que eu quis me afundar nele.

— Esta é sua última noite aqui. — Jember sacudiu o quadro na minha frente, e eu o apanhei sem questionar. — Ao trabalho.

Passei a noite toda trabalhando. Fui do quadro-negro para a madeira e gravei tantas versões do amuleto ali que até pensei em nunca mais olhar para um pedaço de madeira na vida. E, todas as vezes, Jember me mandava começar do zero.

Orgulho e arrogância eram defeitos. Ter confiança nas próprias habilidades, não. E eu era boa em construir amuletos. Muito boa. Além disso, estava usando um amuleto excelente para estudar. Nunca havia levado três dias para dominar um amuleto. Nunca.

Havia um motivo pelo qual ele não estava me dando prata, e tinha mais a ver com dar o troco do que com meu trabalho.

— Já estou pronta *pra* usar prata.

— Não está, não — murmurou ele, começando a cochilar.

— Você nem olhou *pra* este aqui. Eu *tô* pronta.

Ele abriu os olhos, observando o amuleto por tempo suficiente para me agradar, mas não o suficiente para realmente ver se havia alguma imperfeição nele.

— Recomece.

Meu coração doeu de tanto que acelerou.

— Mas eu já fiz isso mais de mil vezes.

— E ainda assim não está bom? — A pergunta era sarcasticamente retórica e me deixou borbulhando de raiva. — Hm. Entendi.

— Isso não é justo, Jember. É você quem quer que eu saia daqui de manhã, mas não está nem tentando me ajudar. — Enfiei meu amuleto na cara dele para fazê-lo olhar direito. — Está igualzinho ao seu. Estou pronta para usar a prata, e você sabe muito bem disso.

Ele pegou o amuleto, mas continuou me encarando.

— Não importa se *tá* igual ao meu. A *sensação* tem que ser a mesma. A menor imperfeição faz diferença.

— Você nem mesmo olhou.

Ele finalmente olhou para o amuleto, seus olhos se movendo, lendo-o e absorvendo seus detalhes. E então quebrou-o ao meio e atirou-o em o outro cômodo.

— Por que fez isso?

— Cuidado com o tom, garota...

— Estava perfeito, e você sabe.

— Você quer tanto voltar para aquele castelo que está disposta a fazer as coisas de qualquer jeito e arriscar a sua vida. Por quê? O que tem lá?

Desviei o olhar, para que ele não visse meu rosto corar. Meu coração... era isso que estava lá. E quem o tinha era um garoto com o olhar esperançoso. Mas tudo o que eu disse foi:

— Um patrocínio.

— Não se estiver morta. — Ele tirou seu amuleto da cama e o colocou na gaveta. — Você vai poder usar prata, mas primeiro quero que faça uma cópia do seu próprio amuleto.

Hesitei.

— Do meu?

— De cabeça. Como você o utiliza todos os dias, já deve saber qual é a sensação dele.

Verdade. Era como uma segunda pele para mim. Eu conseguia senti-lo mesmo de dentro da gaveta, ainda que os traços se misturassem com os de Jember. Respirei fundo, para tentar me acalmar, e, então, fui ao outro cômodo e peguei um pedaço de madeira.

Por mais complexo que fosse, demorei apenas uma hora para replicar meu amuleto. Quando eu o estendi para Jember, ele apenas passou o olho, apático.

— Agora construa o meu — disse ele.

Desta vez, não reclamei. Afinal, ações significavam mais do que palavras. Mas, enquanto trabalhava, de repente percebi que ele estava certo. Eu não conseguia me lembrar de todos os traços de cabeça. Alguns deles faziam curvas, mas eu não conseguia definir para qual lado elas iam. Alguns tinham entalhes de um lado, mas não do outro. Jember era meu mentor e o melhor *debtera* desta geração, mas eu odiava admitir que ele estava certo.

Se eu não conseguia nem confeccionar o amuleto dele enquanto os traços estavam misturados com os do meu, como ia conseguir selar a hiena no meio do caos do Despertar?

Parei por um momento e tentei livrar minha mente dos traços.

Tente de novo, Andi.

Quando terminei de copiar o amuleto dele, com as linhas enroladas e tudo, Jember já estava dormindo profundamente. Quanto tempo eu havia demorado? Acho que já estava quase de manhã.

Forcei meus olhos a ficarem abertos e comecei a andar, para ver se conseguia ficar acordada, já que não tinha mais nada para ocupar meus pensamentos.

Enquanto isso, Jember dormia...

Olhei para a gaveta, mordiscando meu lábio. Levantei e me espregui-cei, abrindo-a e pegando a carta de Saba.

Nela, um *"Eu ainda te amo"* estava escrito de modo apressado e em letras pequenas. Senti meu coração se enchendo de entusiasmo. *"Podemos esquecer tudo o que aconteceu e passar meus últimos dias aqui juntos?"*

Olhei para as palavras por um momento. Últimos dias aqui? Ela queria dizer... os últimos dias dela aqui antes de desaparecer com o Mau--Olhado. Só pensar nisso causou dor no meu estômago, mas Jember se mexeu, então tive que guardar a carta.

Toquei o ombro dele, para tentar acordá-lo gentilmente, colocando o amuleto na sua frente. Ele o tomou da minha mão enquanto eu me espreguiçava mais um pouco.

— Olhar fisicamente para o meu amuleto estava te impedindo de sentir os traços — comentou ele.

Virei para ele no momento em que ele aproximou o pedacinho de madeira perto da vela ao lado da cama.

— Estava perfeito — falei. — Admita, velhote.

— Não vou admitir nada. — Ele queimou a madeira levemente antes de deixá-la cair no chão, e meus olhos brilharam quando o vi apontando com a cabeça para a nossa estante de suprimentos para amuletos. — Vá pegar sua prata.

CAPÍTULO 22

Jember se recusou a voltar comigo para o castelo, então tive que passar uma boa parte da manhã tentando subornar alguém para me levar até lá. O comerciante que eu encontrei foi mais generoso do que o último, pelo menos — só tive que andar um pouco menos de 2 quilômetros desta vez. Porém, mais decepcionante que isso foi Jember não ter me dado uma carta para entregar à Saba. Parte de mim esperava que ela não fosse tocar no assunto.

Mas a viagem me deu bastante tempo para pensar. Se eu pretendia mesmo purificar Magnus, teríamos que encontrar uma maneira de soltar a hiena. Isso quer dizer que seria necessário um plano bem elaborado... e um voluntário.

Eu tinha certeza de que Esjay ajudaria. Obviamente ele não seria o voluntário, mas com certeza tinha contatos de pessoas que poderiam dar apoio. Pensei em Kelela, mas ela não ia se oferecer, e ele também não deixaria. Fiquei decepcionada, pois adoraria vê-la passando perrengue uma vez na vida.

Eu estava a apenas alguns metros de distância do castelo quando a porta se abriu. Peggy estava no batente, com as mãos na cintura. Suspirei, limpando o suor que ameaçava pingar do meu queixo.

— Onde esteve, criança? — repreendeu ela, bloqueando a entrada.

O impulso era a única coisa que estava impedindo minha necessidade de sentar. E, agora, com a mistura do calor e da falta de água durante a viagem, eu sentia que ia despencar a qualquer minuto.

— Enviei uma mensagem *pro* Magnus, avisando que eu ia ficar uns dias fora.

— Você não fez isso. O que você fez foi pegar a carruagem sem permissão e mandá-la de volta *pra* nós com apenas uma bolsa de suprimentos dentro. Pensamos que tinha morrido no deserto.

— E você ficou de luto por mim, Peggy? — Juntei um pouco mais de força e passei por ela, entrando na casa. O frio causou uma sensação boa por um segundo, mas logo notei que ia precisar de um suéter. Meu corpo não parecia ter gostado de sentir tanto frio após o calor extremo, então comecei a ficar enjoada.

— E aposto que convenceu Emma a fugir contigo — continuou Peggy, seguindo-me até as escadas. — Li o bilhete que ela deixou na cama. Vocês duas são umas ingratas.

— O marido dela morreu. — Imaginei que a conversa já tinha terminado, então subi as escadas correndo antes que a expressão chocada dela virasse uma resposta.

Olhei para a porta do quarto de Magnus e corri para o meu. Não queria encontrá-lo toda coberta de areia, por mais besta que isso soasse. Larguei minhas roupas cheias de areia em um canto só e comecei a me esfregar até ficar limpa, sentindo meu coração bater forte enquanto fazia isso. Talvez ainda tivesse um pouco de areia no cabelo, mas eu estava ansiosa demais para me preocupar com isso, então fiz uma trança em formato de coroa.

Ouvi passos apressados, a maçaneta chacoalhando e, depois, uma batida na porta.

— Andromeda?

— Magnus! — Coloquei as mãos sobre a boca. *Menos, Andi.* — E-espere um pouco.

Vesti minha saia e meu suéter de lã rapidamente, corando enquanto colocava as meias. Se Magnus tivesse conseguido entrar naquela hora, teria me visto pelada. Graças a Deus eu tinha trancado a porta.

Quando eu a abri, ele estava lá, me esperando, radiante como um garotinho.

— Bem-vinda ao lar, Andromeda.

Imagens do sonho apareceram na minha mente, e fechei os olhos, para me livrar delas. Pulei ao sentir uma mão gelada na minha, abrindo os olhos na hora em que Magnus a levou para seus lábios e beijou seu dorso.

— Não esperava te ver tão cedo — disse ele. — Seu presente ainda não chegou.

— Não precisava me comprar nada.

— Claro que precisava. — Ele estendeu a mão, e eu parei de respirar. Sentir o calor dele tão perto do meu rosto era algo... arrebatador. Um arrepio atravessou meu couro cabeludo conforme os dedos dele tocavam minha trança. — Esjay e Kelela vão trazê-lo na hora do almoço. Logo eles devem chegar.

Ouvir o nome "Kelela" me deu uma dor no estômago. Saí de perto dele.

— Bom *pra* você.

— Isto é melhor — disse Magnus, embora tenha deixado um espaço entre nós. Ele inclinou a cabeça no batente da porta e sorriu. — Senti sua falta.

— Não diga isso.

— Ainda está brava comigo?

— Você está noivo, Magnus. — Ele riu, zombando, mas eu levantei minha mão e continuei: — Fique feliz apenas por ter uma relação de amizade e *de trabalho* comigo.

— Não seja ridícula — respondeu ele, aproximando-se de mim. — Olhe nos meus olhos e diga que ficaria feliz com isso.

Fechei os olhos, respirando fundo antes de encará-lo.

— Fico feliz por manter minha dignidade ao não me envolver com um homem comprometido.

Magnus grunhiu como se minhas palavras o tivessem machucado fisicamente.

— Eu quero você, Andromeda.

— Não — falei duramente enquanto recuava.

— E você me quer.

— Não quero. Não assim.

Ele bufou, frustrado, tirando alguns cachos do rosto.

— Mesmo se eu estivesse noivo, e eu não estou, não é uma união legal. Posso terminar quando eu quiser.

Vi Peggy indo em direção à porta. Imaginei que Esjay e Kelela tinham chegado, então abaixei a voz.

— Então termine.

— Não tem o que terminar, Andromeda — respondeu ele, e eu o silenciei antes de arrastá-lo para o meu quarto. — É o que estou tentando te explicar.

— Se fosse só a Kelela sendo mesquinha, eu acreditaria em você, mas Esjay também acha que vocês estão noivos. Por que ele mentiria?

— Em que galáxia uma promessa verbal feita por um menino cuja voz nem estava formada ainda vale judicialmente?

— Você fez uma promessa a ela e nunca a desfez. É sua integridade em jogo.

— Então eu desfaço na hora do almoço, se for fazer você se sentir melhor.

— Não se dê ao trabalho — comentei, irritada, sentindo meu coração, minha alma e meus pulmões queimando de tanto segurar o choro. — Você não ia fazer nada se eu não falasse. Estava feliz em ter nós duas.

Magnus apoiou a lateral da cabeça na jamba da porta, estendendo a palma para mim de modo desamparado.

— Eu quero *você*, minha querida.

— Não sou sua querida.

— Só você.

— Então não devia ter mentido *pra* mim a respeito do noivado.

Empurrei-o e desci as escadas, mas ele me seguiu.

— Vou contar *pra* Kelela.

Virei para ele e apertei meus dedos uns contra os outros, desejando que a ação fosse reproduzida na boca dele, que eu pudesse calá-lo sem dizer nada.

— Já chega, Magnus — falei, meu tom de voz baixo e seco. — Esta conversa acabou. Vamos almoçar com Esjay e Kelela, e eu não quero mais falar sobre isso.

— Sim, seria constrangedor mesmo. Então, vou falar *pra* ela depois, em particular.

— Não, não vai.

Quando eu ia me virar, Magnus pegou meu braço, me mantendo parada.

— Diga que não quer ficar comigo, e eu paro de lutar por você. Só não fique mudando de ideia a toda hora.

— Você mentiu *pra* mim e me usou. Eu deveria simplesmente aceitar só porque você está tentando consertar tudo *depois* de ter sido descoberto? — Puxei meu braço, encarando-o. — Já deu desta conversa.

Magnus me interrompeu antes que eu pudesse me afastar, parando num dos degraus na minha frente, para que nossos olhares ficassem na mesma altura.

— Diga que não me quer. — Ele segurou minha cintura, e eu agarrei seus pulsos, meu coração me impedindo de deixá-lo ir. — Diga que está aqui apenas por um patrocínio, que não se importa comigo, e eu te deixo em paz *pra* trabalhar. — Senti meu rosto sendo embalado pelas mãos dele e fechei os olhos, para impedir que as lágrimas caíssem. — Porque, se você permitir que eu tenha um rastro de esperança que seja, eu vou lutar *pra* ter você comigo até que não sobre nem uma gota de sangue no meu corpo.

Um soluço escapou antes que eu pudesse impedir, e logo senti os dedos macios de Magnus limpando as lágrimas das minhas bochechas.

— Não quero mentir *pra* você.

— Então não minta. — Os lábios dele tocaram minha testa, minha bochecha úmida e meu nariz. Cada um desses beijos enlouqueceu minha respiração e meus batimentos cardíacos. — Diga o que quer de mim. Seja qual for a resposta, vou aceitar como um homem.

— E-eu vim aqui... — Respirei fundo enquanto ele beijava minha têmpora. — Vim aqui pelo seu patrocínio, Magnus. É por isso que estou aqui.

Não era mentira, mas também não era a única verdade. Talvez eu estivesse tão errada quanto ele por omitir o restante da história... por omitir que eu o queria; que eu daria tudo para ficar com ele; que eu o amav...

Um soluço repentino escapou da garganta de Magnus, suas mãos tremendo enquanto seguravam meu rosto.

— Você não me quer? — sussurrou ele, e senti que uma facada no peito doeria menos do que essa pergunta.

Engoli em seco, falando devagar, para manter o controle da voz.

— Não vou conseguir nenhum trabalho sem o seu patrocínio.

— Essa é sua resposta? — Magnus assentiu sem esperar que eu confirmasse, de modo quase distraído, como se não estivesse presente. — Farei meu melhor para te obedecer, então... — Ele se segurou no corrimão, para se equilibrar, e eu me dividi entre confortá-lo e deixar para lá e evitar que a situação piorasse. Mas, quando ele se curvou e começou a chorar, uma dor percorreu todo o meu corpo. Quando dei por mim, estava segurando o rosto dele, beijando-o e sentindo o gosto de suas lágrimas.

— Não chore — supliquei, em vão. Magnus se agachou, colocando a cabeça entre as pernas enquanto se apoiava no corrimão, e chorou ainda mais. E eu era covarde demais para ficar ali, assistindo.

Subi as escadas correndo, me tranquei no quarto e me acabei de chorar embaixo das cobertas.

Péssima estratégia de sobrevivência, Andi.

É o que Jember diria, pelo menos. Mas eu estava segura e sozinha... Oh, Deus, tão sozinha.

Chutei o cobertor e fui até o barril de água, enfiando meu rosto nele. Mesmo que meu quarto fosse quente, o líquido era gelado o suficiente para me dar um choque e me acalmar. Prendi a respiração até que meus pulmões me preocupassem mais do que meu coração e me afastei ofegante e com o peito queimando.

Nunca dei importância a garotos antes. Por que seria diferente agora?

Sequei o rosto e voltei a descer as escadas. Se eu ia ficar aqui só para trabalhar, teria que seguir as regras de Magnus.

Empurrei a vontade de chorar para o fundo da minha mente junto com o resto dos meus pesadelos de infância e entrei na sala de jantar com a cabeça erguida. Magnus estava sentado no lugar de sempre, mas se levantou ao me ver. Eu deveria tê-lo ignorado, mas trocamos olhares imediatamente. Os olhos dele estavam meio avermelhados, e o nariz, rosado, mas fora isso parecia bem.

Ele puxou a cadeira pesada para mim, e eu desviei o olhar. Não sei por que aquela simples gentileza me deixou tão desconcertada.

Talvez porque ele nunca tivesse feito isso antes.

— Obrigada — murmurei.

— De nada — murmurou ele de volta.

De novo, apenas palavras simples e cordiais, mas cheias de tanta intimidade que eu mal podia suportar. Senti a vontade de beijá-lo escapando pelas brechinhas do meu estoicismo. Em vez disso, sentei e permiti que ele empurrasse minha cadeira.

— Você também, Andromeda? — perguntou Esjay, preocupado e meio confuso. — Está todo mundo tão *pra* baixo hoje. Não se preocupe, não é a última vez que Kelela vem visitar antes de ir embora.

— Não vou sentir falta do frio — disse Kelela. Seu tom estava mais afiado hoje. O seu cabelo rosa preso em um rabo de cavalo alto combinando com lábios da mesma cor deveria ter ficado ridículo, mas ela estava linda. — Você purificou alguma coisa?

A esta altura, eu já sabia que ficar chateada com as provocações de Kelela não valia a pena. Além disso, outras coisas já estavam me aborrecendo.

— Enquanto o Mau-Olhado estiver presente, vai continuar frio. O mais importante agora é purificar Magnus — falei.

— Que ótima notícia, então. — Kelela e ele continuaram a comer como se a conversa já tivesse terminado.

Mordi o lábio.

— Precisamos de um voluntário *pra* fazer contato visual com Magnus e forçar o Mau-Olhado a sair.

Foi tão fascinante quanto desanimador ver a expressão de Esjay mudar enquanto eu falava.

— Kelela — falou Esjay, e eu nunca tinha ouvido seu tom de voz tão severo —, não deixe Magnus olhar *pra* você. Vire a cabeça *pro* outro lado.

— Esjay — protestou ela, como se estivesse envergonhada pelo comportamento dele, mas fez o que lhe foi dito.

Magnus apareceu, limpando algumas lágrimas.

— Espera, estão indo embora? — perguntou ele, deixando transparecer um pouco de pânico no final da frase.

— Não será qualquer pessoa. — Ergui a mão, levantando na mesma hora que Esjay. — Precisa ser um voluntário completamente ciente de que sua vida estará em perigo.

— Isso é uma sentença de morte — disse Esjay, agarrando o braço de Kelela e fazendo-a levantar. — Ninguém vai querer cooperar. Venha, Kelela. — E guiou a irmã para a saída.

— Precisamos tentar — falei, seguindo-o. — Se nos prepararmos direito e controlarmos o ambiente, não vejo motivo para não funcionar.

— Ah, claro. Tentar. Fomos longe demais *pra* desistir agora. Não, Kelela. — Esjay abriu a porta e a fez sair, mesmo com ela reclamando sobre estar com fome. — Espere por mim na carruagem. — Ele fechou a porta atrás dela, respirando fundo e pausadamente antes de se virar para mim. — Não farei parte disso. Tenho certeza que entende os meus motivos.

Ele parecia uma pessoa completamente diferente de quando nos conhecemos pela primeira vez. De alguém que dava total apoio, que comia sob o mesmo teto e que oferecia a própria irmã para casar com Magnus... para alguém que não queria mais se envolver? Era irritante, para ser honesta. E não parecia justo.

— Pessoas morreram nesta casa — falei, tentando não soar grossa. — Elas não sumiram. *Morreram*. Quando a primeira desapareceu, você não parou de contratar funcionários, *né*? Todos eles sabiam dos riscos. Quem quer que seja essa pessoa corajosa, ela vai saber, também.

— Então só *mais uma* pessoa precisa morrer *pra* que você consiga purificar Magnus? É isso que quer dizer? — Era estranho ver Esjay sendo quase agressivo. Ele abriu a porta. — Se precisar de qualquer coisa, me avise, mas não quero informações sobre o que vai acontecer. Nem detalhes. Só me avise quando tudo tiver acabado. — Parou antes de sair. — E peça desculpas a Magnus por mim. Kelela ia se despedir antes de ir *pra* França, mas, devido às circunstâncias, acho melhor não. — Hesitou, como se fosse falar mais alguma coisa, mas, em vez disso, saiu e fechou a porta.

Fiquei parada, encarando a porta. *Deus me ajude.* Respirei fundo e voltei calmamente para a sala de jantar.

— Eles foram embora — comentou Magnus, curvando-se um pouco na cadeira.

— *Tá* tudo bem. — Sentei-me de novo e segurei a mão dele.

— Eu ouvi Esjay. Eles não vão voltar. — Ele se curvou mais ainda, deslizando até finalmente se sentar sob a mesa. — Acho que vou morrer.

Tirei a cadeira dele do caminho, para alcançá-lo.

— Você não vai morrer.

— Verdade — adicionou ele, amargo, afundando os nós dos dedos nos olhos. — Eu *não posso* morrer. O Mau-Olhado não vai deixar.

— Nós vamos achar um voluntário, Magnus. Vai ficar tudo bem.

— Como? Ninguém quer chegar nem perto daqui, imagina se vão querer entrar sabendo que vão *morrer.* — Ele deitou, pressionando as palmas das mãos contra os olhos. — Oh, Deus. *Tá* tudo girando. Eu quero morrer.

— Você precisa se acalmar...

— Me acalmar?! — gritou ele. As lágrimas já percorrendo as laterais de seu rosto. — Você me rejeitou. Meus únicos amigos fora daqui me abandonaram. Logo Peggy vai fazer o mesmo. É melhor você me matar logo.

Senti meu estômago se revirar ao ser lembrada do que fiz.

— Não seja ridículo.

— Cadê a sua faca?

Eu me inclinei e dei um tapa na testa dele. Ele gritou como um filhote assustado, afastando minha mão.

— Pare com isso, Magnus. Não vou te matar.

Ele estava em pânico e ofegante.

— Você tem alguma ideia do que é ser sozinho?

As palavras dele atravessaram meu estômago e minha espinha como uma faca. Vagar pelas ruas. Olhar por cima dos ombros. Não ter ninguém com quem contar por... semanas. Eu não tinha só uma *ideia* de como era. Eu sabia. Só não podia me dar o luxo de ficar pensando nisso.

— Magnus — falei firme, mas calma, enquanto sentava ao lado dele. Com meus dedos, comecei a traçar uma linha da sua testa, seguindo por entre os olhos, passando pelo nariz e voltando de novo, falando gentilmente: — Você precisa se acalmar. Ok? Se. Acalme. Respire.

Minhas palavras pausadas e meus toques suaves funcionaram, pois logo a respiração dele ficou mais uniforme. As lágrimas ainda caíam, mas não havia mais soluços.

— Espero que saiba o que está fazendo, Andrômeda — disse Magnus. — Porque ninguém em sã consciência vai se voluntariar *pra* morrer.

CAPÍTULO
23

Calcei as botas enormes, abri o grande guarda-chuva preto e entrei no corredor cheio de neve.

Pelo jeito, neve era uma coisa comum em muitos lugares do país, do mundo, mas eu nunca tinha visto. Era hipnotizante assistir aos algodõezinhos de gelo se materializando do teto e flutuando a esmo até caírem no chão. Eu quase não queria me livrar deles.

Mas é claro que não era neve de verdade. Ficava mais na cara quando ela fugia de mim, se afastando e rodeando o escudo que meu novo — e aparentemente mais poderoso — amuleto formava.

Saí da neve e bati um prego logo onde o território da Manifestação terminava, pendurando meu amuleto nele de forma que ficasse visível quando eu voltasse para trás, sentindo a neve estalar sob meus pés.

Agachei-me em cima da neve, protegida pelo guarda-chuva. Abri bem os dedos e pressionei a mão na maciez branca. Ela cedeu facilmente com um *estalo*, leve e molhada, e afundei até a metade do antebraço antes de tocar em algo mais duro e mais frio. Quando puxei a mão para fora, trouxe um pouco de neve junto e fiquei encarando os cristais fofos na minha mão.

— Não queria que você tivesse que ir — sussurrei.

Fiquei em pé e limpei as mãos, fechando o guarda-chuva em seguida, para desfrutar um pouquinho mais o momento... Mas logo percebi que o guarda-chuva não estava comigo à toa. Eu ficaria ensopada se não tomasse cuida...

Soltei um uivo quando senti uma coisa sólida e gelada batendo no meu ombro e espalhando neve como uma explosão que respingou no meu olho.

— Ei! — Minha careta virou um sorriso quando flagrei Saba rindo no fim do corredor. — O que foi isso?

Sequei os cílios e olhei para o meu ombro, onde a bola de neve que tinha me atingido ainda estava grudada, e me apressei para espaná-la antes que molhasse meu casaco. Saba se abaixou e juntou mais neve, formando uma bola entre as mãos. Fiquei de boca aberta ao perceber o que ela estava fazendo e mal tive tempo de me esquivar quando ela jogou a bola em mim. Escorreguei e caí de bunda, gargalhando como uma criancinha.

— Ah, agora você vai ver!

Fiz minha própria bola de neve enquanto usava o guarda-chuva como escudo para bloquear o ataque de Saba, mas a minha era pequena e imprestável, tanto que Saba quase nem teve que se mexer para se desviar. Joguei o guarda-chuva de lado, para juntar mais neve, mas nunca conseguiria me mexer ou impedir o ataque a tempo de...

A neve atingiu Saba no peito, e ela abriu um sorriso feroz para um ponto atrás de mim. De repente, percebi como ela era parecida com...

— Magnus! — Fiquei radiante quando ele se curvou ao meu lado para juntar mais neve. Baixei os olhos em direção à neve no último segundo. — Não estou com o amuleto.

— Desse jeito, fica um pouquinho mais justo, não acha? — Magnus apertou a bola de neve nas mãos desprotegidas. — E não tem problema, foco no objetivo!

— Ganhar de Saba? — Protegi o rosto com os braços bem a tempo de deter o ataque dela.

— Na cabeça, não! — Magnus jogou a bola para me defender. — Você sabe que a gente não consegue simplesmente encaixar a nossa de volta no lugar.

Saba mostrou a língua, e eu derrapei, rindo.

— Prepare-se para perder, Saba!

Foi aí que entramos com tudo em guerra. Minhas mãos ficaram dormentes, meu cabelo e meu casaco, cobertos de neve, mas nem liguei. Eu não ria desse jeito há...

— Que diabos está acontecendo aqui?

A voz de Peggy me fez virar sobressaltada, escorregando antes de conseguir me firmar.

— Vocês perderam a noção? — disse, olhando feio para mim como se esse realmente fosse o caso. — Por que estão espalhando neve por todo lado?

— Ela que começou — dissemos juntos, Magnus e eu, apontando para onde Saba tinha estado. Ela com certeza sabia desaparecer bem na hora certa de evitar Peggy. E talvez Magnus tenha pensado o mesmo, porque nós dois rimos.

Peggy lançou um olhar de desaprovação.

— Magnus, saia daí. Você vai morrer congelado.

— E não é que seria original? — respondeu ele, mas se levantou, esticando as mãos azuladas para mim. Eu as segurei, e ele me ergueu.

Saí da neve com cuidado e pendurei meu amuleto no pescoço antes de me virar para encarar Magnus. Ele estava corado e sorridente e...

E fora de seu alcance, Andi.

— Você primeiro — disse ele.

Meu coração ainda batia forte, mas acho que o corpo tinha começado a perceber que estava frio, porque meus dentes estavam batendo quando murmurei um agradecimento e me apressei na frente dele.

Não tinha como negar que seria impossível esquecê-lo morando debaixo do mesmo teto, principalmente dormindo no mesmo andar. Eu precisava ajustar aquilo depressa se quisesse sobreviver.

— Andromeda — disse Magnus, quando chegamos aos nossos quartos —, podemos trocar uma palavrinha depois que você se trocar?

Meu coração saiu do compasso, e rezei para que ele não conseguisse escutar.

— É claro.

Então, corri para o quarto e tranquei a porta. Tirei a roupa molhada rapidamente, considerando a ideia de encontrar um armário qualquer para me esconder. Mas não podia evitá-lo por dias como tinha feito depois daquele primeiro beijo.

Não seja covarde, Andi.

Talvez eu tenha levado muito tempo pensando, porque, quando terminei de me trocar e saí para o corredor, Magnus estava me esperando, encostado na parede em frente à porta.

— Você está bonita.

Dei uma olhada no meu vestido cinza longo e no casaco, quase idênticos aos que a neve tinha ensopado, exceto que esse casaco era um pouco grande demais para mim e cobria minhas mãos quase até a ponta dos dedos.

— Sobre o que você queria conversar?

Ele abriu a boca para falar, mas parou e fechou os olhos por um instante ao ouvir Peggy chamá-lo do fim das escadas. Respirou fundo.

— Pois não, Peggy?

— O cocheiro de Esjay está aqui — respondeu.

— Divirtam-se.

— Volto depois do jantar, mas já deixei tudo pronto para vocês. A comida está esperando na cozinha.

— Obrigado, Peggy — disse Magnus, com uma doçura quase excessiva. Eu dei um sorriso malicioso.

— Comporte-se enquanto eu estiver fora.

— Pode deixar — falou, com cara de malandro, e eu precisei sufocar uma risada.

Deus nos perdoe, mas conseguimos segurar o riso até depois que ela fechou a porta.

— Pensei que ela não fosse sair nunca — disse Magnus.

Levantei uma sobrancelha.

— O que você está aprontando?

— Um dia inteiro sozinho com você. E Saba — adicionou rapidamente —, é claro. Adoro ela.

— Eu também adoro ela.

— Pois é, quem não adoraria? Um louco, talvez. — Ele se inquietou, e vi seu pescoço ficar vermelho. — Porém, eu podia ter te avisado que ela ia começar a jogar bolas de neve.

— Aquilo foi incrível. — Senti que agora quem estava ficando vermelha era eu. — Eu não me divertia assim fazia um bom tempo.

— Viu só? Você consegue se divertir sem trabalhar. — Por um momento, ele olhou para mim com o mais ligeiro sorriso, e meu coração quase explodiu. — Podemos ser amigos, não é?

— Espero que sim — respondi.

— Eu prometo. Vou dar o meu melhor *pra* não flertar.

Abri um sorrisão.

— Nem acho que você *chega* a flertar, Magnus. Você é só... você.

E "você" é maravilhoso, eu teria acrescentado, mas não queria incentivá-lo. Não depois de tê-lo feito chorar ontem. Minha barriga se contorceu com a lembrança.

Magnus brincava com o suéter. Não sei como todos os suéteres que tinha não estavam esticados.

— E abraços?

— Não sou muito de abraçar.

Eu me aproximei e, com o polegar, suavizei a linha formada entre as sobrancelhas dele — não deveria ter tocado nele de jeito nenhum, mas fiz aquilo antes de pensar duas vezes. Ele fechou os olhos, respirando devagar. Como eu queria beijá-lo!

— Você está flertando, Andromeda — disse, ainda de olhos fechados, inclinando-se para frente, para relaxar com meu toque. — Você tem que se controlar.

Apertei os lábios, para conter um sorriso.

— Só não gosto de te ver de cara feia.

— Então nada de abraços, mas isso pode?

Magnus empurrou meu cabelo molhado para trás do ombro, seus dedos fazendo uma leve cócega em minha pele exposta. Por instinto, levantei o ombro para me proteger, e ele mordeu o lábio como se evitasse o riso.

Desviei o olhar, para não perder o juízo.

— Pensando bem, entendo o que você diz.

— Está dizendo que fui eu que fiz você ficar corada desse jeito lindo?

Senti meu rosto esquentar mais ainda, mas ergui o queixo em desafio, levantando as sobrancelhas.

— Seu ego adoraria pensar que sim, tenho certeza.

Magnus pôs as mãos no coração com dramaticidade.

— Sua honestidade brutal é o que me mantém em pé, Andromeda. Nunca mude.

— Que palavras tão doces — respondi, zombando de leve. Mas não foi o escárnio que me fez olhar para o outro lado ou apertar a garganta com um soluço até queimá-la.

— Não está bom? Então me diz, como você gostaria que fossem as palavras?

— Com a mesma honestidade das minhas.

— Mas não tão brutais. Afinal de contas, sou um cavalheiro. — Magnus virou meu rosto para o dele, pondo o dedo na lateral do meu queixo, e, apesar de lutar internamente para evitar, acabei abrindo um sorriso largo. — Agora, o que a gente faz com o resto do nosso dia?

Um sino pesado ecoou pelos corredores.

Magnus olhou em volta, assustado.

— O que foi isso?

Levantei as sobrancelhas para ele.

— Sua campainha.

— Sério? Caramba, foi assustador. — Ele agarrou minha mão quando tomei o rumo das escadas. — Ignore. Quem sabe eles vão embora.

Os únicos visitantes que eu já tinha visto na casa eram Esjay e Kelela, e depois dessa manhã seria estranho se fossem eles. A não ser que... Talvez Esjay não estivesse tão relutante em ajudar quanto tinha dito.

Talvez tivesse mandado um voluntário.

Incentivei Magnus, apertando sua mão, e o conduzi escada abaixo. Saba estava esperando na porta, como se previsse problemas.

— Encontro você na sala de jogos — falei.

Magnus beijou a minha mão.

— Não demore muito.

Esperei até ele sumir e então abri a porta. Antes que a pessoa aparecesse, reconheci o cabelo rosa preso em um coque simples, e Kelela entrou sem esperar convite, esfregando os braços.

Fiquei de boca aberta.

— O que você *tá* fazendo aqui? O que aconteceu com sua festa?

— A festa é só amanhã à noite. Esjay acha que eu saí *pra* me despedir dos amigos — respondeu ela, abotoando o casaco e ajeitando a gola em volta do pescoço.

— Esjay sabe que você *tá* aqui?

— Ele sabe que estou vendo amigos. — Ela me encarou, como se estivesse planejando me matar se um dia eu contasse a alguém que esses amigos eram *a gente*. — Se eu fizer isso, você tem que jurar que vai me proteger quando chegar a hora.

— Proteger... — Meu coração pesou no peito. — Kelela. Não.

— Já tomei minha decisão.

— Magnus não vai concordar.

— Ninguém em sã consciência ia querer ser voluntário. E eu... — Ela fez uma pausa. Engoliu. — Eu amo ele. Sei que ele não me ama do mesmo jeito, mas não posso evitar. Eu vi o sofrimento dele por 3 anos... Não dá mais.

Ficamos quietas por um momento.

— Então, você jura? — perguntou de novo, a voz falhando um pouco.

Na mesma hora, a passagem da Bíblia que dizia para não jurar surgiu em minha cabeça, como sempre acontecia nessas situações. Mas Kelela estava fazendo um sacrifício enorme; dava para ver o quanto estava apavorada só de olhar para ela. Ela precisava ouvir.

— Eu juro.

Ficamos paradas de um jeito constrangedor por um instante.

— Então, vai acontecer hoje à noite? Não consegui fazer Peggy concordar em passar a noite fora.

Levantei um pouco as sobrancelhas.

— Então, o jantar...?

— Ideia de Esjay. Mas a ajuda de Peggy foi minha. Não daria *pra* fazer isso com ela em casa.

Não consegui segurar um sorriso. Quer dizer que a maldade dela podia ser usada para o bem.

— Ele está na sala de jogos — falei.

Ela foi na frente enquanto eu fiquei para trás, com Saba, trocando olhares desconfiados.

— Sabia que tinha sentido o seu perfume — disse Magnus, sem tirar os olhos do desenho. — Depois de ontem, não achei que...

— Magnus. — Eu já conseguia ouvir as lágrimas em sua voz. Ela desabou ao lado dele e enlaçou seu pescoço, fazendo-o derrubar o lápis. — Você precisa olhar *pra* mim.

— Não seja ridícula — respondeu ele, fechando os olhos com força, como se esperasse que ela tentasse mesmo sem a colaboração dele.

— Sou a única voluntária que você vai arranjar.

— *Pare*, Kelela. — Ele a empurrou, inclinando-se sobre os joelhos e pressionando as mãos nos olhos só para garantir. — Você ficou maluca?

— Desde o dia em que te conheci.

Magnus soltou uma risadinha que aos poucos foi se transformando em soluços. Ele chorou nas mãos, e eu tive uma vontade imensa de ir lá consolá-lo, mas fiquei onde estava.

Kelela fez carinho em seu ombro.

— Tudo bem, Magnus...

— Não está tudo bem — disse, em meio a soluços. — Você entende o que está me pedindo *pra* fazer? Se eu olhar *pra* você, você morre.

— Eu quero fazer isso por você. Fiquei vendo você sofrer durante 3 anos. Quero que você se liberte.

Ela segurou a mão dele, e eu tive que olhar para o outro lado. Era o lugar e a hora errada para ter ciúme, para se magoar com um simples gesto. Mas eu posso admitir, fiquei magoada de várias formas, a principal por sentir vergonha dos pensamentos mesquinhos que tive sobre ela, sendo que todo esse tempo ela era generosa... e incrivelmente corajosa.

— O que você espera que eu diga a Esjay? — perguntou Magnus.

— Nada — respondeu Kelela. — Ele nunca vai saber. Andromeda disse que vai me proteger.

— Não acho que ela consegue. — Magnus grunhiu e fungou, secando o nariz na manga. — Deus, Kelela, se você morrer...

— Aí você vai ter que aproveitar a vida ao máximo por nós dois.

Ele balançou a cabeça.

— Não posso fazer isso com você.

— Tenho saudade de olhar em seus olhos. Você sabe que foi por eles que me apaixonei primeiro. Não posso passar uma última noite me apaixonando de novo por você?

Magnus arrastou Kelela para um abraço, e foi tão verdadeiro que eu tive que desviar o olhar. Ele... ele a amava. Estava claro. Não importavam quantas palavras de carinho ele tinha jurado serem para mim, não dava para negar o desespero naquele abraço, como se ele quisesse fixar a alma dela nesta terra.

Pareceu que quase um minuto havia se passado, antes de eles se soltarem devagar. Magnus respirou fundo várias vezes, interrompido por soluços ocasionais. Então, passou a mão pelos olhos molhados e me encarou.

— Você vai protegê-la?

Senti meu coração quebrando em pedacinhos. Tentei engolir, mas minha garganta estava seca demais. Haveria tempo o suficiente para me sentir idiota por ter caído nas mentiras dele de novo, mas agora não era o momento. Além disso, como eu poderia sentir alguma coisa quando nem conseguia pensar? Eu mal sabia o que devia sentir... só sabia que seria uma pessoa horrível se dissesse que não.

Pense no bem maior, Andi. Magnus vai ficar livre. Saba vai descansar em paz. O Mau-Olhado vai embora... Você vai ter o seu patrocínio.

Um gosto amargo subiu pela garganta só de pensar.

Eu voltaria ao começo, não é? Voltaria a me importar só comigo.

Voltaria a ser sozinha.

— Andromeda — disse Magnus, com intensidade. Ele tentou pegar minha mão, mas eu não suportei segurar a dele. — Por favor?

Uma risada ficou presa na minha garganta. Um soluço, um escárnio. Limpei a garganta de tudo isso e assenti com a cabeça.

— Eu vou.

E, com minhas últimas forças, reprimi qualquer emoção que pudesse atrapalhar minha sobrevivência — a sensação de estar nos braços dele, de ser beijada por ele, de ama...

Reprimi tudo até só sobrar uma determinação raivosa.

Magnus fechou os olhos e respirou fundo mais uma vez antes de virar o rosto para Kelela. Ele fez força para abri-los, encarando-a de olhos arregalados, mas logo voltou a fechá-los.

— Não consigo mais — falou, arquejante.

Kelela pousou a mão na bochecha dele.

— Olha *pra* mim, Magnus.

Ele puxou o ar com um suspiro fundo e trêmulo e abriu os olhos. Demorou o olhar nela. Abriu um grande sorriso.

— Seu cabelo está rosa mesmo essa semana.

— Você gosta? — perguntou ela, mexendo a cabeça para que o cabelo balançasse, como se ele não estivesse preso num coque.

— Combina com você. Fazia tanto tempo. Andromeda estava certa, você é muito bonita. — O sorriso dele foi murchando. — E eu sou um monstro.

Ele levantou e correu para a porta, parando num tropeço na soleira.

— Proteja ela, Andromeda — pediu, com um misto de raiva e medo na voz.

— Com minha vida — respondi sem hesitar.

E ele deixou a sala.

— E agora? — perguntou Kelela.

— Agora você deve descansar — falei. — Coma alguma coisa. A gente provavelmente vai precisar virar a noite, então economize as energias.

Kelela fez que sim com a cabeça e ficou parada, olhando a lareira.

— Magnus estava certo. Eu fiquei maluca.

Eu não soube como responder. Então, não respondi. O silêncio cresceu entre nós.

— Você o ama — falei, para preenchê-lo. — E você é uma boa pessoa.

Kelela riu, e por pouco não foi um riso totalmente amargo.

— Você é a única boa pessoa que eu já conheci.

— Todos nós somos pecadores.

— Não, mas você é altruísta. É difícil competir com alguém tão admirável. — Ela apertou o casaco contra o corpo. Limpou a garganta. — Entendo por que ele ama você.

Me ama? Fiz esforço para não ficar de queixo caído, baixando as sobrancelhas.

— Quero que você saiba que eu não dou força *pra* isso. E, quando ele for purificado, prometo que você nunca mais vai me ver...

— Não precisa disso. — Ela soltou um risinho breve e amargo, como se não acreditasse nas próprias palavras. — Terminei com ele.

Eu hesitei, contendo minha esperança.

— Por quê?

— Porque vi vocês juntos ontem. Nas escadas. — Ela passou a mão nos cabelinhos da têmpora. — Ele foi tão doce com você. Ele... não costuma ser assim. — Ela tremeu, se mexendo de um jeito desconfortável, e eu fiquei aliviada por ela não estar me encarando e eu não me sentir mal por corar tanto. — A forma como ele te beijou... A forma como ele chorou quando você o rejeitou. Tive que acabar com o sofrimento dele.

Não consegui pensar em nada para dizer que parecesse certo.

— Ele disse que você não vai ficar com ele — disse ela e então se virou para mim com a expressão de acusação.

— Não seria certo — respondi, e as palavras soaram idiotas assim que saíram da minha boca.

— Mesmo sem ninguém no caminho? — Quando eu não respondi, ela estalou a língua. — Deixa só eu adivinhar, alguma desculpa sobre ser funcionária dele?

— Não espero que você entenda.

— Seja lá o que for, não deve ter toda essa importância que você está dando. Faça-se um favor e aproveite um pouco a vida enquanto dá, pois nós todos podemos acabar morrendo hoje à noite... — Ao dizer isso, a expressão dela se tornou mais solene, encobrindo o medo. Ela limpou

a garganta. — É bom você manter a palavra e não me deixar morrer. Tem um monte de homens para eu conhecer em Paris esperando por mim.

E então ela ergueu o queixo, orgulhosa, e saiu da sala.

CAPÍTULO
24

*S*eja lá o que for, não deve ter toda essa importância que você está dando.

As palavras de Kelela ficaram ecoando na minha cabeça, me enlouquecendo ao longo das poucas horas que gastei fazendo um amuleto melhor para ela. Quer dizer, Magnus havia me enganado, sabendo muito bem que estava noivo e não pensando duas vezes sobre o assunto. Ainda por cima, ele não tinha mostrado nenhuma intenção de terminar com Kelela, tirando que eu não tinha dado outra alternativa. Se eu desse menos valor à minha dignidade, por quanto tempo ele teria ficado com as duas?

Mas também...

Jember não ligava para os meus sentimentos desde que eu tinha 5 anos de idade, e mesmo assim eu não o abandonara. E, bem... talvez o noivado tenha sido só um papo caprichoso de criança, no fim das contas. Não é como se ele tivesse feito todos os preparativos e pagado um dote — e, para falar a verdade, eles nem deviam estar se vendo antes do casamento como faziam, se fossem fazer do jeito certo. Então quem sabe o noivado não fosse oficial, e talvez eu fosse a única dando tanta importância para ele, e quem sabe ele teria me contado se fosse importante, e talvez — ah, Deus, foi uma loucura ter essa esperança — ele me amasse como Kelela disse e eu o tenha afastado para sempre e...

E talvez fosse tarde demais para pedir perdão.

Saí correndo do quarto, conferindo todos os cômodos de sempre até parar na entrada da biblioteca. Estava mais escura e fria do que o normal. Havia velas acesas atrás e em volta das poltronas, grandes candelabros de metal com ramificações como as de árvores se abrindo e pequenos encaixes para velas nas pontas. Mas na lareira não tinha nada além de uma chama fraca, e foi só pela luz das velas e da sombra que ele fazia que consegui ver Magnus, ajoelhado em frente a ela.

Entrei e me ajoelhei ao lado dele. Ele não olhou para mim. Nem se mexeu.

— Você vai machucar os olhos — falei depois de um tempo — encarando o fogo assim.

— Sinto informar, mas o posto de Mãe Implicante já está preenchido.

Segurei a risada. Agora não era hora. Ou talvez fosse, e eu tivesse perdido a oportunidade de melhorar o humor dele.

Arregacei as mangas até os cotovelos e projetei o corpo para frente, chegando perto da lareira, para reavivar o fogo.

— Não quer usar as ferramentas? — perguntou Magnus.

— Confio em mim mesma.

Empurrei a lenha até a chama começar a queimá-la e crescer por conta própria.

Observei as labaredas dançarem, brilhantes e selvagens como meu coração. *Chega de enrolação, Andi.*

— Kelela contou que terminou com você.

Magnus fez um som baixinho de confirmação.

— Ela é uma mulher inteligente. — Um silêncio profundo se prolongou. — Não sei como atraio mulheres tão inteligentes e carinhosas sendo um desastre de homem.

— Você não é um desastre.

Ele deu uma risadinha amargurada.

— Eu sou, um pouco. Você tem que admitir.

— Se você for, então... Acho que gosto de desastres.

Até que enfim, ele olhou para mim.

— Depois de ser tão tolo, você ainda gosta de mim?

— Você não é tolo.

— Não seja tão generosa, Andromeda. Prefiro você sincera.

— Estou sendo sincera. — Hesitei e então levantei abruptamente, com o coração a mil. — Hum, é. Bem. Vamos ter uma noite cheia. Melhor eu tirar um cochilo antes.

Mas não saí do cômodo. Se alguém ali era tolo, esse alguém era eu — eu não conseguia falar, mas também não conseguia sair de perto dele. Não pude imaginar o que ele deve ter pensado de mim, ir procurá-lo só para ir embora do nada.

Ele ficou em pé, ao meu lado, e eu tive vontade de, ao mesmo tempo, ficar naquela presença tão tranquilizante, ao alcance de seu cheiro suave, e de cair morta.

— Você tem tantas cicatrizes. — Ouvi Magnus murmurar e virei para descobrir que ele analisava meus braços. — Você disse que o treinamento de Jember foi cruel, mas nunca imaginei...

— A vida é cruel, Magnus. Meu treinamento não tem nada a ver com isso. — Ficar tão perto da lareira fazia o tecido do meu casaco pinicar um pouco, mas, mesmo assim, abaixei as mangas, cobrindo os braços marcados. — Jember me castigava quando eu era mais nova e fazia tudo errado. Mas ele nunca me machucou de um jeito que não tivesse como me curar ou que não me ensinasse uma lição importante de sobrevivência.

— O fato de ele ter te machucado já é nojento. Que coisa mais perversa para se fazer com uma criança.

— Você nunca apanhou na infância?

— Raramente. Com certeza não a ponto de ficar com cicatrizes. — Parecia que ele estava com vontade de chorar. Eu engasguei, fechando os olhos por um momento enquanto ele percorria a cicatriz do meu rosto com os dedos macios. — Foi ele que fez isso?

Afastei a mão dele, me sentindo envergonhada de repente, enquanto virava o rosto para evitar seu olhar.

— Alguns colegas me atacaram por defender alguém. Um deles tinha uma faca, acho, eles me bateram tanto que não me lembro exatamente do que aconteceu. Só sei que, se Jember não tivesse aparecido, eu provavelmente estaria morta.

— Você tem muita consideração por ele.

Não entendi se foi uma pergunta ou um comentário. A julgar pela expressão dele, Magnus também não tinha certeza.

— Não. Bem... — Senti a minha testa franzindo. — Ele é uma pessoa bastante desprezível. Se eu fosse enumerar uma coisa boa nele que não tivesse relação com o trabalho, acho que não conseguiria. Mas me importo com ele. E o defenderia com a minha vida. — Eu me sentei na poltrona de sempre, para aliviar a coceira que a proximidade com o fogo tinha gerado... e para manter Magnus a uma distância suficiente para evitar seu toque. Ficar perto dele era ainda mais arrebatador do que eu poderia prever. — E acredito que ele tenha coração, mesmo que não goste de mostrar. É legal imaginar que ele me comprou de meus pais para me tirar das mãos de pessoas horríveis, que ele gosta de mim como gosto dele.

— Seus pais te *venderam*? — Eu nunca tinha ouvido ninguém ficar tão chocado ao descobrir que a escravidão ainda ia de vento em popa. Magnus desabou na poltrona, como se o peso do mundo caísse sobre ele. — Monstros. Todos os pais... Monstros.

— Seu pai foi amaldiçoado. Ele não escolheu o próprio destino.

— Ele escolheu contratar alguém para matá-lo e me deixar aqui para lidar com os erros dele. Mesmo que não fosse um monstro, com certeza não era nada bom.

— Você conheceu seus pais. E você tem muitas pessoas que te amam, que estão empenhadas em salvar a sua vida. Você é abençoado.

— Como você pode ser tão positiva? Seus pais te venderam como uma mercadoria. O homem que te criou foi abusivo. Tem certeza de que não precisa desabafar um pouco? Estamos sozinhos, Andromeda. Não precisa fingir que não tem problemas com as pessoas que te machucaram.

— Não posso mudar essas coisas. O que eu deveria fazer? Reclamar deles?

— É o que eu faria.

— Jember me ensinou a seguir boas estratégias de sobrevivência. Uma das minhas é o otimismo bem aplicado. Se eu comparar tudo de ruim com tudo de bom que aconteceu na minha vida, o ruim vai ganhar de lavada. O meu espírito e a minha vontade de viver iam secar e morrer. Então, em vez disso, escolho ser grata pelas pequenas coisas boas que tenho. E escolho ter esperança.

Não falamos nada por um tempo.

— Eu notei... — ele esfregou o rosto, como se o que estivesse prestes a dizer fosse estressante — que você fica muito tensa quando a gente se toca. Outra boa estratégia de sobrevivência?

— Não sabia que ficava tensa.

— Bem... — Ele abriu um leve sorriso. — Não quando a gente se beija.

De repente, fiquei interessada em um pequeno rasgo no braço da poltrona, torcendo para que a luz da lareira escondesse meu rosto vermelho. Ele tinha falado como se quisesse me beijar naquele instante. E, Deus me ajude, eu queria mais do que tudo provar os seus lábios.

Magnus se inclinou em minha direção, com o braço na mesinha entre nós.

— Se precisar de mim para dar uma lição em Jember, conte comigo.

Eu sorri com um pouco de malícia.

— Ele com certeza te mataria. Ele não tem princípios quando o assunto é briga.

— Ele é um vigarista que te negou a necessidade humana básica de afeto, então vale a tentativa.

— O afeto não importa tanto *pra* quem passou a vida inteira sem ele — falei, finalmente juntando coragem para olhar para ele. — E você não conhece ele, então não pode sair ofendendo o cara. Ele me criou. Eu virei uma pessoa decente. Então fica de boca fechada antes de falar dele.

Ele ergueu uma sobrancelha provocativa para mim.

— O que você vai fazer *pra* me manter de boca fechada?

Senti uma veia pulsando na têmpora.

— Já estou purificando o seu castelo. Não te devo mais nada.

— Tem que ser alguma coisa além disso, já que eu também estou *pagando* você para purificar o meu castelo.

— Estou com vontade de te dar um soco na cara. Eu posso simplesmente *não* purificar.

Fui endireitando a postura conforme ele mantinha o olhar em mim. Havia dois braços de poltrona e uma mesa entre nós, mas de alguma forma me senti próxima demais. Deveria ter levantado. Deveria ter saído. Não porque estava com medo, mas... Meu Deus. Por que eu estava tremendo desse jeito? Não era o que eu esperava, de jeito nenhum.

— Não olhe *pra* mim com esses olhos pecadores — disse eu, com o tom mais frio que consegui.

— Pecadores? — Ele projetou o corpo para frente, olhando o fogo por um momento, antes de voltar a me encarar. — Desde quando desejar alguém é pecado?

— Desejar... — Meu maxilar travou na hora. Ele não podia estar dizendo o que eu pensava... — Desde quando? Desde sempre. Chama-se luxúria.

— Luxúria pode ser uma parte, mas é uma palavra crua demais para descrever meus sentimentos por você.

— A luxúria não deveria passar nem perto dos seus sentimentos por mim. — Minha barriga se revirou de raiva e mágoa, e eu levantei enquanto ele abria a boca para falar, cortando-o. — No fim, eu estava certa. Você só quer me usar para o seu prazer.

— *Quê?* — Magnus olhou para cima, ainda inclinado para frente na poltrona, ainda com aquele olhar profundo e selvagem, agora misturado com algo como preocupação e nervosismo. — Senta, Andromeda...

— Não.

Dei um passo para trás, para reafirmar minha posição.

— Você fica em choque? Por ser desejada?

— Não sou bonita como Kelela.

Ele me olhou como se eu estivesse louca.

— Eu não ligo *pra* isso. E desde quando você liga?

— Acho que eu só... — Engoli em seco. Limpei a garganta. — Não fui criada para reconhecer... A atração... Desse tipo.

— Mas você sente atração desse tipo, mesmo que escolha não reconhecer?

— Você não deveria me perguntar coisas assim — falei, com o rosto queimando.

— Como eu disse, essa é só uma parte dos meus sentimentos, e a menos importante. — Magnus sorriu um pouquinho. — Você não vai sentar, Andromeda? — Ele apontou para a poltrona. — Por favor?

Sentei sem pensar, sem questionar. Dessa conversa não ia sair nada de nobre, e, ainda assim, eu não estava movendo uma palha para interrompê-la.

Deus, me salve. O que estou fazendo?

— Como você pode me desejar, Magnus? — Deixei escapar no silêncio. A humilhação me fez morder a língua, e um soluço entalado na garganta não me deixou falar por um instante. Ainda bem, Magnus esperou eu me recompor. — Como você pode sentir qualquer coisa por mim depois da forma como te tratei? Eu não mereço.

Magnus soltou um suspiro pesado, empurrando o cabelo para trás ao se endireitar na poltrona. Eu fiquei olhando-o observar o fogo por um tempo, depois ele me encarou de novo.

— Você é uma raridade, Andromeda. Uma obra-prima. Você merece o mundo.

— Mas não sou — respondi, balançando a cabeça e sentindo a garganta queimar com as lágrimas que chegavam. — Fui tão intransigente com você só por causa de um errinho.

— Sua reação foi justa. — Magnus se aproximou e pegou minha mão, e eu me virei para segurar a dele com minhas duas mãos. — Kelela me ajudou a entender seu ponto de vista. Sou um completo canalha.

— Você tem que entender que eu não confio fácil... se é que confio. Fiquei vulnerável diante de você. Você disse que queria ficar comigo, mas aí descobri que você estava noivo. Me senti... traída. Então, me protegi afastando você.

— Me desculpa. — Ele se levantou num pulo e se ajoelhou à minha frente. — Ah, meu coraçãozinho de ouro, você tinha todo direito. Me desculpa.

— Não, me desculpa você.

— Não, você!

Eu dei risada, balançando a cabeça.

— Vamos mesmo brigar sobre quem tem que pedir desculpa?

— Claro que vamos — respondeu ele, com um sorrisão. — Você fala como se não conhecesse a gente. — Eu ri enquanto ele beijava minhas mãos, primeiro o dorso, depois a palma. — Desculpa! — Ele suspirou para elas, e mais do que nunca desejei que ele beijasse meus lábios. Mas ficou em pé, sem soltar minhas mãos. — Acho que vou tocar um pouco de música. Você quer vir comigo?

— Ainda não aprendeu a virar as páginas? — provoquei.

— Sou assim tão óbvio?

— Parece que você é um caso perdido sem mim.

— Pior que sim.

Tirei as mãos das dele, para que ele não sentisse meu tremor. Ele estava me olhando daquele jeito de novo — com um misto de desejo e adoração, de extremo respeito, com, para variar, esperança. Fingi que analisava a dança das labaredas na lareira, para me distrair da vontade de chorar.

— Esses olhos à luz do fogo... — murmurou ele. Eu conseguia sentir que ele me olhava e forcei uma expressão neutra, ajeitando a postura. — Eles me guiam.

Todo meu esforço foi por água abaixo, e soltei uma risada curta, mordendo o lábio para conter o choro, o rosto queimando sem que o calor da lareira tivesse a ver com isso.

— Não se mexa — disse ele, e não me atrevi.

Posei sentada, meu coração batendo tão alto que tive certeza de que ele conseguia ouvir. Fiquei esperando. Será que ele ia... me tocar?

Mas ele pegou o caderno de desenho e se ajoelhou ao lado da minha poltrona. Abri um sorriso. Magnus fez um leve som de censura, e logo voltei a assumir um ar mais sério. Porém, por dentro, estava sorrindo com cada célula. Com o coração, com a alma, com os dedos que agarravam os joelhos. Uma parte de mim estava com medo de que isso não tivesse o significado que eu queria, mas eu estava feliz demais para levar o medo em consideração.

Eu era sem graça. Sem família, sem herança.

Mas Magnus estava me desenhando.

A mim.

Foram alguns minutos de silêncio, quebrado só pelos arranhões do lápis no papel e pela minha respiração enquanto ele trabalhava. De rabo de olho, vi que ele me olhava e depois olhava para a página, e a cada movimento a vontade de beijá-lo ficava mais intolerável.

Finalmente, ele assinou e pôs a data no desenho antes de passar o caderno para mim.

Prendi a respiração.

Parecia comigo, mas não parecia. Não como eu pensava que era. Sabia que Magnus era um artista prático quando se tratava de detalhes, desenhando somente o que sabia que era verdadeiro. Ele não tinha me feito bonita. Era uma versão minha simples e comum, com a cicatriz feia e tudo. E ainda assim... Havia beleza na imagem, beleza que eu nunca tinha visto em mim.

— Tenho sempre essa cara feroz? — perguntei, sem saber o que mais dizer. Eu havia me sentido tão feliz enquanto ele me desenhava. Por que isso não transparecia no desenho?

— Sempre. — Ele se apoiou no braço da poltrona, para estudar minha expressão. — Fico feliz por conseguir capturar sua alma dessa vez. Precisei de um pouco de treino.

Olhei para ele, depositando o caderno aberto nas pernas.

— Treino?

Por um instante, ele não desviou o olhar, depois, virou o caderno para si e voltou na página anterior. Era eu, muitas vezes. Minha silhueta. Minhas mãos. Meu perfil. Vinte, talvez mais, rascunhos pequenos sobrepostos.

Perdi o ar, e talvez Magnus tenha interpretado mal, porque correu para dizer:

— Eu deveria ter pedido, acho. Mas aí teria perdido os momentos.

— Tem mais?

— Tem.

— Nesse aqui?

Ele hesitou, avaliando minha expressão.

— E outros.

Voltei à página do desenho de agora e fiquei olhando para ele. As lágrimas queimaram meus olhos, embaçando a visão, e fechei o caderno e deixei-o na mesinha, para não molhar o papel caso elas caíssem.

Pisquei algumas vezes, tentando limpar a visão, e sufoquei uma risada. Era uma reação estranha, rir e chorar ao mesmo tempo, mas não consegui me conter.

— Não chore. Você sabe que eu fico perdido com alguém chorando... — Senti que ele se levantava e vi o borrão se ajoelhar à minha frente. Senti o calor de suas mãos em meus joelhos. — Tudo bem, Andromeda? Eu ter te desenhado?

— Magnus — respondi, engolindo o nó que tinha na garganta e secando as lágrimas, para conseguir vê-lo com mais clareza —, você só desenha as coisas de que gosta.

Ele abriu um sorriso e ficou corado de um jeito afetuoso e doce.

— E amo, no seu caso.

Por bastante tempo, não consegui falar. Meu coração batia na garganta, como um beija-flor. Escapei da poltrona passando por cima do braço, mas ele veio atrás de mim e me pegou pela cintura, me puxando para perto.

— Os gregos antigos acreditavam — falou — que as pessoas nasciam com quatro braços, quatro pernas e dois rostos. Então algum deus invejoso foi lá e separou-os, e assim ficaram vagando na terra procurando a metade perdida da alma.

— Isso é algo apavorante de se imaginar — respondi, tentando não entrar em pânico. — E é um conceito falho. Acho que, quando passamos de uma certa idade, não tem essa de ter uma pessoa no mundo de quem precisamos *pra* sobreviver. Quer dizer, eu sobrevivi sozinha por semanas.

— A questão não é sobreviver. É *viver*. Não estou convencido de que estava vivendo de verdade antes de você. — Ele chegou mais perto, e meu coração deu um tranco. — E agora sei que não tenho chance sem você. Você é a minha alma gêmea, a minha razão, o único propósito da minha vida.

Eu mal conseguia encará-lo, então fixei o olhar no ombro dele, me abraçando para parar de tremer.

— Você está me assustando, Magnus.

— *Eu* estou assustando *você*?

Captei o tom de provocação na voz dele, mas não consegui rir, não sem cair em lágrimas.

— Isso de você achar que não consegue viver sem mim. Seu coração já estava batendo muito antes de nos conhecermos.

— Estava?

Seu tom era tão gentil, tão sincero, que quase rasgou meu coração em pedacinhos por sentir demais. E foi isso. As lágrimas começaram a escorrer sem minha permissão.

— Meu amor pode ser louco e imprudente — continuou ele rapidamente —, mas é real e sincero. Por favor, acredite em mim, não é um truque...

— Preciso de um minuto — disse, engasgando. — Por favor.

E corri para me recompor entre duas estantes altas.

Eu me apoiei nos livros, descansando na sombra, tentando acalmar a respiração. Então, depois de alguns minutos, o som dos sininhos se aproximou. Magnus deu a volta na estante, com movimentos vacilantes.

— Andromeda? — O rosto dele estava quase todo encoberto pelas sombras, mas dava para ter um vislumbre bonito de alguns contornos onde a luz das velas se infiltrava entre as frestas. — Cometi um erro ao me confessar?

— Você me ama? — sussurrei.

Ele deu alguns passos e me tomou em seus braços, e não me importei que quase nem dava para vê-lo, com suas mãos como âncoras me fixando a esta terra.

— Você sabe que sim.

— Só eu?

— Minha querida — cantarolou, passando os dedos por meus lábios —, sempre foi só você.

E pressionou os lábios onde seus dedos tinham aquecido.

CAPÍTULO
25

O plano era quase simples demais. Kelela ficaria na frente da porta, como uma isca. Saba ia garantir que a hiena não conseguisse sair. Eu ia purificá-la. Cinco minutos antes do Despertar, ficamos em posição.

Saba e eu paramos em frente à porta do quarto de Magnus, e Kelela ficou um pouco atrás de nós. Quando dei uma olhada para trás, seu rosto estava cinza. Tremia. Mas tinha uma centelha de algo — de vontade, de vida, de determinação. Ela planejava levar isso até o fim.

E o fim seria logo. Em uma hora. Era todo o tempo necessário para eu selar a hiena.

Ouvi um trinco girar repentinamente e peguei a minha faca. Mas não vinha da porta de Magnus — pensando bem, uma hiena não seria muito boa com fechaduras.

— Fiquem aqui — falei, correndo e derrapando até parar no topo das escadas, bem quando Peggy abria uma porta.

— Peggy — gritei —, o Despertar é daqui a 3 minutos. Você precisa ficar trancada num quarto.

Ela me olhou como se eu fosse um estorvo e continuou a subir as escadas devagar. O quarto dela ficava no térreo. Por que é que estava subindo?

— Preciso dar uma olhada em Magnus.

Desci correndo até encontrá-la na metade do caminho, ficando atrás dela para contê-la.

Ela hesitou, o oposto do que eu precisava que fizesse.

— Q-quê?

— Saba, me ajuda!

Saba correu até mim, jogando Peggy por cima do ombro sem eu ter que pedir.

Não sei se Saba decidiu se revelar ou se Peggy pensou que estava sendo levada por uma entidade invisível, mas ela não parava de gritar, e o momento era crítico demais para eu fazer alguma coisa além de revirar os olhos.

— Leva ela *pro* meu quarto. Não, *pro* armário. No fim do corredor. Corre.

— Kelela? — Peggy arfou enquanto Saba passava e soltou um gemido desesperado, como o de uma criatura maligna. — Por Deus, o que você está fazendo aqui? Saia do corredor!

Saba correu para o extremo oposto do longo corredor, carregando a mulher aos berros como se ela não pesasse nada. O armário foi uma escolha mesquinha tendo meu quarto disponível, mas eu não queria que ela ficasse vasculhando as minhas coisas.

— Acho que essa é a coisa mais bizarra que já vi nessa casa. — Kelela arquejou. Julgando pelo ar de choque e pavor, eu sabia que ela não estava falando de Peggy.

Voltei ao meu posto, em frente a uma Kelela ainda mais abalada, bem a tempo de Saba fechar a porta e voltar correndo. Ainda dava para ouvir Peggy me praguejando aos gritos. Ela teve o bom senso de fazer isso por trás da porta.

Porque agora o relógio grande do térreo anunciava que eram 22 horas.

Blem!

Respirei bem fundo.

Blem!

Inspirei de novo.

Foram mais oito dessas, e cada vez fui inspirando mais coragem até não sobrar um pingo de medo em mim.

Depois que a última badalada ressoou, o rumor do vento em redemoinhos tomou conta dos meus ouvidos, e, com ele, o som dos lençóis se revirando, farfalhando. Depois, os estalos e arranhões de garras no piso de madeira, o tilintar conhecido dos sininhos a cada passo.

As marcas de giz surgiram na minha mente assim que as patas da hiena tocaram o chão.

Acendi a caneta de solda e pus a mão na massa.

Nem um minuto havia passado quando a porta do quarto fez barulho. Kelela gritou com o baque violento e agarrou meu ombro, mas eu a afastei depressa.

— Não me toque, não posso fazer besteira aqui.

Outro minuto passou. Outro baque.

— Ele não vai quebrar a porta? — perguntou Kelela, um pouco agitada.

— Não — respondi, sem errar nenhum movimento com a caneta.

Mais um baque. Kelela recuou e se apoiou na parede atrás de nós.

— Tem certeza?

— Ele tem a força de uma hiena qualquer, e essas portas são de madeira maciça.

Falei aquilo para calar a sua boca e conseguir me concentrar, mas com sorte seria o suficiente para acalmá-la também. Porque eu não sabia. Talvez as hienas demoníacas fossem mais fortes do que as normais. Afinal, Saba era mais forte do que qualquer pessoa, mas não. Não. Eu não podia começar a me encher de dúvidas depois de tomar a coragem que tinha tomado.

Pelo canto do olho, vi Saba ir em direção à porta e levantei a cabeça. Ela parecia estar sofrendo. O nariz e as sobrancelhas estavam levemente franzidos em uma careta, como se ela tivesse provado sangue. Pressionei as costas na porta conforme ela esticava a mão para a maçaneta.

— Eu sei que ele está te comandando, Saba — falei. — Mas você tem que lutar contra o desejo de obedecer.

Ela assentiu com a cabeça, e seus olhos se encheram de lágrimas, que rolaram pelo rosto quando a hiena bateu novamente na porta.

— Corra para o fim do corredor e sente em cima das suas mãos. Sai daqui.

Era uma solução precária, mas foi no que consegui pensar tendo a cabeça quase toda ocupada pelo amuleto. Por que permiti que ela ficasse? Porque tinha o mesmo medo de Kelela — de que a hiena derrubasse a porta. Mas agora meu maior medo era de que Saba a soltasse antes da hora. Magnus disse que ela não tinha outra escolha além de obedecer ao Mau-Olhado. Não era uma coisa à qual ela conseguiria resistir por muito mais tempo. E eu ainda precisava de pelo menos 50 minutos para finalizar o amuleto que aprisionaria o monstro.

Saba se abraçou com força e se virou, caminhando para o fim do corredor até congelar. Vi, de rabo de olho, ela parada, ali, dobrada ao meio, sem conseguir seguir em frente.

Outro minuto de trabalho se passou. Acertei tudo, mas quem me dera ser rápida como Jember. Pois agora eu precisava desse amuleto pronto mais cedo. Não tinha uma hora. Saba não tinha uma hora. A porta com certeza não tinha, se continuasse...

Outra batida, dessa vez com um som seco de madeira rachando, e Saba veio em minha direção.

— Já, já acaba. — Eu quis acalmá-la. — Você nunca mais vai ter que obedecer ao Mau-Olhado depois de hoje...

Mas a mão dela já estava girando a maçaneta, e eu só tive tempo de me jogar em frente à Kelela antes de uma massa de sombra negra avançar sobre mim. Ela bateu em meu escudo e saiu em disparada para contorná-lo. Recuei, conduzindo Kelela comigo, apesar de seus gritos em meus ouvidos.

Saba agarrou a hiena pelas ancas e a arrastou para trás.

— Meu quarto — falei, empurrando Kelela na direção certa, bem a tempo de a hiena tentar abocanhar Saba e se soltar. Meu amuleto foi atingido com força total quando ela se lançou sobre nós, sua cabeça ultrapassando 30 centímetros.

Meu sangue gelou, mas só por um segundo. Aquele tanto do meu escudo cedendo de uma vez?

Saba pegou a hiena pelo pescoço, travando uma luta com ela no chão, e eu voltei ao trabalho imediatamente. Mas só tinha feito três movimentos quando a pata gigante arranhou o braço de Saba, descolando-o do ombro. Ela afastou a fera com o outro braço enquanto fiz mais dois movimentos. Então, a hiena a mordeu no queixo, quebrando boa parte de seu rosto e espalhando-o pelo corredor.

Kelela e eu corremos em direções opostas ao mesmo tempo. Ela havia se trancado no meu quarto no momento em que alcancei o rosto de Saba — graças a Deus ela quebrava em pedaços grandes, e não em caquinhos. A hiena desembestou até a porta do quarto, fazendo cortes fundos com as garras na madeira do chão, como se tentasse cavar um buraco embaixo da porta. Em vez de devolver o rosto à Saba, voltei a fazer o amuleto. Dois traços. Saba encaixou o braço e o rosto de volta e deu alguns passos em direção ao quarto. Corri para barrá-la.

— Não faça isso, Saba. — Abri os braços para impedir que ela me contornasse. — Ela não consegue entrar sem a sua ajuda. Deixa ela tentar sozinha, assim eu ganho tempo *pra* terminar de selar a hiena.

Saba segurou a barriga como se tivesse levado uma facada. Seu rosto se contorcia, os olhos se enchiam de lágrimas.

— Não dê ouvidos a ela, Saba! — gritei, pegando em seus braços e sacudindo-a. — Por favor, você tem que resistir.

Ela caiu no choro, me empurrando para o lado, para alcançar a porta.

O plano deveria ser simples. Por que tudo estava dando errado?

Corri e golpeei o flanco da hiena, jogando-a para longe com o escudo, assim que Saba abriu a porta.

Mas o animal ficou em pé em segundos, me ignorando, para ir atrás de Kelela. Ela entrou no quarto correndo, e eu me encolhi com os gritos.

— Socorro, socorro! — repetia ela, cada vez mais em pânico. Peguei a faca, me esquivando quando a hiena recuou da porta do meu quarto, mostrando os dentes e as garras para o atiçador de lareira que Kelela sacudia no ar. — Andromeda!

Esfaqueei a hiena nas costas, para que ela me atacasse, mas — ah, Deus — Kelela fugiu do quarto em vez de se esconder no canto, e não tive tempo de dizer mais nada além de:

— Para!

A hiena deu uma investida, colidindo com o escudo dela, mas o medo fez Kelela gritar e tropeçar para trás. Ela caiu com tudo nas escadas e saiu rolando, e eu deslizei na frente a tempo de deter a perseguição da hiena. Ela se chocou contra o meu escudo, quebrando mais alguns centímetros dele. Não dava mais para continuar chegando tão perto — meu escudo já tinha diminuído para pouco menos de 50 centímetros, e, se eu tivesse que lutar e correr a noite toda, jamais terminaria esse amuleto antes de o Mau-Olhado ficar inativo de novo.

Um estrondo alto cortou o ar, tão característico que parei meu trabalho para olhar. Peggy estava parada na entrada do armário, segurando uma arma nas mãos com firmeza.

A hiena inclinou a cabeça, movendo os olhos quase como se os revirasse. Ela deu a volta, se afastando de mim, e investiu contra Peggy, ignorando os tiros. As balas não a detinham nem a feriam. Saba correu atrás do monstro, no seu encalço. Eu corri atrás de Saba, muito longe de alcançá-la, mas muito mais desesperada.

— Peggy! — gritei, minha voz falhando. Quando engoli em seco e terminei: — Entre agora! — Seu berro de pavor abafou de novo minha voz.

A hiena saltou em Peggy com tamanha força que as duas foram arremessadas no fundo do armário. Saba não entrou com elas, derrapando até parar, quase trombando na parede quando bateu a porta e a manteve fechada. Depois, não se ouvia nada além de gritos estridentes rasgando o ar.

Caí de joelhos, boquiaberta. Arfando. Meu estoque de adrenalina, tão bem desenvolvido, se esvaiu de mim. Meu Deus. Não era para isso acontecer. O quê...?

Meu coração batendo no ouvido bloqueava os gritos horrendos de Peggy, permitindo que eu conseguisse acionar novamente meus instintos de sobrevivência.

Não tem nada que você possa fazer, Andi. Termine esse amuleto enquanto pode. Não há mais nada que possa fazer.

Respirei fundo e corri até a porta, pegando o braço de Saba.

— Saia daqui. Vai lá *pra* baixo ou *pra* fora. Corre, antes que ela acabe com Peggy.

Antes que ela acabe com Peggy.

Não tive tempo de me odiar por dizer aquilo.

Saba se afastou de mim, mas muito devagar. Empurrei-a, para ela se mexer, e finalmente ela correu.

Respirei mais algumas vezes e acendi a caneta. Os gritos tinham cessado. Só sobraram o rumor do vento, o murmúrio da minha chama e o golpe ocasional da hiena na porta, tentando sair para me pegar também.

CAPÍTULO 26

De repente, as batidas e arranhões pararam. Congelei, com os ouvidos zumbindo pela ausência de barulho, minha caneta equilibrada na prata. Era impossível a hiena já ter ficado inativa.

Mas é claro que tinha... Ela tinha feito uma vítima, mesmo que Peggy não fosse o alvo original.

Olhei de esguelha para o amuleto, mas nem tinha por quê. Se ele estivesse pronto e cumprido seu papel, eu teria sentido a presença do Mau-Olhado contida nele... mas eu não estava sentindo nada. E o amuleto estava longe de ficar pronto.

Soltei um grito de frustração, mas me segurei antes de jogar meu trabalho pela metade no chão, preferindo guardá-lo na bolsa. Então, corri para o quarto, para pegar uma lamparina a óleo, acendendo-a com a minha caneta e voltando às pressas.

Hesitei ao me aproximar do armário, pois, por baixo da porta, escorria sangue.

Abri a porta devagar, segurando meu amuleto diante de mim... E contive um soluço. O corpo destroçado de Peggy estava quase irreconhecível, frio e branco e coberto de lã esfarrapada, caído no canto. O chão e tudo nele estavam cobertos de sangue grudento e molhado. E no meio estava Magnus, com o rosto enterrado nos joelhos, os braços trêmulos em volta das pernas. Ele estava... completamente nu. Seu corpo estava manchado de sangue que não era dele, seu cabelo e suas unhas, grudentos com o líquido.

— Matei Peggy, não foi? — disse, com a voz embargada.

Meu estômago revirou com as palavras.

— Está tudo bem. Só não olha pra trás.

As palavras se desfizeram em minha boca quando tentei pronunciá-las. Eu me senti fria, congelada até o âmago. Não era para nada disso ter acontecido. O plano deveria ter dado certo.

— Magnus — falei num sussurro, e ele olhou para mim. Meu Deus. Seria melhor se não tivesse olhado.

— Me mate — sussurrou de volta.

Dei um passo para trás, balançando a cabeça em negativa.

— Por favor, Andi.

— Não posso.

Ou pelo menos acho que falei isso. Soou mais como um soluço.

— Você tem que me matar — disse ele, ficando de joelhos, com as mãos escorregando no sangue espesso do chão. — É o único jeito.

Não consegui responder. Só consegui sair correndo.

Desci as escadas aos saltos, dois degraus por vez. Saba surgiu ao pé da escada, atormentada.

— Tenho que ir — disse a ela, mesmo que ela estivesse vendo exatamente o que eu faria.

Ela agarrou meus braços, inclinando-se até ficar na minha altura, como que para pôr minha cabeça no lugar. Não sei porque um gesto tão racional quanto esse me fragilizou, mas, Deus, como fragilizou.

— Não vou voltar lá! — gritei, com o corpo inteiro projetado para frente, cada músculo enrijecido pelo esforço, como se nunca tivesse liberado tanta dor e medo de uma vez.

Talvez nunca tivesse.

E fiquei tão perturbada com aquilo que deixei tudo para trás.

Corri rumo ao deserto, mas ouvi passos suaves na areia atrás de mim, e Saba se colocou na minha frente, com um olhar suplicante no rosto manchado de lágrimas.

— Por favor, não tente me impedir, Saba. Não posso ficar aqui.

Tentei me desviar, mas ela me deteve de novo. Ela gesticulava, mas estava muito escuro para entender. Mesmo se a lua estivesse brilhando mais, minha mente estava tão caótica que não conseguiria processar nada. Eu só sabia que estava em pânico, um pânico equilibrado, cheio de adrenalina, familiar como as vielas de onde eu vinha. Aprendi a aperfeiçoar aquele pânico, porque minha sobrevivência dependia dele. Ele transformava amigos em inimigos, e minha empatia acabava mais rápido do que um daqueles chocolates de Magnus derretendo na boca.

Lutar ou fugir, Andi?

Saba estava me empurrando para a luta.

— Se você tentar me manter aqui à força — alertei, recuando alguns passos enquanto tocava na faca em meu bolso —, seus membros vão ter que se arrastar pelo deserto até te achar.

Saba gesticulou de novo, dessa vez apontando para o castelo. Esse sinal bastou.

Lutar.

Porém, antes que eu conseguisse agir, Saba me pegou e me jogou por cima do ombro.

— Não! — berrei, começando a chutar na hora.

Jember sempre dizia: *"Grite a plenos pulmões. Não facilite pra eles. Se eles conseguirem te levar aonde quiserem, você já era."*

Então eu gritei, sem palavras, tentando direcionar o som para o ouvido dela, e comecei a chutar. Ela não tinha cabelo para puxar, não tinha carne para arranhar, mas consegui tirar a faca do bolso e enfiá-la nas costas de Saba. Senti a cerâmica rachando, a faca perfurando com facilidade. Puxei a faca para enfiá-la de novo, mas meu corpo foi arremessado para trás quando Saba me jogou de costas na areia. Acho que ela tinha aprendido com nossa última briga, pois rapidamente me colocou de barriga no chão e imobilizou meus braços ao lado do corpo. Desta vez, quando me pegou, me segurou a uma boa distância, virada para o outro lado.

E seguiu andando. Meus chutes não a atingiam, mas continuei mesmo assim. Também continuei gritando. Continuei jogando o peso em direções diferentes, forçando-a a me segurar com mais força. Meu berro foi interrompido por um soluço. Deus me ajude. Mais um pouco de força e ela quebraria meus ossos.

Quando cruzou a porta, Saba passou a me apertar contra seu corpo com um braço, e eu aproveitei a deixa para dar uma cabeçada em seu rosto. Fez-se um som assustador, mas, no momento, satisfatório, de algo que se partia. Alguma coisa escorregou pelo meu ombro e quebrou no chão, mas isso não interrompeu a tarefa de Saba de me obrigar a sentar nas escadas.

— Você não vai me deixar ir embora mesmo? — perguntei, estupidamente.

Saba tinha acabado de levantar depois de recolher o pedaço de rosto que eu tinha quebrado quando olhei para ela. Havia cacos espalhados pelo pescoço e pelos ombros, de quando eu tinha dado chutes. Tinha um buraco escancarado em seu rosto, mas ainda dava para identificar a expressão de frustração enquanto ela tentava encaixar a peça quebrada de volta no lugar.

Meu coração ainda batia depressa, mas boa parte do pânico tinha sumido, abrindo espaço para o constrangimento.

— Desculpa por ter quebrado o seu rosto — murmurei. — E pela facada nas costas.

Como resposta, ela espanou a areia do meu cabelo, com cuidado e atenção, antes de me erguer sem esforço e me carregar escada acima.

Lutei contra a vontade de respirar fundo, de desacelerar a pulsação. Talvez não tivesse mais pânico, mas eu precisava da adrenalina. Precisava da força. Porque assim que Saba me trancou no quarto, abri a janela. Não era possível ver o chão, como se o vazio engolisse todo o castelo, mas não tinha como ali ser mais alto do que a muralha da cidade. Tirei os sapatos, para conseguir andar melhor pela pedra, e fui descendo, à procura de trincos pequenos onde pudesse me segurar.

Foi tão fácil quanto imaginava. Atravessar o deserto não seria, mas que escolha eu tinha? Tentar pegar um daqueles cavalos só ia servir para me descobrirem.

Eu não demorei, a adrenalina dominando todo o meu corpo enquanto eu corria em direção à cidade.

Os becos estavam sinistramente vazios, o que era bom, pois eu me sentia pesada e ouvia a respiração soando alta nos ouvidos. Eu me espremi pelas grades do fundo da igreja e cruzei correndo a ainda bagunçada área de entrada, indo direto para a cama. Desabei nela, soluçando. Jember não estava em casa. Era normal, se ele estivesse trabalhando, mas ainda assim fiquei arrasada. Não esperava que ele me desse nenhum conforto, de qualquer modo, mas também não tinha voltado para ficar sozinha.

Não, Andi. Você voltou para se esconder.

Eu tinha abandonado Magnus.

Não me despedi de Saba.

Você é uma covarde.

Afundei o rosto no travesseiro e chorei até dormir.

CAPÍTULO
27

Magnus estava sentado numa poça de sangue. Nu, tremendo. Coberto de sangue. Quando me aproximei, ele olhou para mim com o rosto manchado de lágrimas.

— Andromeda...

Sua voz me acalmou e me assustou, me deu forças e me matou, de uma só vez.

— Estou aqui, Magnus.

— Você me abandonou...

— D-desculpe. Eu estava com medo.

Pisquei com a chegada das lágrimas e sequei os olhos com as costas da mão.

Mas, quando olhei de novo para ele, seus olhos emanavam um verde brilhante, anormal. Suas unhas começaram a crescer e virar garras, cujo som me fez tremer.

— Vou te dar motivo para temer...

Conforme ele falava, seus dentes foram virando presas afiadas, rasgando seus lábios e espalhando mais sangue no chão. Tropecei para trás enquanto ele avançava e lançava-se...

Meus olhos se escancararam, minhas mãos doíam por agarrar a beira de minha cama da infância.

— Magnus!

Em vez de uma resposta, ouvi a porta do porão ranger. O som de sandálias, de uma bota, e algo mais metálico, mais pesado nas escadas. Jember não estava sozinho.

Eu não sabia como estaria o seu humor — dependia se havia passado a noite bebendo ou trabalhando. E eu provavelmente não deveria deixar a outra pessoa me flagrar aqui. Mas eu não tinha nenhuma gota de força para me mexer. Ainda mais para me importar.

— Andromeda...

Magnus.

Sua voz doce ecoava em meu coração vazio e cavernoso. Apertei os olhos para expulsá-la.

Os passos pararam antes de entrar no quarto.

— Me dá uma pedra de sal. — Ouvi Jember dizer.

— Você quer que eu vá extrair uma do deserto? — perguntou uma voz de menino. Ele parecia cansado, e eu senti uma pequena pontada de ciúme irracional misturado com alívio. Um novo aprendiz queria dizer que Jember estava se sustentando, pelo menos, mas também queria dizer que eu teria que dividir o quarto com mais alguém. — Mas já ficamos a noite inteira fora. E não sei como...

— *Tá* reclamando, garoto?

— N-não, senhor...

— Decidi que agora preciso de cinco pedras.

— M-mas...

— Dez. Mais uma palavra e abro sua cabeça.

A única resposta foi o som de passos rápidos subindo a escada.

O pobre menino não fazia ideia de onde tinha se metido. Soltei uma risada abafada antes de voltar a mergulhar na tristeza.

Ouvi a porta do porão fechar, a corrente tilintando conforme ele virava a chave na fechadura. Depois de um minuto, um peso afundou o colchão fino em minhas costas. Era Jember que sentava na lateral da cama.

— Andi.

A voz de Jember era rouca e confortável, pois significava que eu estava em casa, mas não foi nada alentadora. Não para meu Magnus, não para minha imaginação. Mas ainda parecia um sonho. Ele não estava com voz de bêbado. Nem com cheiro. Seu cheiro era de incenso, intenso e herbal, e de um toque sutil de suor. Era estranho sentir tanta falta desse cheiro.

— Olhe *pra* mim.

Não me mexi. Não conseguia.

Ele pegou meu ombro, me virando de costas e me apoiando nas dele. Não me opus ao movimento. Ele estava com aquela camiseta branca de mangas compridas, com calças brancas e, é claro, as luvas vermelhas de sempre.

— Alguém machucou você?

Sequei meus olhos embaçados com o dorso da mão.

— Não.

— Então está chorando por quê?

Respirei, tremendo.

— Eu fracassei.

Jember zombou e se virou para desamarrar a bota.

— Você mora na casa de um rico por algumas semanas e de repente vira uma molenga.

— Não sou molenga — rebati.

— Se todo mundo chorasse a cada fracasso, o planeta inteiro viveria em um estado constante de luto. — Ele puxou a bota, desistindo com um grunhido frustrado. — Tira isso de mim, menina.

Suspirei, mas de algum modo não foi de aborrecimento. Desci da cama, para me ajoelhar em frente a ele.

— Então quer dizer que você encontrou um novo aprendiz — falei, arrancando a bota com facilidade.

— Me *designaram* um novo aprendiz.

— Como está indo?

Ele deu de ombros, empurrando os *dreads* para trás dos ombros.

— Louco pra aprender. Mas parece que ele não consegue entender como sentir os movimentos da Manifestação, o que é literalmente a parte mais fácil do serviço.

— Ele só precisa de tempo. Não é tão fácil *pra* todo mundo.

— Vou achar alguém melhor para pôr no lugar dele.

— *Pra* você, ninguém nunca é bom o bastante — resmunguei.

— Você era. Mas olha como está agora. Uma chorona desistente.

Joguei a bota dele para o canto, com os punhos cerrados.

— *Pra* começar, foi você quem me falou *pra* desistir.

— Não falei *pra* chorar.

Ergui-me de supetão para ficar em frente a ele, os olhos queimando com a ameaça de lágrimas.

— Me ajuda a achar um emprego? E eu saio do seu pé *pra* sempre.

Jember percorreu meu rosto com o olhar.

— O que houve?

— Fracassei. — Saiu mais como um soluço do que como uma palavra. Apertei o amuleto ao peito, enquanto olhava para o chão com a visão borrada. — Ele estava contando comigo, mas não consegui salvá-lo. E agora ele está sozinho e assustado... E... E... — Engoli outro soluço. — Sou covarde, não posso voltar. Como vou olhar *pra* ele depois de tamanha decepção?

— O que você aprontou, garota? Se apaixonou por ele?

E era isso. Meu corpo se sacudiu, minhas mãos apertaram o rosto. Respirar doía. Desatei a soluçar descontroladamente, com uma violência que jamais tinha sentido antes. Talvez meu corpo só estivesse pondo em dia todo o choro que não tinha sido permitido ao longo da minha vida.

— Vou contar até cinco. — Ouvi Jember falar por cima de meus soluços. — E aí vou parar esse choro por você. Um.

Tentei respirar fundo, mas os pulmões não estavam ajudando.

— Dois.

Seja como for, a ameaça habitual dele quando eu estava à beira das lágrimas era a asfixia...

Ele se levantou da cama com um impulso e pegou o travesseiro.

— Três.

Por outro lado, ele nunca tinha chegado até o cinco.

— *Tá* bom, *tá* bom. — Engasguei, forçando a respiração e secando o rosto.

— Quatro.

Ajeitei a postura e passei a manga pelos olhos cheios de lágrimas, me revezando entre inspirações profundas e engasgos.

— Cinco. — Ele ficou em pé diante de mim, segurando o travesseiro com as duas mãos, preparado para usá-lo. Eu solucei. Ele jogou o travesseiro no meu rosto, e eu o peguei do chão e o segurei no peito. — Nunca mais chore por um menino. A não ser que ele se transforme numa hiena e arranque a sua perna. Até isso acontecer, não quero saber de choro.

Dei algumas fungadas e sequei o nariz no travesseiro.

— Eu amo ele, Jember — sussurrei. Foi bom dizer em voz alta.

Eu estava encarando o travesseiro, então não vi a cara de Jember. Mas, por um momento, ele ficou mudo.

— Não chore — ordenou, por fim. — Nenhum garotinho é tão importante assim.

Ele tomou o travesseiro de mim e o jogou de volta na cama. Do canto do olho, vi que sua mão vinha mais uma vez em minha direção, mas quando olhei para cima, ele já tinha soltado o braço.

— Por que você nunca encosta em mim? — Consegui dizer por cima do nó na garganta... Embora, por Deus, esse nó agora estivesse apertado por algo mais cruel do que antes. — Quer dizer, eu sei, sua pele não aguenta. Mas você está o tempo todo de luva, e estamos de mangas compridas. Se você quisesse, poderia me abraçar. Ou dar um tapinha nas minhas costas, que seja. Céus, eu até aceitaria um soco a essa altura.

Jember espremeu os lábios, que viraram uma linha fina, bufando devagar pelo nariz.

— Por que, de repente, você começou a ligar *pra* isso? Umas semaninhas fora da rua e suas estratégias de sobrevivência já afrouxaram.

— Você me criou. Não sente nenhum carinho por mim?

— Sim, eu te criei. — Ele voltou a sentar na cama. — Isso é carinho suficiente.

— Mas você ama Saba.

— Nunca falei isso, você só supõe...

— Ou amou, em algum momento. Você não se esqueceu desse sentimento, mesmo sem ter visto ela desde que te conheço. Então como pode ter me criado por tanto tempo e não sentir absolutamente nada por mim?

— Você guardou o amuleto que estava construindo para o Mau-Olhado?

Ele... me ignorou completamente. Funguei, com a garganta em chamas de raiva.

— Está na bolsa.

— Você acha que vou levantar de novo? Me dá aqui.

Tirei o amuleto da bolsa, inacabado e sujo de sangue. Patético.

Jember o arrancou da minha mão. Virou-o. Depois, começou a imitar os movimentos no ar.

— Ordem errada — murmurou, antes de continuar. Depois, ficou olhando fixamente para o amuleto, pensativo. — Nada mal, menina — disse, devolvendo-o para mim. — Você estava no caminho certo.

— Você mudou de assunto.

— Não, não mudei. Aquela conversa acabou.

— Eu só tinha esperança de que... — Cutuquei as unhas. Por que estava tão nervosa? Tão perdida? — Sei lá. Que talvez você me amasse.

Ficamos em silêncio por um instante.

Jember pressionou a perna acima do joelho, soltando um gemido ao massagear a região com os dedos.

— A maioria das pessoas começa o treinamento com amuletos aos 16 anos. Você já se perguntou por que veio parar comigo tão nova?

— Você me comprou dos meus pais biológicos.

— *Comprei* você? E quando foi que paguei por alguma coisa? Não, eu te roubei dos que te compraram.

— Por quê?

— Porque seus pais te venderam para um bordel. E você tinha 5 anos.
— Ele encolheu os ombros, como se quisesse parar de pensar naquilo.
— Sua afinidade com a construção de amuletos foi só um bônus.

Ele gemeu de novo, e vi que se contraiu quando jogou o peso para trás na cama. Eu ajoelhei para tirar sua perna sem ele ter que pedir.

— Pensei que empatia fosse uma péssima estratégia de sobrevivência — falei.

— E é. Você me causou muitos problemas durante os anos. — Havia um quê de humor nos olhos de Jember antes de ele arrancar a perna da minha mão e me dar um cascudo com a ponta de madeira da prótese. Tive sorte que era sua perna, e não algo que ele podia se dar ao luxo de quebrar, mas, mesmo assim, não contive um sorriso. — Quer uma cama *pra* dormir, garota? Então boca calada e cuida da sua vida.

Esse sempre havia sido meu lado da cama, principalmente porque era mais fácil para Jember entrar pelo lado mais próximo à porta sem ter que me pular ou dar a volta. Mas essa noite eu não conseguia dormir.

Essa noite? Não. Era de dia, embora a porta fechada barrasse qualquer sinal de luz. Magnus já devia estar acordado, sem saber o que tinha feito na véspera, imaginando onde eu estava. Enquanto isso, eu estava de volta à minha casa de infância. Escondida.

Virei de lado. Jember dormia de costas, com a respiração levemente entrecortada e um gemido involuntário a cada uma ou duas expirações. Acho que nunca percebi quanta dor ele sentia. Ele sempre voltava para casa depois que eu já estava dormindo e acordava antes de mim. Ou ficava tão bêbado que simplesmente desmaiava. Eu me senti ignorante por achar todo esse tempo que ele só dormia pesado, que aqueles remédios eram mais por necessidade do que por vício.

Suspirei, me virando de costas novamente. Não conseguia acreditar que estava deitada aqui, perdendo tempo com autopiedade, quando as pessoas que mais precisavam de mim estavam me esperando.

Se eu purificasse o castelo, Magnus nunca mais teria que evitar as pessoas. Ele ia poder vir comigo para a cidade. Ficar entre pessoas. Ou ir para qualquer lugar que quisesse, mesmo.

A alma de Saba ficaria livre. Eu sentiria saudade, mas era egoísmo mantê-la aqui só para ser torturada pelas ordens do Mau-Olhado.

E — algo que só havia pensado agora — eu poderia pagar os melhores médicos para Jember. Alguém que pudesse ajudá-lo com a dor, talvez fazendo uma perna melhor. Quem sabe assim ele não seria mais tão mal-humorado.

Não havia dúvidas de que eu tinha que voltar. Mas, dessa vez, precisava de um plano melhor. Um que não machucasse ou matasse ninguém. Kelela havia se oferecido como voluntária por bem, mas na hora da verdade tinha entrado em pânico. O alvo precisava ser alguém que conseguisse manter a calma, de preferência alguém que tivesse experiência com hienas e soubesse o que esperar...

Olhei para Jember, mas logo tratei de descartar a ideia. Ele jamais concordaria. E, com essa lesão, nem seria rápido o bastante para evitar o próprio assassinato antes que eu terminasse o amuleto.

Mas... eu era.

Sentei depressa, com a mente subitamente clara.

Eu era rápida. Eu conseguia manter o controle no meio do estresse. Depois de ver a hiena várias vezes, sabia o que esperar. E Jember era mais rápido do que eu com o amuleto, então não teria que manter a hiena ocupada por muito tempo.

Respirei fundo, abraçando os joelhos e fechando os olhos.

— Deus — sussurrei —, por favor, permita que essa seja a escolha certa.

Agora eu só precisava convencer Jember a voltar comigo, que era a parte mais cansativa do plano, para ser sincera.

— Jember — sussurrei. Não sei por que não gritei. Precisava acordá-lo.

Balancei seu ombro, e ele deu um tapa preguiçoso na minha mão.

— Por que você está me enchendo antes do meio-dia?

— Vou voltar *pro* castelo. — Chutei o cobertor e pulei da cama. — Me leva?

— Enlouqueceu?

— Provavelmente.

Jember se apoiou nos cotovelos com um longo resmungo.

— Não vale a pena se matar por nenhum menino.

— Foi você quem disse que eu estava no caminho certo. — Joguei a bolsa por cima do ombro e coloquei o amuleto. — Uma parte do amuleto já está pronta, só preciso acabar. Mesmo que leve alguns dias...

— O Mau-Olhado não é uma Manifestação imbecil que segue um padrão. É uma criatura que pensa e vai fazer o possível *pra* não ser expulsa.

Tirei a prótese de Jember, que estava sob a cama.

— Um motivo a mais *pra* você ir comigo. Dois *debteras* podem mais que um.

— Deus... — Jember soltou o corpo na cama, afundando a testa no travesseiro. — Seu otimismo cansa.

— Você vai me ajudar? Temos que ir antes do calorão do meio-dia. — Abri a gaveta para pegar roupas para ele. — Além disso, você foi o único *debtera* em 20 anos que...

— Não vou chegar perto daquela coisa.

— Mas juntos...

— Você ainda não entendeu? — Ele se sentou, afastando a mão que ofereci com um tapa. — Fui o *único* a purificar uma casa porque fui o único a sobreviver o suficiente *pra* isso. E quase não escapei vivo. Essa não é uma batalha que você pode vencer, Andromeda.

— Eu tenho que vencer. — Minhas palavras tinham desespero. Ajoelhei para colocar a perna dele e para evitar que ele visse meus olhos se encherem de lágrimas. — Não posso abandonar as pessoas de que gosto.

Ele me empurrou com a perna assim que eu a encaixei.

— Vá em frente, então. Se mate.

Apertei os lábios, contendo o tremor.

— Isso te inclui, você sabe. Imagine o tratamento médico que podemos conseguir...

— Chega — disse ele com rispidez, erguendo a mão. — Já chega...

A raiva de sua voz virou algo mais melancólico e me deu um nó na garganta.

Ficamos em silêncio por um minuto.

— Você vai independentemente do que eu diga.

Confirmei com a cabeça.

— Tenho que ir.

— Não tem nada. — Ele se inclinou para frente e abriu a gaveta ao seu lado. — Você precisa de dinheiro?

Fiz que não, com um pouco de dor no coração. De repente me ocorreu que... ele não viria comigo. Todo meu plano dependia da colaboração dele.

Ele abriu a gaveta ao lado da cama e pegou um amuleto. A prata era um pouco mais grossa do que o normal e era envolvida em grande parte por fios pretos e vermelhos, com apenas alguns toques de ouro. Eu nunca tinha visto aquele amuleto antes — espera. Sim, tinha visto. Era o que eu tinha feito, com alguns atributos a mais. Quase dava pra sentir o poder ecoando por ele quando se mexeu na corrente. Se aquilo não conseguisse deter o Mau-Olhado, não sei o que mais conseguiria.

Mas fiquei um pouco irritada por ele ter me obrigado a fazer um amuleto com muito custo, sendo que, de qualquer forma, ia chegar e consertá-lo para mim.

— Você guarda todas as técnicas boas *pra* você — falei, com um sorriso malicioso.

— Não seja ingrata. — Foi tudo o que disse. Peguei o amuleto e o pendurei no pescoço. — Nos despedimos aqui.

— Vem comigo.

— Não posso. — Ele balançou a cabeça, dando um sorriso triste. — E o otimismo e a esperança não me movem como movem você. Nos despedimos aqui, Andi. Não espero ver você de novo.

— Você pode me levar, pelo menos? — perguntei. — Se nos despedimos mesmo aqui.

— Levar você como? — Jember passou a mão pela barba com um suspiro pesado. — Chegar perto daquela casa é ir contra toda a razão.

Uma batida pesada na porta e o nome dele nos fizeram olhar para a entrada. O aprendiz estava de volta — tinha me esquecido dele, para falar a verdade, mas só então percebi que ele devia ter se ausentado por horas. Era bom que estivesse com as dez pedras de sal.

Praticamente deu para ouvir Jember revirar os olhos com um suspiro, e, quando olhei de novo, ele engoliu três comprimidos com água e apontou para a bota.

— Vamos antes que eu mude de ideia.

CAPÍTULO
28

Foi quase fácil demais pegar emprestado o cavalo do arcebispo, que ficava num estábulo particular à beira da parte boa da cidade. Como Jember já tinha ido lá antes, o tratador do estábulo o deixou entrar direto. Sentei-me atrás de Jember, inclinada para frente, confiando mais do que vendo o caminho. As máscaras que havíamos improvisado com capacetes de solda barravam as partículas de sal e de areia. Mas eu deveria ter esperado até chegar para vestir meu suéter, pois o suor se acumulava em cada centímetro de mim, e o vento quente não ajudava.

Porém, pensar em ver Magnus fazia o incômodo ficar em segundo plano.

Jember parou em frente à porta com habilidade. Desci do animal gigante, segurando o amuleto pesado, para que ele não batesse no meu peito.

— Obrigada, Jember — falei, tirando a máscara e entregando a ele.

Ele pegou a minha, mas não tirou a dele, então sua voz estava meio abafada quando respondeu:

— Acho que é tarde demais para pedir que você não faça nada idiota.

O cavalo parecia nervoso, batendo o casco no chão e balançando a cabeça, como se me dissesse para não entrar. Afastei-me um pouco mais de suas patas. Como é que Jember conseguia controlá-lo sem sequer usar rédeas?

Então era isso. Eu só tinha um minuto, talvez menos, para convencê-lo a ficar e me ajudar. Acho que meu plano não funcionaria sem ele. Mordi o lábio. *Tenho certeza* de que não funcionaria.

— Por que você não entra e me ajuda? Não tem como o Mau-Olhado nos derrotar se trabalharmos juntos.

Ele hesitou. Balançou a cabeça.

— Acho que não.

— Só entra um minutinho, então. O cavalo precisa de água e descanso depois dessa longa jornada.

Ele mostrou um odre de água, e quase consegui ouvir seus olhos estreitarem quando disse:

— O que você quer, menina?

Isso jamais daria certo se ele desconfiasse de mim.

— Nada.

Ótima resposta, Andi. Nem um pouco suspeita.

Corri em frente ao cavalo e segurei seu pescoço grosso.

— Por favor, entra. Só um minuto.

Ele abaixou e empurrou minhas mãos.

— Pare de se comportar que nem uma criança antes que eu acabe com essa lamúria na base da porrada.

— É assim mesmo que vamos nos despedir? — Deixei escapar. — Depois de 14 anos só tendo um ao outro? Não é possível que você só seja capaz de fazer ameaças e dizer "adeus".

Ele suspirou fundo, dando tapinhas no pescoço do cavalo.

— O que você quer que eu diga?

— Sei lá... — Ajustei minha bolsa, tentando separar a raiva desse sentimento estranho e triste de perda. Meu plano era convencê-lo a ficar, mas isso... Era outra coisa. Algo tão inesperadamente genuíno que me assustou. — Alguma coisa que não seja baseada em estratégias de sobrevivência, pelo menos uma vez.

— *Tá* bom. Vou sentir saudade. Era isso que você queria ouvir?

Ergui as mãos, quase sem conseguir conter um grito de frustração... Uma frustração que escondia algo que machucava muito mais.

— Você não tem coração mesmo. Não dá a mínima se eu morrer? — Meu sangue ferveu, e fechei os punhos, para tentar retomar o controle. — Não sou nada *pra* você?

Ele estalou a língua e desviou o olhar. Aquele pequeno som foi o suficiente para fazer meu estômago embrulhar.

— Você se importa demais com o que as pessoas pensam de você...

— Eu me importo com o que *você* pensa de mim — interrompi bruscamente. — Você... porque você é meu... — Sufoquei com um soluço inesperado. — Você é o mais perto de um pai que eu já tive.

Ele não respondeu, mas também não se mexeu. Eu queria que ele não estivesse com aquela máscara. Queria ter visto se ele sentia algo. Qualquer coisa.

Mas me virei em direção à porta, para ele não me ver dominada pela emoção. Ele não ia dizer que se importava comigo, que... me amava. Porque talvez não amasse. Quer dizer, ele nunca tinha mandado uma resposta para Saba. Talvez não soubesse mais como sentir esse tipo de coisa.

E talvez... talvez minha nova estratégia de sobrevivência precisasse ser não me importar.

O rangido de madeira na pedra me colocou em alerta, e por um mero segundo fiz menção de pegar minha faca. Mas meus músculos relaxaram quando vi Saba na porta de entrada. Seus olhos estavam vermelhos, havia marcas de lágrimas secas nas suas bochechas, e ela vestia as mesmas roupas manchadas de sangue da noite anterior. Tentei falar, mas um nó dolorido na garganta me impediu.

— O que aconteceu? — perguntei, finalmente, quando ela veio caminhando pela areia.

Ela tocou minha bochecha, quase que com carinho, e seguiu em frente. Virei bem a tempo de ver Jember endurecer no cavalo. E, porque a lealdade deixa as pessoas bobas, senti um instinto de proteção. Corri na frente de Saba, erguendo as mãos para afastá-la.

— Saba, não encoste na pele dele...

Se fosse qualquer outra pessoa, Jember teria puxado a faca. Teria dado um soco. Ou dado no pé antes que ela conseguisse alcançá-lo. Teria feito *alguma coisa*. Mas Saba segurou o cavalo com firmeza em volta do pescoço, usando um braço só, e pegou a perna de Jember com o outro.

— Solta — disse Jember, com a voz ainda mais ameaçadora por trás daquele capacete. Ele tinha as duas mãos livres para pegar a faca, mas não fez nada. Não tentou se afastar.

Também desconfio que outra pessoa que não fosse Saba teria soltado. Por um instante, ela encarou, com olhos arregalados e cheios de lágrimas, a perna de metal que segurava. Depois, fechou os olhos e balançou a cabeça e, quando olhou para cima, em direção a Jember, já tinha o olhar firme, furioso e suplicante na mesma medida.

Para ser sincera, não consegui decidir de que lado eu estava, então dei uns passos para trás.

Ele tentou liberar a perna daquele aperto extremamente forte, mas não conseguiu e parou.

— Solta, Saba.

Vacilei entre dar um passo para frente e outro para trás. Sua voz tinha um tom familiar. À beira de algo como pânico. Assim como eu, ele tinha instintos de sobrevivência que eram imediatamente acionados quando alguém tentava controlá-lo.

Saba pôs a mão no peito e apontou para o castelo, com uma expressão carregada de angústia.

Eu fiquei pasma.

— Ela está pedindo sua ajuda, Jember — traduzi.

— Não estou nem aí — respondeu, dando um solavanco com a perna presa. — Não me olhe assim, Saba. Foi você quem partiu, então não vem achando que eu te devo alguma coisa agora.

Saba abriu um pouco a boca, erguendo as sobrancelhas. Em seguida, deu um empurrão em Jember, com o cavalo e tudo. O cavalo relinchou quando caiu, e logo depois veio o grito de dor de Jember, junto a uma enxurrada de xingamentos. Soltei uma única risada, Deus que me perdoe, antes de perceber que o cavalo tinha caído em cima da prótese.

Tropecei, tentando evitar um coice do animal que se levantava desajeitado e que corria um pouco para se afastar da gente, e fui acudir Jember. Tchauzinho para minha nova estratégia de sobrevivência.

Saba estava voltando para o castelo, mas parou do nada e veio correndo até nós, agachando-se em frente a Jember e esticando a mão para pegar a perna dele.

— Não encoste nisso — falou ele, ofegante.

A mão de Saba tremeu, suspensa sobre a perna. Ela olhava para ele com uma compreensão tão dolorosa que quase chorei. Ela se aproximou, tirando a máscara dele com cuidado e colocando-a ao seu lado, na areia. Jember espremeu os olhos, mas não entendi se foi por causa da dor ou do sol forte. Saba tocou o peito dele com as pontas dos dedos, hesitante, e foi abrindo a mão devagar até deixá-la totalmente repousada sobre o coração dele. O contato, mesmo por cima da camisa, fez Jember estremecer. Mas finalmente — finalmente — vi em seu rosto um resquício, uma centelha do olhar que Magnus me lançava às vezes. Esperançoso, satisfeito, querendo ser adorável e adorado, mas obscurecido pela conhecida ira de que Jember nunca abria mão.

— Não posso passar por isso de novo — disse ele, contraindo o corpo a cada respiração. — Por favor, não me peça.

Ela assentiu com a cabeça, e seus olhos se encheram de lágrimas. Mas ela não se demorou. Pegou minha mão e me puxou para dentro.

— Acho que ele não consegue se levantar — protestei enquanto ela me guiava escada acima.

Se eu o deixasse ali sozinho, ele poderia ir embora, e meu plano iria pelo buraco — ou, no mínimo, seria adiado. No entanto, como ele ia precisar de alguns minutos para recuperar o fôlego, ganhei um tempo para descobrir uma forma de convencê-lo a ficar. Caso nada desse certo, Saba poderia simplesmente arrastá-lo para dentro.

Normalmente, Magnus estaria circulando, sem se lembrar do que tinha feito na noite anterior. Mas, assim que terminamos de subir as escadas, eu soube que havia algo errado. Saba me levou para o fim do corredor, ao armário em que tínhamos prendido a hiena. Nem precisei perguntar. Também não teria suportado. Era óbvio que Magnus ainda estava lá dentro, que nunca tinha saído.

Assim que toquei a maçaneta, a voz fraca de Magnus disse, de trás da porta:

— Vá embora, Saba.

Ela deu um passo para trás na hora, com as bochechas molhadas por mais lágrimas. Franzi a testa para a porta. Eu ia garantir que este seria o último dia que o Mau-Olhado mandaria nela.

— Saba, você pode se virar por um segundo?

Ela me olhou desconfiada, mas fez o que pedi.

Tirei meu amuleto e o coloquei no chão com cuidado, fora do alcance da porta. Esse era o único momento que eu tinha para fazer contato visual com Magnus. Mesmo que ele se recusasse, não importava — quando ele acordasse mais tarde, nunca ia se lembrar, e o plano poderia seguir o curso.

Escancarei a porta, tomando coragem. A casa tinha absorvido o sangue, eliminando os sinais da carnificina... exceto por alguns caroços que deformavam um canto da parede e do chão, que com certeza só pareciam partes de uma coxa, de um ombro e de um pulso humanos porque eu sabia o que havia acontecido.

— Magnus?

Entrei no armário e me ajoelhei diante dele. Ele estava tremendo, seus dentes batiam de leve. Mas, graças a Deus, a casa também tinha tirado o sangue dele. A imagem apavorante da noite anterior havia virado só uma coisa triste e devastadora.

— Sou eu. Andromeda. Estou aqui *pra* te ajudar.

— Eu estava te chamando — respondeu. — Mas você foi embora.

— E-eu sei. — Não sabia mais o que acrescentar, como me justificar. Então só falei uma coisa: — Não vou mais fazer isso.

— Por que você não me matou e pronto, como pedi?

— Não seja ridículo. — Engoli em seco e me aproximei, tocando o rosto dele. — Magnus, olha *pra* mim, por favor.

Ele olhou nos meus olhos sem dizer uma palavra, totalmente ciente do que tinha feito, envergonhado, horrorizado. Mas, de algum modo, em meio a tudo aquilo, ainda um pouco esperançoso.

Tirei seu cabelo suado da testa, beijando seu rosto doce e apavorado.

— Você deixa Saba te carregar? Vou te colocar na cama.

Ele não se opôs, então fui buscar meu amuleto e o coloquei de volta no lugar, sob a minha blusa, para parecer que nunca tinha saído de lá.

Mas, quando me virei, estava na cara que Saba tinha me espionado. Ela apertava os lábios como se quisesse segurar o choro. Balancei a cabeça rapidamente, e ela assentiu de volta. Depois de um tempinho, correu até mim e me puxou para um abraço, seu corpo rígido me sufocando. Ela encostou a cabeça na minha, e por fim me lembrei de retribuir o abraço, apertando os punhos em volta da cintura dela.

Ela se afastou abruptamente e segurou meu rosto com as mãos geladas, dando um beijo na minha testa. Abri um sorriso por impulso. Não era hora de sorrir, mas não deu para evitar. Saba era minha amiga, mas talvez... talvez essa fosse a sensação de ter uma mãe.

Saba me soltou, entrou no armário e cobriu Magnus com um cobertor antes de levantá-lo do chão sem esforço. Conduzi os dois para o quarto dele, mas parei na entrada. Kelela estava deitada na cama dele, toda coberta, tirando o braço, que estava enfaixado, repousando em um travesseiro. Ela roncava de leve. Eu não tinha pensado muito nela — Deus me perdoe — com todo o caos que havia acontecido depois que ela caiu das escadas. Mas agora eu estava com a cabeça de volta no lugar e fiquei aliviada. Os ferimentos dela iam sarar. Ela ia ficar bem.

Era com Magnus que eu me preocupava.

— Não vamos acordá-la — sussurrei para Saba. — De qualquer forma, meu quarto é mais quente.

Saba aqueceu um pouco de água, e demos um banho quente em Magnus. Então, ela o colocou na cama e voltou ao armário para... fazer o que fosse preciso. Provavelmente arrastar alguns móveis ou tapetes para esconder a vida que havíamos perdido. Isso me deu um gosto amargo na boca, portanto me concentrei em vestir Magnus. Ele ajudava um pouco, levantando os braços ou pernas quando precisava, até encostar a cabeça em meu ombro... O único som entre nós foi o de seu choro baixinho.

Diga alguma coisa, Andi. Qualquer coisa. O que quer que possa dar um pouco de conforto para ele, mostrar que tudo ficaria bem. Em vez disso, deixei ele chorar em mim, dando amor da única forma que eu sabia — cuidando de pessoas que estavam sofrendo. Era um tipo de amor específico que eu havia desenvolvido porque era só dessa forma que

Jember me permitia amá-lo. E, no meu caso, amar alguém era questão de sobrevivência.

Só percebi que não tinha reparado em sua nudez quando o ajeitei na cama. Mal me lembrava do corpo dele. Acho que era costume, por cuidar de Jember a vida inteira. Não sobrava espaço para vergonha quando as pessoas precisavam de ajuda.

Falando em Jember... Meu Deus, por favor. Eu havia levado mais tempo do que esperava dando banho em Magnus. Torcia para que Jember tivesse conseguido se levantar sem problemas. E torcia para que ele não tivesse ido embora. Eu não tinha ouvido o som de cavalgadas, mas talvez o barulho do banho tivesse encoberto sua partida.

Corri pelas escadas e parei bruscamente na metade.

Jember estava sentado na soleira, encostado no batente da porta, metade do corpo no calor do mundo exterior, a outra metade no congelador que era o castelo. Ele tinha tirado a perna, que jazia no chão ao seu lado. Respirei fundo e tentei terminar de descer as escadas de um jeito casual.

— O que você ainda está fazendo aqui? — perguntei enquanto chegava mais perto, com um tom de voz que não entregava que estava gritando por dentro. — Você deixou claro que não tinha nada a ver com esse lugar.

— Um cavalo acabou de cair em cima de mim. — Ele apontou para o joelho com a cabeça. A pele inchada, machucada e com péssima aparência exposta ao ar congelante. — Preciso anestesiar isso aqui pra conseguir aguentar a prótese.

Olhei para os meus dedos, os mesmos que eu tinha rasgado naquele encontro com Saba. Vai saber o que ela havia colocado sob o curativo naquele dia, só sei que não senti nada de dor e que agora as cicatrizes já estavam brancas. Elas nunca desapareceriam... mas acho que eu já estava acostumada com isso.

— Eles têm remédio aqui.

— Não *pra* isso — respondeu, encostando a parte de trás da cabeça na madeira.

— É melhor que nada. Vou pedir para Saba...

— Não.

— Ela estava tensa por causa de Magnus, foi só. Dessa vez não vai ser tão, você sabe, hostil.

— Não quero mais vê-la.

— Por que não? Do que você tem medo?

— Cuida da sua vida, menina. — Ele me encarou. — Vou dar o fora em questão de minutos...

— Você já está aqui. O que custa falar com ela? — Jember pegou a prótese, e eu recuei para sair do alcance de seus golpes. — Fala *pra* ela o que você não conseguiu dizer naquela carta.

Ele me ignorou, posicionando a perna para atá-la, estremecendo.

Minha barriga começou a doer de raiva... a não ser que fosse só fome. Eu não tinha comido desde o jantar da véspera, e essa casa tinha me acostumado a refeições regulares.

— Ela te ama, sabia? — Coloquei o pé sobre a parte de madeira da prótese, soltando um pouco do meu peso. — Sabe Deus por quê.

— Quebra essa perna, e eu te mato.

— Nenhum reconhecimento — falei, erguendo as mãos em um gesto de aborrecimento. — Você não tem coração *pra* se importar com ninguém além de si próprio, não é? A maioria das pessoas cria os filhos por amor. Não sou nem sua filha, então o que você ganhou com isso?

Ele levantou a perna para me atingir, e eu saí do seu alcance enquanto ele se segurava na parede para ficar em pé.

— E talvez você soubesse amar — continuei, amarga —, antes do Mau-Olhado sugar a sua alma. Talvez tenha amado Saba. Mas agora já era, porque você não sabe mais. Você não passa de uma casca vazia de amargura e raiva.

Jember fez uma careta ao se afastar da parede, mas nem deu bola para a minha dor.

— Andromeda...

— Eu é que devia estar com raiva! — Saquei a faca, apertando a ponta na barriga dele antes que ele desse mais um passo, congelando-o no lugar. — Você é um velho infeliz que pegou uma menina de 5 anos *pra* afundá-la com você.

Houve um silêncio tenso. Ele se mexeu. Eu não precisei. Uma pequena mancha vermelha começou a se espalhar em sua camisa a partir da ponta da faca.

— Você teve uma infância infeliz? — perguntou, por fim.

A resposta mais rápida? Não. E não me espantou dizer isso. Tivemos momentos bons. E, quando não era bom, eu fazia o melhor que podia.

Mas o que saiu da minha boca foi:

— Você era cruel comigo.

— Não sou cruel por natureza... se isso ameniza o sofrimento.

— Não ameniza.

O silêncio que reinou depois foi como uma agulha penetrando devagar sob a pele.

— Você era uma garotinha doce. Sempre queria beijos e abraços, mesmo quando ainda não nos conhecíamos. Você tem ideia de como doeu quebrar esse hábito seu?

Minha mão tremeu. A mancha de sangue cresceu, para fora e para baixo, como uma lupa perturbadora.

— Então por que você fez isso?

— Bom, *pra* começar, abraçar estranhos é uma péssima estratégia de sobrevivência.

Ele tinha razão, mas eu não ia reconhecer isso agora. Não quando precisava que ele admitisse o erro.

— Se essa é a sua explicação, não basta.

— Você sabe por quê, Andi.

— Quero ouvir de você.

Jember entrelaçou os dedos atrás da cabeça, respirando fundo enquanto encarava o teto. Ele xingou e depois voltou a olhar para mim.

— Porque doía, era por isso. Cada beijinho e pequeno carinho era como abrir um rasgo sob a minha pele. Amar do seu jeito *dói*, Andi. Então acabei com esse seu hábito, junto com qualquer outro que pudesse te enfraquecer naquele ambiente, para você conseguir sobreviver aqui fora... e para que eu conseguisse sobreviver vivendo com você.

ENTRE PAREDES AMALDIÇOADAS 265

Olhei para a faca na minha mão trêmula, com a visão borrada pelas lágrimas.

— Por que é que você não me entregou *pra* alguém que pudesse me amar, então?

— Ninguém estava à procura de outra barriga para sustentar. E tentei várias vezes te levar para o orfanato. Você ficava fugindo para vir atrás de mim.

— Não me lembro de nada disso. — Ri, apesar das lágrimas que se acumulavam. — Que criança idiota.

— Não, você era uma sobrevivente. Antes lidar com o que se conhece. — Ele baixou os olhos para a faca e depois me encarou. — E, já que estou aqui, decidi te ajudar com a hiena.

Baixei o braço rapidamente, apertando o cabo da faca.

— Quer dizer que você vai ficar?

— Você acha que depois de te criar por 14 anos eu ia deixar você morrer agora?

— Acho que você ia me deixar chegar bem perto da morte antes de me salvar. — Era para ser uma piada, mas nenhum de nós riu. Talvez porque soubéssemos que era verdade. Normal. — E você está certo. Antes lidar com o que se conhece. — Guardei a faca e sorri, mas só porque assim me sentia melhor. — Vem, demônio, vamos pôr esse cavalo no estábulo.

— Faz sentido, já que vou estar no inferno nos próximos dias — respondeu, sorrindo bem de leve só com o cantinho da boca. — O arcebispo vai ficar uma fera.

O rangido das escadas chamou minha atenção, e, quando me virei, vi Saba abraçando um cobertor de lã dobrado contra o peito. Até o ar em torno de Jember ficou tenso quando ela se aproximou.

Jember cruzou os braços sobre o peito. Ele não parecia feliz em vê-la. Como podia não ficar feliz em ver Saba de novo? Até eu estava e nem a conhecia há tanto tempo.

— Saba — cumprimentou ele.

Ela balançou a cabeça e sorriu com timidez.

Ele baixou os olhos para o chão na hora. Limpou a garganta.

— Acho que não temos mais nada a dizer um ao outro. Só estou aqui *pra* ajudar Andi.

Saba mordeu o lábio e depois abriu o cobertor, ajeitando-o nos ombros dele.

— Não preciso disso — protestou, inflexível.

Eu estava prestes a abrir a boca para acusá-lo de teimosia, mas Saba estava anos-luz na minha frente. Ela ajeitou o cobertor bem apertado em volta dele, segurando-o firme com a mão em frente ao peito, como se estivesse fazendo uma ameaça. Então ele olhou para ela, e ficaram se encarando por um momento.

Foi algo... íntimo. Foi um olhar. E só. Mas me senti como uma intrusa na primeira noite de núpcias de recém-casados.

— Você está igualzinha — murmurou Jember. Ergueu a mão protegida pela luva, parando perto do queixo dela. — Deus... Por que deixei isso acontecer com você?

Ela passou as mãos pelo cobertor, subindo até chegar perto do pescoço dele, e eu quis gritar mentalmente para ela parar. Porque, como tinha previsto, ele recuou bruscamente daquele toque.

E, em um piscar de olhos, a conexão, a intimidade, tudo se foi.

Saba parecia querer chorar, mas não permitiu que ele visse, pois passou reto e saiu correndo em direção à porta.

— Você vai levar o cavalo? — perguntou ele, indo atrás dela. — Eu posso fazer isso sozinho.

Ela girou os calcanhares na areia, estalou os dedos e apontou para ele.

— Apontar não era falta de educação...?

Ela revirou os olhos, empurrando-o sem esforço para trás da entrada com uma mão e fechando a porta.

Eu caí no riso. Não deu para evitar.

— Nunca vi ninguém saber lidar tão bem com você.

— Cala a boca, Andi — disse, jogando o cobertor em mim, provavelmente porque era a única coisa que tinha para jogar.

Peguei e enrolei o cobertor, jogando-o de volta.

— Dá *pra* sentir a conexão entre vocês. Tem certeza de que não quer dar uma segunda chance?

Jember ficou mudo por um tempo, enrolando-se no cobertor.

— Onde posso tirar isso? — perguntou, olhando para a perna.

— Hum... — Engoli minha frustração para conseguir pensar. — No fim daquele corredor, na primeira sala grande. É uma sala de jogos com sofás.

Ele assentiu e foi para lá.

Suspirei e subi de novo as escadas, para dar uma olhada em Magnus. Ele estava dormindo tranquilamente. Senti inveja dele. Era um pecado, mas senti.

Deitei por cima das cobertas para observar seu sono. Quando ele acordasse, não se lembraria de nada. Nem dos gritos, nem do gosto de sangue. Nem do medo e do caos. Ele continuaria sendo aquele Magnus estranhamente adorável, enquanto eu continuaria... assombrada. Eu tinha deixado um ser humano ser despedaçado. Talvez não pudesse ter impedido, mas eu sentia aquilo mesmo assim, mais fundo do que a cicatriz em meu rosto. Magnus pensava que *ele* era um monstro? Pelo menos ele não tinha consciência do que fazia. Pelo menos não era ele que causava a dor.

Eu, por outro lado...

Chorei sem tentar parar por 30 segundos, depois fechei os olhos e empurrei o horror da noite passada lá para baixo do tapete, junto com meus outros traumas... tão fundo que só vinham à tona em pesadelos. Não havia nenhum outro lugar para aquilo além desse.

Não se eu quisesse continuar sobrevivendo.

Ouvi os lençóis se mexendo e abri os olhos enquanto Magnus se espreguiçava, como um gato no sol.

— Bom dia — cantarolou.

— Agora já é de tarde.

— O que estou fazendo na sua cama? — perguntou, olhando o quarto. Ele corou, boquiaberto. — Nós chegamos a...?

Revirei os olhos, mas também corei.

— Não.

— Ótimo. Se um dia fizermos, vou querer lembrar.

Levantei as sobrancelhas.

— O que você quer dizer com "se um dia fizermos"? Não responda, não temos tempo. Você ainda não se livrou do Mau-Olhado.

— Ah. — Sua cara fechada era de puro cansaço, como se todos os músculos do rosto estivessem exaustos demais para fazer outro movimento. — Bem, tudo bem. Você fez o melhor que pôde, tenho certeza... — Ele se sentou rapidamente, a cor fugindo de seu rosto. — Kelela!

— Ela está bem — respondi. — Dormindo no seu quarto.

Dei um apertão breve em seus ombros. Era sempre reconfortante quando Saba fazia o mesmo em mim, então imaginei que funcionasse com ele também. Talvez tenha funcionado, porque ele se jogou no travesseiro, sorrindo de leve.

— Ufa. Bom, quem sabe nós quatro possamos tomar café da manhã juntos.

— Olha, na verdade agora somos em cinco. Jember teve a generosidade de concordar em me ajudar.

Generosidade? Claro, Andi.

Talvez meus pensamentos tenham me traído, pois o sorriso de Magnus deu uma murchada.

— Jember? Aqui?

— É melhor dois *debteras* do que um.

— Mas ele é péssimo com você.

Hesitei. Eu nunca deveria ter contado nada.

— Ele é ok.

— Ok? — Magnus chutou o cobertor para longe, e pedi para ele falar baixo. — Ele bateu em você. Isso não é nada ok.

— Me educou — corrigi com um suspiro. — E só quando eu era menor.

Ainda bem que nunca contei que Jember tinha me estrangulado. Magnus poderia ter um ataque cardíaco.

— Bom, ele te expulsou — disse, erguendo as mãos. — E partiu o coração de Saba.

— Foi o contrário, na verdade.

— Eu te amo, Andromeda, mas você espera mesmo que eu acredite nisso? — Ele ficou em pé e passou os dedos pelos cachos soltos, bagunçando-os ainda mais. — Ele foi o primeiro *debtera* que chamamos há 3 anos e recusou o pedido para se vingar dela.

— Isso é ridículo. E irracional. Acalme seus ânimos.

— Vou perguntar *pra* ele então.

— Perguntar só vai servir *pra* deixá-lo irritado, e já foi bem difícil convencê-lo a aceitar, viu?

— Sendo assim, ele tem minha permissão para ir embora. — Magnus escancarou a porta. — Mas não antes de ouvir o que penso dele. Vou achar uma roupa especial para a ocasião.

E saiu desembestado pelo quarto e corredor.

Pressionei a palma da mão entre os olhos, respirando fundo algumas vezes. Será que eu era a única pessoa nessa casa com alguma vontade de ser civilizada?

CAPÍTULO
29

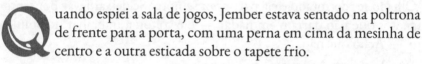

Quando espiei a sala de jogos, Jember estava sentado na poltrona de frente para a porta, com uma perna em cima da mesinha de centro e a outra esticada sobre o tapete frio.

Ele levantou os olhos, desviando a atenção do amuleto que estava construindo.

— O hospedeiro acordou?

— Ele está se vestindo. — Encostei o ombro no batente. — Saba te deu prata?

— Nem a lareira está dando conta desse frio — disse, puxando o cobertor para mais perto do corpo. — Preciso construir um aquecedor se vou dormir aqui.

— Tem vários quartos.

— Não perto da saída.

— Não estamos mais na rua, Jember. — Ficamos em silêncio por um tempo. Mas acho que eu não tinha direito nenhum de dizer uma coisa assim. Quando cheguei aqui, também desconfiava de tudo. — Você e Saba conversaram quando ela te deu a prata?

— Ela literalmente não consegue falar.

Levantei as sobrancelhas, esperando mais.

— Você pediu desculpas, pelo menos?

— Pelo quê?

Eu caçoei.

— E pensar que eu realmente queria que vocês ficassem juntos. Mas você não merece ela. Não merece ninguém.

— Sei que não. — A voz de Jember me seguiu quando saí no corredor.

Parei e coloquei metade do meu corpo de volta na sala, abraçando o batente.

— Autopiedade não combina com você.

Ele pôs o pé no chão, inclinando-se para frente.

— O que mais posso dizer *pra* você parar de forçar a barra com isso? — falou, derrubando o amuleto na mesa. — Ela está *morta*, Andi. E minha pele não suporta ser tocada. Então o que você acha que faríamos um com o outro, *hein*? Ficar se olhando apaixonadamente até o Mau- -Olhado ser derrotado e ela partir *pra* sempre? Se deixar levar por sentimentos que não dariam em nada? — Ele voltou a trabalhar no amuleto. — Acho que não.

— Então você admite... que a ama.

— Não admito nada.

Suspirei e me sentei na beirada da mesa de bilhar.

— Reconheço que essa é minha primeira hiena e que não sei bem o que estou fazendo, mas Magnus ainda é meu cliente. Não me importo se você tomar as rédeas de certas coisas... foi por isso que te pedi *pra* ficar. Mas exijo que você seja educado com ele.

— Estou com muita dor hoje *pra* cumprir as exigências de uma criança.

— Não sou criança.

— Sempre que você diz isso, fica mais parecida ainda com uma criança.

Fechei a cara.

— Você tem que ser educado. Essa é a casa *dele*. E ele já pensa que você não aceitou o trabalho no passado *pra* se vingar de Saba.

Jember interrompeu o trabalho.

— Se ela tivesse contado a história completa, ele não teria tanta raiva. Ela não é tão perfeita quanto parece.

— Ela é mãe dele. É claro que ele ia ficar do lado dela. Além disso, você podia tentar se comportar menos como um vilão.

Ele revirou os olhos, voltando a se concentrar no trabalho, mas um pouco distraído.

— Vou ser educado contanto que ele não teste minha paciência.

— Que paciência? — resmunguei e rolei algumas das bolas de bilhar pela superfície macia.

O que você esperava, Andi? Você já tem que agradecer por ele estar aqui.

Abaixei a cabeça, contendo minha empolgação, quando Magnus entrou de braços dados com Kelela. Ela devia estar esgotada da noite passada, ainda mais com o braço machucado. Tenho certeza de que ele estava apenas ajudando. Mas... os dois ficavam tão bem juntos. Parecia tão certo. Ambos eram do mesmo nível social, e ela era tão linda. Lá estava ela, mais uma vez, mostrando seu talento em roubar a cena só de entrar em um aposento.

Eu não estava com ciúmes, estava? Não fazia sentido, não depois de Magnus já ter se declarado para mim. Mas, em parte, não conseguia evitar. Eu nunca ficaria perfeita ao lado dele. Nós nunca seríamos o ideal de ninguém.

O casaco marrom de Magnus parecia — como chamava mesmo? — um smoking, mais curto na frente e com duas pontas compridas atrás, mas o tecido tinha mais textura. Sua camisa branca de gola indiana quase chegava até os joelhos. Eu gostava que ele misturava suas duas culturas na decoração e nas roupas.

Kelela ficou de queixo caído assim que entraram na sala, e seus olhos luziram ao fogo da lareira.

— Meu Deus, é o Jember! Que honra!

Jember parou de trabalhar para olhar para ela, espremendo os olhos de leve.

— Nos conhecemos?

Ela parecia uma tiete.

— Sou Kelela. Frequento sua igreja. Adoro quando você entoa os cânticos. Você pode cantar algo agora para nós?

— Só pode estar de brincadeira — grunhi, erguendo as sobrancelhas diante daquela reação.

Purificar uma hiena tinha tornado Jember uma lenda viva, mas também não a ponto de merecer essa bajulação.

Jember nem ligou, como era de se esperar.

— Por que você está *aqui*?

— Ah — respondeu Kelela, passando a mão no cabelo. — Eu me ofereci para fazer contato visual com Magnus.

Ele estalou a língua e voltou a olhar para o amuleto.

— O que acontece com vocês *pra* pôr a vida em risco por causa desse palerma esquisitinho?

— Para mim basta — disse Magnus, ajudando Kelela a sentar no sofá em frente a Jember antes de olhar feio para ele. — Estou usando meu casaco de veludo cotelê para esse momento.

Por Deus.

— Magnus... — Tentei começar.

— Entrei em contato com você há 3 anos, Jember, e você não quis nem saber dessa casa. O que mudou agora?

— O que mudou? — Jember repetiu, como se Magnus estivesse fazendo uma pergunta retórica, e continuou o amuleto, sem responder.

— Você é covarde e maligno.

— Não vamos começar com ofensas — intervi, colocando-me entre os dois.

— Agora que a Bela Adormecida acordou — falou Jember, sem tirar o olhar do amuleto —, quem sabe a gente possa finalmente conversar sobre os próximos passos. Então, cadê seu guardião, menininho?

Magnus torceu o nariz como um filhote de cachorro.

— Não sou um menininho, velhote.

— Por que é que todo mundo da sua idade acha que um homem de 38 anos é velho?

— Eu não acho — disse Kelela, piscando muito.

Revirei os olhos.

— Vamos recomeçar — falei, erguendo as mãos na frente de todos. — Magnus, Jember está aqui para me ajudar a purificar você. Jember, *por favor*, não irrite Magnus, ele já está estressado o suficiente.

— Estressado? — Jember tirou um sarro. — Nós é que estamos carregando todo mundo nas costas.

Tapei a boca de Magnus com a mão, calando seu comentário mordaz.

— Temos que trabalhar rápido, não é? Então, qual é o primeiro passo?

— Depende. Houve vítima ontem?

— Não — respondi. Era provavelmente idiota mentir para Jember sobre algo tão importante, mas eu não suportaria ter que dizer aquilo na frente de Magnus e lidar com as perguntas dele depois. Além disso, eu já tinha me colocado como alvo, então, a essa altura, detalhes eram dispensáveis.

— Ela não vai voltar até a casa sangrar, ou seja, temos até a noite de amanhã, no máximo. Isso não é muito tempo, então a primeira coisa que precisamos fazer é pegar qualquer coisa que dê *pra* usar como arma. Coisas compridas e afiadas são as melhores opções.

— Não, primeiro temos que comer — disse Magnus, espreguiçando-se. — Estou morrendo de fome.

Jember ergueu uma sobrancelha.

— *Morrendo de fome* é um pouco dramático, não acha? Quando foi a última vez que você comeu, garoto? Ontem?

— Comer é uma boa ideia, Jember — interrompi antes que a carranca de Magnus virasse uma provocação. — Ainda vamos ter muita luz do dia para trabalhar depois. Além disso, ninguém quer que a comida de Saba esfrie.

Passei o braço de Kelela em volta do de Magnus, para mantê-lo ocupado, guiando os dois em direção à porta.

— Pensei que você tinha dito que ia ser educado — sussurrei com dureza para Jember.

— Tinha uma condição — respondeu ele, tirando o cobertor agora que o amuleto estava pronto. Estava tão quentinho que meu casaco de lã tinha começado a pinicar.

Bufei e segui Magnus e Kelela até a sala de jantar.

— Tenho tantas perguntas — disse Kelela —, mas estou com dor de cabeça.

— Tudo bem com o seu braço?

— Está totalmente adormecido. — Magnus a ajudou a sentar e empurrou a cadeira para frente enquanto ela perguntava. — Cadê a Peggy? Você deixou ela trancada no armário?

Engasguei com a própria saliva que tentava engolir. Deus meu. Peggy. A única coisa que eu queria nunca ter que explicar. Rapidamente me sentei em frente a Kelela.

Magnus ficou embasbacado, depois riu, abençoado pela ignorância.

— Você trancou Peggy no armário?

— Magnus... Peggy, ela...

Não consegui dizer. Aquela mulher o havia criado. E, por mais insuportável que ela fosse — Deus, me perdoe por dizer algo tão cruel de uma falecida —, Magnus ficaria arrasado se soubesse.

Kelela não sabia o que tinha acontecido. Magnus não conseguiria lembrar. Saba não conseguiria contar.

Então.

— Ela foi embora. — As palavras saíram da minha boca antes que eu tivesse tempo de pensar muito no assunto e fizesse parecer ser uma mentira.

Mesmo assim, a alegria sumiu do rosto de Magnus.

— Foi embora?

— Ela disse que não aguentava mais — menti, distraindo-me com a bacia d'água só para não ter que encará-lo. — Ela se foi ontem à noite. Não disse para onde.

— Bem, quando ela volta?

— Nunca — respondeu Kelela, com uma certa rispidez. Ela parecia pronta para matar o fantasma da mulher com as próprias mãos. — Acho que ela não queria ter que ser a próxima voluntária. Que covarde.

— Não fale assim. — Apressei-me em dizer. — Ela reagiu como qualquer outra pessoa. Você que é mais corajosa que a média.

— É claro que sou. — Ela olhou para mim com a boca levemente entreaberta, mas percebi que corou de satisfação. — Obrigada.

— Então ela não vai voltar? — Magnus se intrometeu.

— Não, Magnus. — Encostei na mão dele, e ele entrelaçou os dedos nos meus, fazendo meu coração bater mais forte. — Ela não vai voltar.

Por um instante, ele ficou quieto e afundou o corpo na cadeira. Depois, levantou e saiu da sala, com os sinos tocando sem animação pelo corredor.

— Acho que vou ter que contar *pro* meu irmão que não fui a Paris, já que esse braço não vai me deixar viajar agora — resmungou Kelela, remexendo na comida com a mão boa, sem se importar em lavá-la. Ela não deveria estar comendo com a mão esquerda, mas era a que tinha disponível, e, de qualquer maneira, etiqueta nunca havia sido o forte dessa casa. — Caramba, ele vai me matar.

Cortei um pouco de *injera* em pedacinhos menores, para ela não precisar se esforçar.

— Quer uma carona para a cidade?

— Não, estou muito dolorida *pra* esse trajeto esburacado. Ele vem amanhã. Eu vou esperar.

— Ele não vai ficar bravo por você ter se arriscado desse jeito? E por ter demorado tanto *pra* contar?

— Ele vai me perdoar. Sempre perdoa.

Não sei por quê, mas não acreditei que aquilo ia dar tão certo quanto ela queria. Olhando para o seu braço, imobilizado numa tala, comecei a entender a relutância de Jember em me deixar agir. Não importava a quantidade de coragem ou determinação que eu tivesse se não fosse qualificada.

Mas, com a ajuda dele, eu seria.

Teria que ser.

Falando nisso...

— Esqueci uma coisa — falei, enchendo a boca com mais uma porção de comida apimentada antes de correr até Jember. Impossível ele conseguir colocar a perna na condição em que estava.

Parei de repente antes da entrada ao ouvir uma voz sussurrada. Quando dei uma espiada discreta, vi Saba em pé, muito perto da poltrona de Jember. Ele estava de braços cruzados, e ela segurava uma caixinha de metal... Mas claramente eles estavam conversando, o que era um avanço. Saba se aproximou e se sentou de frente para ele na mesinha de centro, abrindo a caixa ao seu lado. Um kit de primeiros socorros. Torci para Jember permitir seu toque, nem que fosse só para ajudar.

Então, dei as costas para a porta, sem pressa, e fui terminar meu almoço.

CAPÍTULO 30

É tudo o que temos — disse Magnus, mostrando duas espadas, três espingardas, um estojo de revólveres e um punhado de facas de cozinha. Ele piscou ao ver minha pilha bem maior, cheia de objetos da casa.

— O que é todo esse lixo?

Era fácil achar armas em uma casa imensa como essa. Varões de cortina, atiçadores de fogo, um monte de cabos de vassoura de madeira dura que podiam ser afiados até virarem lanças ou serem usados como tacos.

Mas acho que uma pessoa que não está acostumada a lutar pela sobrevivência facilmente deixaria tudo isso passar batido.

— Você precisa usar um pouco mais a imaginação — falei. — E isso aqui — completei, afastando as facas — não serve *pra* nada. A gente precisa de armas de longa distância e só.

— Já ouviu falar em "arremesso de faca"?

— Isso existe?

— No carnaval de Praga fazem o tempo todo.

— O que é um carnaval?

— É o maior espetáculo da Terra. — Magnus sorriu e pegou minha mão, deixando-a em brasa, uma sensação tão gloriosa que não eu queria que passasse nunca. — Quando tudo acabar, te levo a um.

Fiquei vermelha, virando o rosto para separar as armas.

— Nunca saí do país.

— A gente vai poder ir para qualquer lugar. Para todo o lado. Você vai amar.

— Bem, quer dizer, vou ter que ver se arranjo tempo entre os clientes.

— Ah! — Seu sorriso foi sumindo devagar. — Claro. Com certeza. Seu trabalho.

— *Pra* que me esforçar por um patrocínio se não vou usar depois? — Minhas palavras pareceram vazias aos meus próprios ouvidos, mas não consegui detê-las. Eu estava fazendo com Magnus exatamente o que odiava que Jember fizesse com Saba.

Ele me ajudou a separar as armas, mas de um jeito diferente do que eu estava fazendo, bagunçando tudo que eu tinha feito.

— Estava pensando em contratar alguém para gerenciar a empresa de chocolates. Quer dizer, quando eu fizer 21 anos e for responsável por ela. Assim, eles fazem a parte tediosa dos negócios, enquanto eu fico tranquilo e me dedico à minha arte.

— Sério? — Eu estava contando as armas, mas me perdi entre a 21 e a 26. — Que ótimo! Você deve mesmo fazer o que gosta.

— Acho que dá *pra* fazer arte a qualquer hora do dia e ainda conseguir vender retratos no estrangeiro. De madrugada, por exemplo. Muitos países estão acordados enquanto estamos dormindo.

Perdi a conta mais uma vez e parei de tentar.

— Magnus, a gente precisa organizar isso aqui, é sério.

— E os *debteras* também trabalham de madrugada. Então, sabe, a gente estaria acordado ao mesmo tempo.

— Certo. *Tá* bom. — Levantei as sobrancelhas para ele. O que arte tinha a ver com exorcismo? — Você vai me ajudar com essas armas?

— Podemos ficar juntos — esclareceu ele. — E podemos ser notívagos.

Aquilo me fez rir e tirou a seriedade da expressão dele. Ele passou o braço pelos meus ombros e me puxou para um beijo. Depois de um tempo, me afastei, sem fôlego.

— Quero estar com você, sendo notívaga ou não — falei, dando um beijinho de esquimó. — Mas primeiro o mais urgente.

— Certo, sim, o Mau-Olhado — respondeu, com um suspiro pesado, como se não aguentasse mais ouvir falar no assunto. — E depois os preparativos do casamento.

Fiquei boquiaberta, depois tranquei o maxilar, piscando, pasma, para ele.

— Preparativos do casamento?

— Lógico.

— O que você quer dizer com *lógico*?

— Andi — chamou Jember do topo das escadas —, venha me ver no seu quarto.

— Ah, graças a Deus — murmurei, saindo da sala e correndo escada acima.

Eu tinha começado a suar. Um casamento... Mal conseguia imaginar. Nunca ao menos *quis* me casar. Parecia que os homens precisavam de uma babá de tempos em tempos, já as mulheres tinham vindo totalmente capazes — a não ser que não conseguissem trabalhar ou quisessem ter filhos. Mas eu estava trabalhando, fazendo o que amava, e sabia cozinhar e me defender. E ter filhos era a última coisa que eu tinha em mente.

Nossas ideias para o futuro eram muito diferentes, mas teríamos tempo de sobra para discutir o assunto quando ele estivesse seguro e bem.

Como você disse, Andi. Primeiro o mais urgente.

Jember me seguiu até meu quarto quentinho e trancou a porta. Havia um amuleto pregado nela, um que eu nunca tinha visto antes.

— Para que ele serve?

— Proteção extra — respondeu, sentando na cama. Ele estava usando um dos tricôs cinza-escuros que essa casa tinha escolhido como uniforme. Era estranho vê-lo com cores escuras. Na infância, sempre o vi vestindo principalmente branco, com detalhes em cores vivas. O cinza não combinava com ele. — Como você neutralizou a temperatura, o Mau-Olhado não está ligado a esse cômodo, então não consegue nos escutar. Mas eu coloquei um escudo a mais, só *pra* garantir.

— *Pra* garantir o quê?

— Que nós dois sejamos os únicos envolvidos no plano de ataque. Se Magnus ou Saba descobrirem uma parte, o Mau-Olhado também vai saber. Precisamos trabalhar com o elemento surpresa o máximo que der.

— Entendo. Então, qual é o plano?

— Temos que garantir o máximo de defesa possível. Se a gente deixar um cômodo pronto com antecedência... pode ser a sala de jogos lá embaixo, que já comecei a arrumar... podemos criar barricadas com amuletos e prender a hiena lá.

— Mas ela escapa. Precisamos de mais do que amuletos.

— Se o alvo da hiena estiver lá dentro com ela... me deixe terminar — disse ele, e eu travei o maxilar. — O alvo e alguém para ajudar a protegê-lo. Um amuleto servindo de escudo na entrada. E você, lá fora, construindo o outro amuleto.

Como eu podia dizer que eu seria a pessoa dentro da sala sem me entregar?

— Não podemos trancar Kelela com ela. Impossível ela se defender machucada como está. E, se ela morrer, Deus nos livre, o Mau-Olhado vai ficar inativo de novo, e tudo vai ser em vão.

— Se a hiena estiver concentrada no alvo, não vai nem querer saber de perder tempo rompendo a defesa na porta. É importante que você trabalhe fora de perigo.

— Acho que é você que deve construir o amuleto. Você é bem mais rápido do que eu.

— Vou embora antes disso. E você é rápida o bastante.

Amanhã eu teria que tentar forçá-lo a ficar de novo, mas isso era um problema para amanhã.

— Foi assim que você fez?

— Não tive um grupo de pessoas. Era só eu. Mandei o alvo sair da casa no dia, depois passei parte da tarde espalhando os membros do servo do Mau-Olhado pela cidade. Mas, sim, me tranquei num cômodo com o amuleto protetor na porta e fiquei em cima de uma estante alta para me proteger mais.

Minha boca aberta formou um sorriso.

— Brilhante!

— Quase não funcionou. Se eu tivesse ajuda, talvez não estaria... — Ele fez um gesto indicando a perna. — E não tive tempo de construir nada além de um único escudo na porta. Vou te mostrar como, e cada um de nós pode fazer pelo menos três hoje, se você estiver disposta a virar a noite.

— Claro que estou. Faço o que for preciso. Mas não fico muito confortável com essa história de espalhar Saba pelo deserto.

— Nem eu. Vamos ter que ficar de olho nela. — Ele se inclinou, apoiando os braços nas coxas, e gemeu. — Não acredito que deixei os remédios em casa.

— E seu aprendiz também, já que estamos falando nisso.

— O quê? — Jember baixou as sobrancelhas por um tempo e voltou a erguê-las. — Ah, é. Ele. — E estremeceu, massageando o joelho. — Talvez ele fique de saco cheio de esperar e volte para os pais, o que seria o presente de boas-vindas perfeito.

— Vou pedir para Saba trazer um remédio.

— Eu peço. Você precisa dormir um pouco para hoje à noite.

Abri um sorriso.

— Então quer dizer que vocês estão se falando agora?

— Mais cedo, quando ela estava cuidando da minha perna... Eu... — Ele balançou a cabeça, como se não entendesse o que dizia. — Acho que o toque dela não me machucou.

Meu queixo caiu.

— Jura?

— Não tenho certeza. É difícil perceber, porque eu já estava com dor.

— Espera. — Eu saltei da cama, compreendendo de repente. — A pele dela é feita de cerâmica, não de carne. Deve ser por isso que não doeu.

As sobrancelhas de Jember baixaram — o contrário da reação que eu estava esperando.

— Isso é otimismo seu. Você quer que seja assim. Não vai ser.

— Por que não?

Ele ficou em pé com um resmungo.

— Porque eu não quero.

— Mas você a ama, não é?

— Não sei.

— Não *sabe*?

Ele encolheu os ombros.

— Passou muito tempo, Andi. E acho que não sei mais como amar daquela forma.

Finalmente um pouco de honestidade, mesmo parecendo mais uma expressão de agonia.

Ele escancarou a porta do quarto e saiu, pondo fim na conversa desse jeito. Não dava para fazer mais planos. Não dava para contar mais segredos.

Não sem sofrer consequências.

Quando espiei o corredor, vi Jember falando com Saba e indicando o joelho com a mão. Ela assentiu com a cabeça e se apressou até o armário no fim do corredor. Eu congelei, me preparando psicologicamente enquanto ela abria a porta, mas o armário estava limpo e arrumado, como se nada tivesse acontecido.

— Andromeda! — Magnus me chamou, e ouvi o barulho nas escadas. Cheguei mais perto e vi que ele subia os degraus de três em três. — Quer jogar um jogo comigo?

— Bem, Jember quer patrulhar a casa hoje à noite, então vou tirar um cochilo antes do Despertar.

Sua expressão minguou.

— Você vai ficar por aí durante o Despertar? Quem teve essa ideia? — Mas ele já olhava feio para Jember antes mesmo de eu responder. — Olha, essa casa tem regras, Jember. E não me sinto confortável com Andromeda andando pelos corredores durante o Despertar.

Jember olhou para Magnus como se avaliasse se tinha mesmo energia para perder explicando nosso trabalho.

— Se você tiver mais algum comentário idiota *pra* fazer, faça por escrito, para eu poder ignorar com mais facilidade.

— Por quê? Você não sabe ler? — rebateu Magnus, com muito mais intensidade do que o necessário, mas ele era ele, afinal de contas.

Eu teria rido, mas agora não era hora, de jeito nenhum. Jember tinha ficado em pé o dia inteiro. Ele precisava de mais analgésicos. A essa altura do dia, sua paciência ficava escassa, e, por isso, a gente costumava ir dormir. E era óbvio que Magnus já não gostava de Jember antes mesmo de ele pisar nesta casa. Então, eu estava dividida: uma parte de mim queria intervir antes que uma briga começasse, mas a outra parte sabia que se meter na briga dos outros era uma ideia ruim.

Por outro lado, Magnus podia até conseguir acertar uns socos, mas ia perder de lavada — conhecendo Jember, ia sair morto. Eu gostava demais dele para permitir que isso acontecesse.

— Os espíritos ficam mais ativos à noite — falei, rapidamente. — Lembra, Magnus? Além disso, não tem nada além do vento.

— Você é um péssimo pai, sabia? — resmungou, e eu corri para segurar seu braço e puxá-lo para trás, enquanto Saba o repreendia com o olhar. — Queria que você tirasse esse amuleto para eu poder te olhar nos olhos e salvá-la de você.

— Magnus, chega...

— Por favor, cale a boca dele — disse Jember, revirando os olhos. — Ele é muito cansativo. — E olhou para mim. — Esteja pronta para trabalhar em duas horas.

— Vou estar pronta — respondi, arrastando Magnus para longe. Empurrei-o quarto adentro, fechando a porta. — Jember está aqui para ajudar. Por favor, será que você pode parar de caçar briga?

— Odeio ele mais do que aquele hidromel podre — retrucou, socando o travesseiro algumas vezes antes de sentar na cama. — Ele não merece você. Nem Saba.

— Ninguém merece Saba.

Ele sorriu de leve.

— Verdade.

— Jember tem suas próprias estratégias de sobrevivência. E... ele sente muita dor por causa da lesão. — Eu provavelmente não deveria sair contando as coisas de Jember, mas agora era tarde demais. Fui me sentar ao lado dele na cama. — A maioria das coisas que ele fala não é por mal.

— Você se acostumou a defendê-lo. Ele não merece que faça isso, Andromeda. — Ele bufou e deitou na cama. — Ele é um lixo de pessoa.

— Eu sei que ele é, mas você não tem o direito de dizer isso.

Magnus me olhou com curiosidade, e percebi que eu tinha levantado a voz.

Fiquei em pé num pulo.

— Vou cochilar, para me preparar para hoje à noite — falei e saí correndo do quarto.

———❧———

— Onde estão as coisas? — Foi a primeira coisa que Jember perguntou depois de andarmos um pouco pelo corredor. Ele só precisou erguer um pouquinho a voz e chegar mais perto por causa do vento.

— Eu purifiquei tudo — respondi. — Bom, a maior parte.

Ele mordeu o lábio por um minuto e depois foi até o cômodo mais próximo: a biblioteca.

Eu o segui e fechei a porta, cortando o vento lá fora.

— Esse cômodo não é o mais seguro. Tem um fantasma aqui que gosta de atirar livros.

Jember estreitou os olhos, mas não para o que eu disse, e sim para o retrato do pai de Magnus.

— Em geral, eu aplaudiria seu bom senso...

— Aplaudiria mesmo? — rebati, erguendo as sobrancelhas.

— ...em purificar as Manifestações por ordem de força. — Eu me esquivei quando ele tentou me dar um peteleco na testa. — Mas, nesse caso, você deveria ter deixado todas intactas e ter lidado só com a hiena. Purificando tudo primeiro, o Mau-Olhado tem oportunidade de sobra para avaliar a sua capacidade.

— Bem, disso eu não sabia — admiti, dando de ombros com frustração. — Nunca chegamos a esta lição, lembra?

— É porque não era *pra* você estar aqui.

Um livro caiu no chão e derrapou, parando entre nós.

— Esse é o aviso *pra* gente sair — expliquei. — Vamos trabalhar na sala de jogos?

Jember não se mexeu.

— Me dá isso aqui.

Suspirei, mas peguei o livro do chão e lhe entreguei. Encolhi-me quando ele posicionou o braço para trás. Jogou o livro na parede, e sua ponta rígida deixou uma marca funda na tela, bem onde alguém tinha pintado a garganta do pai do Magnus. O livro girou, colidindo de um jeito estranho na lareira e depois caindo no chão. Jember murmurou alguma coisa que incluiu um xingamento e a palavra *colonizador*, saindo do quarto em seguida.

Eu o segui a uma distância segura até chegarmos à sala de jogos.

— Tenho a sensação de que você conhece o homem do retrato — falei com cuidado.

— Nunca o conheci. — Jember escolheu a poltrona ao lado do fogo, então coloquei a cesta de suprimentos na mesinha de centro e virei o sofá até ficar de frente para ele. Ele pegou um disco de prata da cesta. — Mas o menino tem a mesma cara.

— Sério? Eu acho Magnus mais parecido com Saba.

Ele acendeu a caneta com violência.

— Aquele cretino não tem nada a ver com Saba.

Ri com malícia daquele tom defensivo e cheguei mais perto, para observar seu trabalho, mas ele me espantou com a mão. Certo. Não assista. Só sinta. Recostei-me na poltrona.

— Nunca quis que você tivesse que aprender esse tipo de coisa — falou, depois de alguns movimentos da caneta.

— Se é assim, por que você me ensinou a purificar Manifestações?

— No começo? Porque construindo amuletos você saía do meu pé por horas. — Ele encolheu os ombros. — Você era boa. Ficava animada. E eu gostava de te ensinar. Ainda por cima, quando te levava junto para atender clientes, eles sempre te davam gorjeta.

— E aí eu parei de ser lucrativa porque deixei de ser fofinha.

Não foi só porque cresci e aumentei de tamanho, e meu rosto perdeu os traços fofos de bebê e se transformou em algo mais comum e estranho. Jember parou de me levar com ele mais ou menos na mesma época em que ganhei a cicatriz. A memória súbita de que ela existia me fez levantar o braço por instinto para cobri-la. Tentei fazer o gesto parecer casual, dobrando as pernas e abraçando-as em cima da poltrona, enquanto escondia a boca e as bochechas atrás dos joelhos.

Não sei se Jember percebeu o que eu estava fazendo, mas ele disse:

— Não é verdade. Você parou de ser lucrativa quando virou uma babaca.

Soltei uma risada.

— Tipo você.

— Sim, mas eu já tinha minha fama. É diferente quando a pessoa era um anjinho encantador. — Ele jogou o corpo para trás, pondo as pernas na mesa entre nós. — Você nunca tinha apanhado daquele jeito antes, então aquela postura era compreensível. Mas gosto de você ter deixado isso para trás. É preciso achar a estratégia de sobrevivência que funcione melhor *pra* cada um, e você se dá bem com o otimismo.

— Talvez você devesse experimentar.

— É cansativo demais. Tenho que economizar energia para o que realmente importa. — Ele suspirou e balançou o amuleto. — Você está prestando atenção? Não vou começar de novo por você.

— Não sinto que está completo.

— Não está. — Ele levantou a sobrancelha para mim. — Se você simplesmente não fosse tão ambiciosa, não estaríamos aqui agora.

— Fique à vontade para ir embora quando terminar esse amuleto — falei. — Eu assumo a partir daí.

Era uma idiotice dizer aquilo — se ele caísse no blefe, não teria ninguém para construir o amuleto quando a hiena fosse solta.

Ele soltou um suspiro e olhou para a prata inacabada, não como se tivesse feito algo errado, mas como se se lembrasse de outra coisa. Não me atrevi a interromper aquele pensamento, então minutos de silêncio se passaram, ou foi o que pareceu.

— Somente quatro *debteras* na história sobreviveram ao encontro com uma hiena. Todos sofreram lesões nos nervos por causa dos ferimentos. Nenhum nunca mais conseguiu tocar em outro ser vivo. Três se mataram antes que a idade os levasse naturalmente. — Ele balançou a cabeça, como se percebesse que não estava trabalhando, e fez mais alguns movimentos. — Não quero esse destino *pra* você.

Ao ouvir suas palavras, engoli, com a garganta seca.

— Por que você nunca me contou isso?

— Teria feito diferença? Todas as crianças pensam que são invencíveis. Além disso, construir amuletos é uma coisa que está em você, como a música. A maioria dos *debteras* se contenta em purificar Manifestações cotidianas, mas você nunca se contentou. Ensiná-la a purificar uma hiena seria incentivo demais.

— Sou boa nisso, você sabe que sou. E, se você tivesse me ensinado tudo, talvez não precisasse estar aqui agora, fazendo isso por mim. Sei que você odeia estar aqui.

— Você é muito inexperiente para saber que deveria estar com medo.

— Estou apavorada, Jember. Desde a primeira noite. Mas há coisas mais importantes que o medo nesse momento.

— É — resmungou —, seu namorado insuportável.

— Ele não é meu namorado — respondi, com o rosto em chamas. Completei, indignada: — Seja como for, você é o namorado insuportável de Saba, você sabe.

— Eu sei — xingou e se reclinou na poltrona. — Não consigo de jeito nenhum entender por que ela ainda me ama.

— Porque o amor é um bicho estranho. Sei lá. Por que eu amo Magnus?

Ele ergueu as sobrancelhas ao retomar o trabalho.

— É, por quê? Você já foi mais sensata.

— Pelo mesmo motivo que gosto de você — falei, sorrindo maliciosamente. — Toda menina quer se casar com alguém igual ao pai. Você me condicionou a ter um péssimo gosto para homens.

Ele riu, colocando o amuleto na mesa com um suspiro. Depois, ficou calado por um tempo, e seu sorriso foi murchando enquanto mergulhava em pensamentos profundos e tristes. Por fim, olhou para mim.

— Nunca fui a pessoa certa para criar uma criança, e você pagou o preço. Sinto muito, Andi.

Eu não esperava aquelas palavras e, por um momento, não soube o que fazer com elas. Senti a alfinetada das lágrimas que brotavam nos olhos, mas sabia que ele ia me dar uma dura se eu chorasse. Era fácil usar isso contra ele, culpá-lo por tudo que tinha feito comigo.

Mas, sei lá por quê, eu não quis.

— Eu te perdoo.

— Não precisa.

— Acho que é melhor para a minha própria consciência.

Ficamos mudos durante um tempo.

Jember quebrou o silêncio com outro suspiro.

— Acho que podemos concordar que o laço entre nós não é baseado no amor comum. Nós somos sobreviventes. Sempre voltamos a nos reunir porque precisamos um do outro para sobreviver... mas isso não quer dizer que não gosto de você. Eu gosto.

De repente, meu coração começou a bater mais forte. Tive que me controlar para não sorrir. Isso é o que eu sempre quis ouvir.

— Você me criou. Isso é carinho suficiente.

Ele olhou para mim, me analisou, como se quisesse entender se eu estava sendo sarcástica, e depois me passou um disco de prata.

— Espero que você tenha prestado atenção.

— Fica de olho, velhote. Vou mostrar como é que se faz.

Ele deu uma risada cínica e voltou a apoiar as costas na poltrona.

— Veremos.

Ele começou a trabalhar no próximo amuleto sem me esperar terminar. Por um tempo, trabalhamos juntos em silêncio. Que silêncio familiar. Quando era menor, eu costumava chamar aquilo de *tempo de qualidade juntos*. Ainda assim, foi um momento maculado pela ansiedade extrema que estava sentindo.

— O quarto *debtera* está bem? — perguntei, do nada.

— Oi?

— Três se mataram. O quarto não pensa nisso, certo?

— Não tanto desde que achei você. — Ele parou de trabalhar, dando um sorriso quase imperceptível. — E não é que ajuda ter alguém por quem viver?

<hr />

Entrei no meu quarto e vi Magnus dormindo profundamente. A gaveta onde eu guardava minha camisola rangia, então tirei o casaco, enrolei o cabelo em um lenço de cetim e subi na cama com cuidado. Deixei um espaço entre nós, assim como Jember e eu tínhamos feito por anos, mas... de algum modo, me deitar ao lado de Magnus era diferente. Parecia... definitivo.

Mas a palavra "definitivo" podia significar tantas coisas. Podia significar que ele era meu destino final, meu parceiro de vida, o homem que um dia eu poderia vir a chamar de Marido — por mais que o conceito me parecesse desagradável agora, eu sabia, do fundo do coração, que era o que o futuro me reservava.

A não ser que... a não ser que "definitivo" significasse algo mais eterno, envolvendo mais a presença física de Deus e muito menos a de Magnus.

Não... não. Ainda não era minha hora de morrer, se Deus permitisse.

Estiquei a mão e acariciei a bochecha de Magnus. Ele suspirou, murmurando meu nome.

— Sim, estou aqui — sussurrei de volta.

— Você se divertiu? — balbuciou, ainda meio dormindo, com o rosto afundado no travesseiro.

Eu sorri, segurando um beijo para não despertá-lo.

— Me diverti.

— Você ama trabalhar...

Eu pedi com carinho para ele ficar quieto, e ele suspirou e voltou a dormir.

CAPÍTULO

31

Acordei com a cara colada numa parede. Ergui a mão para empurrá-la, mas, para minha surpresa, ela parecia ser feita de carne. Misericórdia! Como pude esquecer? Eu tinha dividido a cama com Magnus ontem. Seus braços me enlaçavam, deixando um espaço mínimo entre nós.

— Você quebrou as regras de compartilhamento de cama — balbuciei em seu peito.

— Bom dia *pra* você também, meu benzinho — sussurrou no topo de minha cabeça.

Eu me sentia quente demais, e nem era só por causa do calor corporal.

Ficamos deitados na cama, curtindo o sol que entrava pela janela, mas era difícil aproveitar direito sabendo o que aconteceria hoje à noite. Que a hiena seria liberada... e minha vida estaria em jogo.

Não. A morte não era uma opção. Além disso, o que a morte podia me fazer de mal que a vida já não tivesse feito? Era a voz da ansiedade falando. Só isso.

O barulho de um cocheiro e de cavalos lá fora me tirou do cobertor e da cama em um pulo. Eu me vesti correndo, mas, quando cheguei às escadas, Esjay já tinha entrado.

— Peggy? — chamou, e meu sangue gelou imediatamente.

— Ela foi embora — falei, descendo as escadas às pressas.

Esjay parou de colocar o casaco.

— Como assim foi embora?

Quando me aproximei, percebi que ele parecia mais cansado do que o normal. Mais ansioso. Mas eu não tinha elaborado minha mentira em detalhes, então só dei de ombros.

— Acho que ela não quis mais lidar com a maldição.

Esjay me olhou como se eu fosse uma alucinação da cabeça dele.

— Ela cuidou de Magnus desde que ele era bebê. Como pôde ir embora do nada? — E ficou de queixo caído e olhos arregalados. — Quem você encontrou para ser voluntário?

— Hum...

— Peggy! — gritou ele, enfiando a cabeça na sala de jantar antes de sair correndo escada acima. — Magnus!

— Esjay, você voltou — disse Magnus, bocejando ao sair do quarto. — Não veio buscar Kelela, veio?

— Kelela? — Esjay se deteve um pouco antes de olhar para Magnus, sem confiar em seu amuleto. — Era para ela estar com amigos. Você está me dizendo que ela está *aqui*?

— Nós somos amigos dela — respondeu Magnus, indignado.

— Ela está aqui — confirmei, mordendo o lábio. Para ser sincera, fiquei feliz que a atenção dele desviou de Peggy.

Esjay me lançou um olhar severo — uma mudança estranha vinda dele, mas até que contida em comparação aos olhares que eu tinha visto na rua e até mesmo em Jember.

— Onde?

— No quarto de Magnus.

Ele percorreu os degraus restantes e a curta distância do corredor a todo vapor, irrompendo no quarto sem bater.

E depois a gritaria começou.

— Qual é o seu problema? Pode esquecer Paris, mocinha. O que, em nome de Deus, aconteceu com o seu braço?

Magnus soltou um suspiro cansado e segurou minha nuca, beijando minha testa.

— Vou me vestir. Não vá muito longe.

— Não vou — respondi, sentindo o desejo por ele em cada célula do corpo enquanto ele me deixava no corredor. Mas eu não tinha tempo para isso. Precisava achar Jember.

Ele tinha designado a sala de jogos como lugar para dormir, então foi para lá que fui primeiro. Encontrei Saba e ele tomando café. Bem, Jember tomando café. Eu não tinha certeza se pessoas de cerâmica conseguiam digerir comida.

— Saba deu um jeito em você, estou vendo — brinquei, sinalizando a barba aparada ao acariciar a minha imaginária. — É um gesto muito fofo de amor, não é?

— Foi mais de coerção — respondeu ele, levantando as sobrancelhas para Saba enquanto ela ria com inocência e dava de ombros.

— Vocês dois devem estar se dando muito bem — falei, e Saba devolveu minha expressão maliciosa, confirmando minhas expectativas. — Ele até está deixando você encostar no rosto dele.

— Quem é que estava fazendo todo aquele estardalhaço lá fora? — perguntou Jember, para ignorar meu comentário, é óbvio, já que ele não parecia se importar muito com Esjay.

— O irmão de Kelela.

Como se tivesse ouvido o chamado, os passos duros nas escadas e a voz briguenta de Esjay chegaram até nós. Jember baixou as sobrancelhas de leve e tocou o braço de Saba para pedir licença, liderando o caminho.

Kelela veio correndo até mim depois de descer as escadas, abraçando meu pescoço com seu braço bom. Por um instante, fiquei congelada, depois devolvi o abraço, apertando sua cintura.

— Bota aquela hiena *pra* correr — sussurrou, sendo arrastada por Esjay antes que eu pudesse responder.

— Pode deixar — falei para ela em voz alta, e Esjay me lançou um olhar que dizia *por que você está falado com a minha irmã?*

— Não acredito que você deixou Kelela fazer isso — disse ele, virando-se para Jember. — Você é o adulto aqui. Deveria tê-la impedido.

— Ela é *sua* criança — retrucou Jember, sem um pingo de remorso.

Esjay soltou uma bufada raivosa pelas narinas, como um cavalo selvagem prestes a atacar. Em seguida, simplesmente ignorou os instintos e arrastou Kelela para fora pelo braço bom.

— A primeira coisa que vamos fazer é ir a um médico *de verdade.* — Escutei-o dizer. — Seu osso vai colar todo errado...

Jember bateu a porta e foi para a cozinha.

— O plano ainda vai funcionar? — perguntei, correndo para alcançá-lo. — Com a ida de Kelela?

— O importante é que o Mau-Olhado tenha um alvo — respondeu —, o que ela já é. Ela não precisa estar por perto para a hiena ficar ativa. Nós dois só temos que construir mais alguns escudos para compensar.

∿

Passamos a manhã construindo mais escudos, enquanto Magnus ficava à toa pela sala e desenhava, e depois do almoço demos um tempo um do outro. Não que trabalhar com Jember fosse desagradável — algumas de minhas melhores memórias eram de nós sentados na cama, construindo amuletos. Era como se só conseguíssemos nos conectar por meio do ato de entalhar formas na prata. De certa forma, uma terapia.

Mas ele precisava de uma pausa para descansar os dedos, então Magnus e eu tiramos um cochilo rápido e depois fomos tocar um pouco. Acho que nós dois decidimos, sem dizer um ao outro, que queríamos passar o dia todo juntos. Além disso... parte de mim estava morrendo de medo de que não houvesse um amanhã.

Besteira, Andi. Tudo vai ficar bem.

Por um tempo, só ouvi o rangido da madeira e nossos passos lentos ecoando pelos corredores antigos e vazios enquanto andávamos.

Mas Magnus teve um calafrio e grudou em mim, pois tinha outra coisa fazendo eco também. Uma espécie de som de tapas vindo da sala de jogos.

— Deus, o que é isso? — sussurrou. Ele agarrou a minha mão quando fui em direção ao barulho questionável. — O que você está fazendo?

— Fique aqui — falei, correndo até a porta, mas a risada de Jember me fez congelar antes que pudesse entrar.

— Você está tentando me quebrar? — Ouvi sua voz falando. — Sua pele já é dura sem usar toda essa força.

Definitivamente questionável.

Espiei a sala e vi Jember e Saba em pé, em lados opostos da mesa de bilhar, com as mãos abertas sobre a superfície macia diante deles. Senti-me abençoada por ter a honra de testemunhar Jember e Saba brincando do jogo do tapa. Os dois esticavam a mão direita em sincronia, tentando dar um tapa na mão esquerda do oponente. Jember ganhou aquela rodada, tirando a mão do caminho e batendo na de Saba.

Aquele jogo não tinha um nome oficial, e eu cresci sem me convencer totalmente de que era um jogo de verdade, e não um método que Jember tinha inventado para me torturar. Nós jogávamos quando eu era pequena, como uma forma de diversão para passar o tempo entre o possível jantar e o atendimento de um cliente. Minha mão esquerda vivia vermelha e doendo. Eu era rápida, tinha bons reflexos, mas os tapas de Jember *machucavam*.

Para falar a verdade, fiquei feliz em ver que Saba estava fazendo Jember provar do próprio veneno.

— Andi! — choramingou Magnus, e eu o espantei com a mão.

Saba deu outro tapa em Jember, e ele riu e xingou, agarrando os pulsos dela.

— E o jogo limpo? Preciso dessas mãos para trabalhar.

Ela o olhou com uma cara provocadora, virando uma das mãos dele para cima e traçando os dedos dele com os dela.

Eles ficaram calados por um instante. Foi um silêncio doce, que apenas o crepitar do fogo ousava interromper.

— Fizemos amor pela primeira vez numa mesa como essa — murmurou Jember, e o sorriso de Saba ficou instantaneamente incontrolável, seu olhar tímido baixando para a mesa. — Lembra?

Ela mordeu o lábio e assentiu com a cabeça. Então, subiu na mesa e, engatinhando, cruzou a distância que os separava e deu um beijo nele. Tive que tapar a boca com as mãos para evitar um grito de alegria.

Eu tinha conseguido juntar os dois, apesar de toda a teimosia deles. Esse tinha que ser um dos momentos mais recompensadores da minha vida.

Ouvi Magnus arquejar atrás de mim e me virei rápido para contê-lo antes que ele tivesse a chance de falar algo que estragasse o momento. Com a mão apertando a boca dele, conduzi-o pelo corredor antes de deixá-lo falar.

— Que diabos foi aquilo? — sibilou.

— Não quis que você acabasse com o momento romântico deles.

— Momento romântico? Aquele canalha estava beijando minha mãe!

Fiz um sinal para ele se calar e o arrastei para a sala de música.

— Foi lindo.

— Foi medonho.

Sorri e levantei uma sobrancelha para ele.

— Pensei que você fosse um entusiasta do amor.

— E sou — respondeu, fazendo cara feia para a porta. — Quando a pessoa merece amor.

— Todo mundo merece amor, Magnus. E, se eles não merecem, quem somos nós para julgar? — Eu me sentei diante do cravo e apertei algumas teclas, e ele se sentou ao meu lado. — Seja como for, achei fofo os dois juntos.

Magnus resmungou.

— Vamos pensar em coisas legais agora. E se você me ensinar a tocar?

Ele olhou para o instrumento.

— Sério? — Seu entusiasmo era palpável. Ele se levantou e ficou atrás do banco. — Fica sentada aqui no meio.

Centralizei o corpo no banco e me inclinei para frente, como ele instruiu. Depois, fiquei um pouco tensa ao sentir a almofada afundar com o peso das pernas de Magnus. Olhei para baixo e vi seus joelhos ao lado de minhas pernas. Ele chegou com o rosto perto do meu ombro, e fiz um esforço para não corar. Estava envolvida naquele calor. Calor humano. Melhor que o de qualquer fogo.

— Este é um Dó — disse ele, esticando o braço ao meu lado, para apertar uma tecla. — É aqui que seus dois polegares começam.

Coloquei os dois polegares no lugar que ele havia indicado, mantendo meus dedos fora do caminho, mas ele deu uma risadinha.

— O que foi?

— Você vai precisar dos outros dedos também, minha bobinha querida.

Se os braços dele estivessem em volta de meu corpo, teria sido um abraço. Mas eles estavam nas minhas mãos, guiando com gentileza cada dedo até a tecla certa. Suas mãos eram tão macias que fiquei com uma vergonha súbita dos meus calos.

— Relaxe, meu amor — sussurrou perto da minha bochecha, e foi a pior coisa que ele poderia ter feito.

— Você está me deixando nervosa — falei, afastando-o com as costas.

Ele apertou minhas mãos com um pouco mais de força, para recuperar o equilíbrio.

— Nós dois sabemos que você é a mais assustadora entre nós.

— Não entendi se foi um elogio.

— Tão pequena e tão intimidante. — Ele beijou minha bochecha e alinhou meus dedos de novo. — Pronta para tocar?

Assenti, contente demais para falar. Magnus deslizou as mãos macias por baixo das minhas, pousando minhas palmas sobre suas mãos e cada um dos meus dedos curvados sobre os dele. Então, devagar, começou a tocar. Devagar a ponto de manter minhas mãos sobre as dele sem nenhum esforço. Devagar, mas sem melancolia, as notas derretendo como prata quente em uma melodia bonita e substancial. Era como se sua música ganhasse vida.

E, por um instante, me deixei levar pelo pensamento de que tudo ficaria bem.

As mãos dele escorregaram, seus dedos manchando as teclas creme de vermelho. Ele parou de tocar de repente, o instrumento ecoando de um jeito sinistro, as notas demoradas amargando ao pairar no ar.

Ele afastou as mãos, arfando.

A princípio, não falamos nada. Só ficamos em silêncio, observando o sangue escorrer de cada fresta entre as teclas, como se saísse de uma boca cheia de dentes sangrentos.

Foi só quando ouvi o líquido pingar no chão que senti a respiração de Magnus ficar pesada.

— Quem foi, Andromeda? — perguntou, com a voz trêmula.

— Talvez isso não signifique o que você pensa — respondi baixinho.

— A casa sangra quando o Mau-Olhado faz uma vítima. — Suas mãos estavam tremendo quando ele agarrou meus braços. Ele estava encolhido contra mim, com os lábios pousados em meu ombro. — Me conta. Por favor. Foi a Peggy?

Ele falou como se já soubesse e desejasse desesperadamente que eu negasse. Eu não sabia o que dizer. Mas meu silêncio foi resposta suficiente.

Um soluço alto rompeu nosso silêncio. Ele me enlaçou, seu corpo tremendo sem controle. Meus braços estavam presos por ele, então só consegui confortá-lo um pouco prendendo sua cabeça em meu pescoço e fazendo um cafuné em seu cabelo com os dedos. Só serviu para ele abrir um berreiro.

— Ela foi muito corajosa — falei no ouvido dele, para que conseguisse escutar. — Ela morreu lutando, protegendo as pessoas de quem gostava. — Ou seja, Kelela. Mas não era hora de falar mal dela.

— Isso... não...f-faz... eu me sentir... m-melhor — disse, entre soluços.

Senti um calafrio, agarrando seu cabelo com um sentimento doído de impotência, sem ter ideia do que fazer.

Sua cabeça parecia um peso morto sobre meu ombro. Era estranho ficar sentada esperando-o se recuperar, mas eu não podia simplesmente deixá-lo ali sozinho. Meu pescoço estava quente e molhado, meu traseiro ossudo tinha começado a doer de tanto ficar no mesmo lugar. Talvez fosse por isso que Jember sempre me ameaçava com os travesseiros. Chorar demorava muito. Mas eu nunca tinha perdido uma pessoa amada. Quem era eu para apressar o luto dele?

Porém, talvez fosse preciso, pois ouvi passos ligeiros no corredor, que liberaram uma súbita onda de adrenalina em mim — meus instintos sabiam que não era coisa boa.

Após um minuto, Jember irrompeu na sala, com cara de assassino, e Saba veio logo depois, com cara de pânico total.

Eu deveria ter levantado na hora, com a faca na mão, mas Magnus pesava muito nos meus ombros.

— Por que a lareira está sangrando? — vociferou Jember, espantando a mão reconfortante de Saba.

Nunca me ocorreu que vários cômodos podiam sangrar de uma vez, que talvez o Mau-Olhado só fizesse isso para exibir sua última matança. Mas era o que eu merecia por não ter contado a Jember. Como eu era o próximo alvo, ele tinha que construir o amuleto, e isso não era coisa para se pedir 5 minutos antes — ele precisava estar com a mente e os dedos descansados.

Contudo, aquilo não o impediria de me dar um nocaute antes.

Dei tapinhas frenéticos no joelho de Magnus para fazê-lo levantar, mas, pelo contrário, ele me abraçou para me proteger, como se aquilo fosse uma boa ideia. Eu estava bloqueada, na frente e atrás, e meu coração começou a martelar no peito, desesperado para encontrar uma saída.

— A hiena vai ser solta hoje à noite — disse Jember, dando a volta no cravo. — Quem é o alvo, Andi?

— Fique longe dela — gritou Magnus —, ou eu vou...

Entre o cravo e o doce rapaz atrás de mim, pode-se dizer que o último era o obstáculo mais fácil de superar, e Jember agarrou-o pelo colarinho e puxou-o para trás. E, Deus que me perdoe, eu aproveitei esses poucos segundos para escapar por cima do instrumento. Magnus ganiu e fez um escândalo quando bateu de costas no chão, e Saba correu para acudi-lo.

Jember socou o cravo com as mãos, arrancando um grito abafado de dissonância do instrumento.

— Me diz que você não fez o que eu acho que você fez.

O que eu havia pensado ser raiva, agora reconhecia como algo a mais. Algo como pânico. Medo. O que abalou um pouco minha determinação.

— Jember — falei, procurando a faca devagar com a mão —, acalme-se...

Ele empurrou o instrumento, e eu perdi o equilíbrio, tropeçando e caindo. Consegui me segurar — por pouco não machuquei o quadril — e me levantei rapidamente, com a faca a postos.

Nós dois sabíamos que eu jamais a usaria, então ele não pensou duas vezes antes de vir com tudo para cima de mim. Recuei com a mesma velocidade.

— Você fez contato visual?

Hesitei. A resposta era basicamente, sim.

— Pelo menos escuta o meu plano...

— Você ficou maluca?! — gritou. Suas mãos estavam suspensas diante dele, suplicantes, segurando e soltando o ar, como se ele não soubesse o que fazer com elas. — Depois de tudo que fiz para te manter viva, você vai lá e se coloca à mercê de... — Ele soltou um berro de frustração e cobriu o rosto com as mãos. Seus ombros tremiam um pouco.

Guardei a faca, com a mesma lentidão com que a tinha sacado. Jember não era de chorar. Às vezes, quando ele pensava que eu estava dormindo e não tinha mais remédio, chorava um pouco de dor. Mas nunca o vi demonstrar remorso. Nunca derrubava lágrimas por uma pessoa. Muito menos por mim.

Porém, quando tirou as mão do rosto, havia lágrimas ali, que ele secou com tanta pressa que quase achei que fossem uma ilusão de ótica. Ele tinha extravasado o pouco de humanidade a que se permitia, mas seus instintos de sobrevivência assumiram o controle tão depressa que mal tive tempo de reunir a emoção para consolá-lo.

— Sua idiota — falou. — É mais fácil eu matar você primeiro...

Saba se plantou à minha frente. Ele desacelerou um pouco o impulso. Eu não podia mentir — adorava aquele poder que ela tinha sobre ele, por menor que fosse.

— Juro por Deus, Saba, se você não se mexer...

— Você não pode bater nela, velhote — respondi, mostrando as cicatrizes dos meus dedos para ele. — E nós podemos brigar se você quiser, mas o que isso traria de bom? Não muda o que eu fiz.

— *Você* sabe o que fez? — rebateu ele. — Porque parece que não.

— Estou protegendo as pessoas de que gosto...

— Às custas da própria vida?

— É a melhor maneira...

— Você sabe muito bem que não...

— Chega! — Magnus interveio, correndo até mim. — Por que você está ameaçando...

— Eu mato você, menininho — vociferou Jember, com o olhar animalesco. — Esse assunto é meu e da minha filha. Sai fora.

Eu não sabia se reagia com mais intensidade à parte em que ele dizia que ia matar Magnus... ou à parte em que dizia, em alto e bom som, que eu era filha dele.

Saba tinha se colocado na frente de Magnus, caso Jember decidisse cumprir a promessa ali mesmo. E Magnus parecia apavorado, mas recuou alguns passos, graças a Deus, mudo como um peixe.

Jember apontou para a porta.

— Sala de jogos — ordenou, e eu corri para o corredor.

Fui correndo até lá, querendo evitar que minhas costas ficassem ao alcance da ira dele sem eu poder ficar de olho. Jember não parecia estar com pressa, seus passos irregulares ecoando pelo vasto corredor como um coração preso embaixo do assoalho, ainda pulsando. Encontrei um ponto da sala onde eu não pudesse ser encurralada e que ficasse de frente para a porta e esperei aquele coração agourento chegar. Ele fechou a porta, trancando-nos na proteção do amuleto, e encostou nela, com os braços cruzados sobre o peito.

Por um instante, ficamos em silêncio. Ele parecia pensativo, mas de uma forma perigosa, imprevisível.

— Como você sabia que era eu que tinha olhado para ele, e não Kelela? — perguntei.

— Porque você mentiu. — Por fim, olhou para mim. — É melhor ter um bom motivo.

— Em primeiro lugar, confio na minha capacidade de sobreviver a ataques assassinos.

Ele fez uma pausa, como se refletisse sobre o meu sarcasmo.

— Eu confiaria em você também... em qualquer outra situação.

— Sou rápida e forte para o meu tamanho. E você é o melhor *debtera* que conheço. Se você construir o amuleto, não vou precisar distrair a hiena por muito tempo. Esse é o jeito mais eficaz, você sabe.

— Isso se tudo for como o planejado. Se Saba não se dobrar às ordens do Mau-Olhado. Se ele não romper todos os escudos. Se você conseguir... — Ele engoliu em seco, olhando feio para o chão. — Evitar a morte.

— Eu mantive Kelela viva, esqueceu? Vou usar amuletos como os que dei para ela, então a hiena vai ter outra barreira para derrubar. Nós vamos conseguir, Jember.

— Você não nos deu outra escolha. — Ele respirou fundo e caminhou lentamente até a poltrona, sentando-se ali com as mãos apoiadas nos braços do estofado. Depois, recostou-se na poltrona e olhou para o fogo por um tempo. — Eu deveria ter dito que te amava quando você era mais nova. Quem sabe assim você não jogaria sua vida no lixo pela primeira pessoa que dissesse isso.

— Mas você não me ama — falei, cruzando os braços e olhando para meus pés. — Você já admitiu.

— Poderia ter falado pelo seu bem.

Parei no sofá diante dele.

— Então seriam só palavras. Vazias como a maioria de suas ameaças.

— Tem razão — respondeu. Aquilo me deixou um pouco boquiaberta, e me sentei em silêncio, esperando o momento em que ele transformaria meu comentário em uma discussão. Mas ele só deu de ombros. — O amor é uma ação. É algo que se faz. — Ele lançou um insulto para as labaredas, depois finalmente me olhou, baixando as sobrancelhas como se lutasse contra a dor. — Acho que seu sacrifício se justifica, então.

Fui até ele, tirei sua prótese e a coloquei ao lado da poltrona.

— É uma coisa perigosa, mas não um sacrifício. Porque vou ficar bem. Nós *vamos* ficar bem.

— Guarde o otimismo para si.

Apesar de tudo, abri um sorriso, mas não durou muito.

— Sinto muito por você e Saba.

— Ela está morta, Andi. — Quando ele disse, pareceu tão definitivo. — É só uma memória. A melhor coisa que posso fazer por ela agora é garantir que sua alma encontre paz.

— Para mim, isso parece um ato de amor.

Ficamos um pouco em silêncio.

Ele inspirou profundamente, tremendo de leve.

— Acho que devo descansar para hoje à noite.

— *Tá.* — Esperei ele completar. Como ele não disse mais nada, me levantei. — Te acordo para o jantar.

CAPÍTULO
32

E stava tudo pronto.
Jember e eu tínhamos construído onze escudos: um amuleto na entrada da sala de jogos e os outros dez no corredor, a cerca de um metro de distância, criando pequenas áreas de proteção caso a hiena saísse da sala. Espalhamos as armas que encontramos pelo cômodo e pelo corredor. Acendemos velas por toda parte, que projetavam sombras bruxuleantes, criando assombrações onde não havia nada.

— Ainda dá tempo de me matar — disse Magnus pela vigésima vez naquela noite. Ele estava deitado de lado, no sofá da sala de jogos, com um cobertor puxado até o queixo, apesar do amuleto que Jember tinha feito para aquecer o ambiente. — Olha todas essas armas na sala.

Dei uma espiada no relógio da parede. 21h45.

— Logo, logo isso vai acabar, Magnus — falei, mal processando minhas próprias palavras.

Deus. Acabar para quem?

Saí da sala correndo, a ansiedade fazendo meu coração palpitar.

Jember estava sentado em uma cadeira no corredor, ao lado da porta aberta, para não ser visto pela hiena. Ele estava com um cabide leve em volta do pescoço, por cima do amuleto, com os fios coloridos de que precisaria pendurados ao seu alcance e com o disco que eu tinha começado no colo. Eu tinha colocado mais alguns na bolsa, caso ele precisasse recomeçar, mas Jember estava acostumado a pegar só um por vez na igreja. Ele nunca teve a chance de errar.

— Você está nervoso? — perguntei, abraçando a mim mesma na minha blusa leve de manga comprida.

— É melhor não focar no que você sente — respondeu, parecendo não sentir nada.

— Bem, eu estou com medo — falei, despejando as palavras sem me importar com o que ele havia me instruído.

— *Você* está com medo? Foi você que nos meteu nessa. Além disso, há coisas mais importantes do que o medo agora.

— Essa fala é minha. — Tentei engolir aquele medo, mas ele ficou entalado na boca do estômago. — Podemos rezar juntos?

Jember estremeceu.

— Faz um bom tempo que Deus não me escuta.

— Ele te escuta. Talvez você só não esteja ouvindo quando Ele responde.

— Não ouço muita coisa por causa disso — disse, dando um tapinha no joelho.

— Já pensou que talvez os últimos 20 anos tenham preparado você para hoje?

Ele deu um sorriso mínimo.

— Muito filosófico, Andi. Outra hora, quando a gente não estiver prestes a liberar um demônio.

Suspirei e me inclinei no batente para olhar o relógio. Faltavam 12 minutos.

— Vou rezar por você.

Ele ergueu as sobrancelhas.

— Por quê?

— Porque você precisa mais do que eu.

— Sua incapacidade de se colocar em primeiro lugar foi o que nos trouxe até aqui.

— E é o que vai nos tirar daqui. — Pus as mãos nos ombros dele. — Lembra, na Bíblia, quando Jó ficou doente e perdeu suas colheitas, seus filhos, tudo? Ele só melhorou depois que rezou pelos amigos.

— Acho que você leu errado.

— Deus Todo Poderoso — comecei —, dê a Jember sabedoria e coragem para os momentos assustadores. Proteja-o, apesar de sua fé abalada. Eu sei que ele ainda ama o Senhor. Ele só está com raiva por causa da dor.

— Desnecessário — disse Jember, dando um suspiro. — E não temos tempo.

— E, quando isso acabar, dê a ele tudo o que seu coração deseja. — Peguei a mão dele e a coloquei no meu ombro. — Agora reze por mim.

— Eu já disse, Ele não me escuta.

— Ele vai escutar. — Esperei-o começar em silêncio. — Basta falar com o coração.

Jember suspirou.

— Escuta... — Ele se calou por um momento. — Esta garotinha tem muita consideração pelo Senhor. Se o Senhor não fizer nada por mim, pelo menos faça por ela. Proteja-a quando os amuletos falharem... porque, se ela morrer, não vou querer mais saber do Senhor. — Ele tirou a mão do meu ombro e respirou fundo. A oração me deu forças, mas ele pareceu um pouco abalado. Indicou a porta com a cabeça. — Volte *pra* lá.

Assenti e entrei. Saba me lançou um sorriso triste, me oferecendo a mão. Sentei-me na poltrona ao lado dela e segurei sua mão, me agarrei a ela, percebendo de repente que aquela podia ser a última vez que eu teria essa chance.

Então, mais cedo do que desejava, o relógio bateu 22 horas.

Levantei e peguei uma das espadas do chão, sussurrando junto com as badaladas do relógio.

— Quatro... Três... Dois...

O eco da última badalada foi interrompido pelo uivo do vento no corredor.

Magnus se contorceu debaixo do cobertor, e, no momento seguinte, a forma de uma coisa menor tomou seu lugar. A hiena se desvencilhou do cobertor, que deslizou no chão, e imediatamente pôs os olhos em mim.

Segurei a espada na minha frente. Não deu tempo de pensar em como usá-la. A hiena disparou na minha direção. Ela colidiu contra o escudo, e aproveitei para atacá-la com a lâmina. Não saiu sangue, apenas um talho se escancarou, como um pedaço de carne cortado de qualquer jeito. Mas ela mal parou, voltando a investir contra meu escudo enquanto o ferimento cicatrizava sozinho. Desferi mais e mais golpes. Só depois de cinco vezes ela teve que parar por um instante para seus olhos se refazerem. Usei esse breve momento para aumentar a distância entre nós.

Saba se pôs diante dela antes que ela voltasse a me perseguir, mas a hiena quebrou seu braço com uma poderosa mordida, jogando-o para o outro lado da sala. Saba usou o outro braço para segurar o animal pelo pescoço, paralisando-o até ele conseguir se soltar.

Ficamos nessa alternância por um tempo. A hiena atacava meu escudo, enfraquecendo-o e chegando perto o bastante para tomar um golpe de espada na cara. Eu recuava, Saba segurava a hiena por um tempo, e tudo recomeçava. Porém, já dava para perceber que meu amuleto não duraria uma hora. Nem perto disso.

O escudo estava quase esgotado, então tirei o amuleto, joguei-o na hiena e corri.

Ela avançou e disparou pelo corredor, escorregando e derrubando as velas no chão, o que criou sombras agitadas para combinar com minha pulsação. Sem ouvir a colisão com o escudo, virei-me para trás e vi que Saba tinha imobilizado a hiena no chão. Mas duvidava que conseguisse segurá-la por muito tempo.

— Trinta e cinco minutos — disse Jember, sem tirar os olhos do trabalho. — Impressionante, mas não bom o suficiente.

Apesar de contraditório, era verdade. Ele tinha terminado de soldar e estava passando o fio vermelho pelas finíssimas linhas que havia entalhado na prata. Ele tinha que passar três cores no total, mas ainda estava terminando a primeira. Jember precisava de mais tempo, e eu não tinha certeza se conseguiria dar.

Uma batida no escudo fez com que nós dois tremêssemos. Apanhei uma arma do chão — um cabo de vassoura afiado — enquanto Jember se levantou e foi para a área de proteção do próximo amuleto. A hiena recuou, e Saba deu um passo à frente, com terror e arrependimento estampados no rosto, esticando o corpo para arrancar o amuleto que estava sobre a porta. Ele estava pregado, mas com a força dela seria fácil quebrá-lo.

— Saba, não! — gritei, mas, como ela não parou, atingi seu braço com a vassoura, quebrando-o. Ainda assim, ela continuou. — Por favor, Saba!

Tive que atingi-la de novo. Seu braço caiu no chão, e ela foi forçada a recolhê-lo. A hiena voltou a avançar no meu escudo. Não precisou de muito. Com três colisões, ouvi o barulho de algo quebrando. O corredor de repente pareceu muito pequeno, e eu entrei em pânico, correndo para a proteção do amuleto no lado oposto da porta de Jember.

Assim que saí daquele espaço, a hiena o invadiu, eriçando a crina com ódio...

Mas ela não veio atrás de mim. Parou onde estava, na entrada, olhando para mim. Em seguida, girou seu longo pescoço para olhar para Jember. Meu sangue gelou. Ela devia ter sentido que o amuleto estava quase completo.

— A sua presa sou eu! — berrei, batendo o pé no chão para atrair sua atenção. — Vem me pegar, monstro!

Mas parecia que ela tinha perdido o interesse por mim. Em vez disso, correu na direção de Jember, tão veloz que rachou a cabeça no escudo.

Jember deu um pulo, me olhando do outro lado da porta. Eu nunca o tinha visto tão assustado, e meu coração bateu tão forte que perdi as forças por um instante. Havia menos amuletos na parede em direção às escadas: apenas dois. Era um lugar ruim para se estar quando você tinha virado o novo alvo do Mau-Olhado. Eu não tinha como passar e chegar até ele, ainda mais faltando uma parte tão grande do amuleto para fazer.

Engoli em seco, ajeitando o cabo de vassoura na mão. Quando a hiena avançou no escudo de Jember, deixei correndo a proteção do meu e atravessei seu pescoço com a lança.

Corri de volta para meu escudo do outro lado da porta, verificando o dano que tinha causado só depois de estar em segurança atrás dele. A hiena mal reagiu, como se nada tivesse acontecido, mas a ponta afiada do cabo estava enfiada e presa em seu pescoço e a outra ponta se arrastava pesadamente no chão. Ela não conseguia correr direito agora, que dirá romper o escudo, com todo aquele peso na cabeça. Porém, o principal era que sua atenção tinha retornado para mim. Tínhamos voltado ao normal.

Saba, que Deus a abençoe, tinha se segurado pelo máximo de tempo que pôde, mas agora vinha pelo corredor e se apoderava do cabo de vassoura. Peguei a arma mais próxima — um taco de críquete — e me preparei para usá-lo, esperando o que viria a seguir. Assim que Saba jogou o cabo de lado, a hiena veio até mim, e eu a atingi antes que ela conseguisse danificar o escudo. Ela prendeu o taco entre seus maxilares poderosos. Dei um puxão para trás e acabei tropeçando e caindo ainda mais na área de proteção.

— Andi! — gritou Jember. — Cuidad...

Um braço sólido, forte, excessivamente liso, envolveu meu pescoço por trás. Eu me engasguei, derrubando o taco para segurar Saba enquanto ela tirava meus pés do chão. Arranhei o braço, tentando afundar os dedos e aliviar a pressão dela, para conseguir respirar. Ela não se mexia, então dei chutes para trás, jogando todo meu peso e fazendo Saba colidir na parede. Ouvi o barulho de algo rachando e continuei, batendo os calcanhares com tudo para trás até ela me soltar.

Nunca tinha pensado que o Cursinho de Mundo Real de Jember fosse ser útil até esse momento — quando, em vez de estar sem fôlego e em pânico, eu tinha o pensamento mais afiado do que nunca. Peguei o taco e bati em Saba, descolando seu braço do corpo. Dei um golpe na barriga dela, abrindo um buraco até o outro lado.

Os olhos de Saba estavam arregalados de medo — medo do quê eu não sabia, já que, de nós duas, era ela quem não sentia dor. Mas sua expressão também era determinada enquanto assentia para mim. *Faça o que for preciso*, era o que aquela expressão dizia. Então puxei o taco de sua barriga e quebrei seu rosto. Depois o ombro. As pernas. Continuei batendo sem parar, até Jember gritar:

— Foco, menina, o escudo está se rompendo!

Foi quando finalmente parei, olhando para Saba despedaçada no chão, como uma boneca quebrada. Foi mais horrível do que se tivéssemos espalhado suas partes pelo deserto. Tive que me lembrar de que ela não sentia nada, que, se eu não fizesse aquilo, um de nós podia morrer antes que Jember conseguisse terminar o amuleto.

— Andi, corra — disse ele, e eu não questionei.

Peguei minha faca pequena para despregar o amuleto da parede, segurando-o diante de mim enquanto passava correndo pela hiena. Jember me deixou passar antes dele, mas consegui ouvir a cabeça da hiena batendo em um dos dois últimos escudos que nos separavam dela.

— Escolha um cômodo! — Jember berrou por cima do vento ao corrermos pelas escadas. Não pensei muito. Acabamos entrando num escritório pequeno onde eu nunca tinha ficado muito tempo. Nem mais ninguém, era óbvio, pois a lareira não estava acesa.

Jember trancou a porta.

— Perto daquele canto — disse, indicando com o queixo o único canto iluminado pelo luar.

Arrumei um peso de papel para pregar o amuleto em uma das paredes, e Jember arrastou uma mesa robusta de madeira até a porta. Então, ele se abaixou na minha frente. Depois de toda a correria, do pânico e da mesa pesada, ele estava ofegante. Pegou os suprimentos de trabalho sem falar uma palavra e os entregou a mim. Primeiro o amuleto, depois o cabide com os fios. Por fim, pegou a agulha e voltou a passar os fios enquanto eu colocava o amuleto.

— Por quê? — Foi tudo que perguntei.

— Caso eu não consiga acabar.

Ele deu um nó, mas suas mãos estavam tremendo. Peguei a agulha dele para passar a última cor.

Gritei ao ouvir um golpe na porta, meu coração disparado. Agora que tínhamos um momento de pausa para respirar... Eu estava apavorada. Não com a morte em si, mas com a ideia de deixar todo mundo para trás e não ter conseguido cuidar de ninguém. De não ter dito tudo. Não ter feito o suficiente.

— Amo você, Jember — falei sem pensar.

— Não fique sentimental — respondeu, pegando a agulha de volta para trabalhar. — Estamos quase acabando.

— Eu quero dizer, caso eu morra.

— Você não vai morrer. Cabeça firme, Andromeda.

A porta fez um ruído alto quando a madeira rachou um pouco.

— Você me chamou de filha mais cedo — falei, enquanto a porta rachava de novo. — Você estava falando sério?

A porta foi pelos ares, partindo-se em pedacinhos e lascas que voaram por toda parte enquanto colidia com a mesa pesada.

— Agora não — disse Jember, com a voz firme.

De novo, e as pernas da mesa se arrastaram no chão.

— Estava? — perguntei rapidamente.

De novo.

— Sim, estava — respondeu.

De novo, mas dessa vez o focinho da hiena passava no buraco da porta.

— Então amo você, Jember. Você é meu pai e fez o que pôde. O que mais eu poderia querer?

Jember às vezes era um ser humano desprezível. Mas ele cuidou de mim, se importou comigo à sua maneira. E, se fosse para morrer, eu queria que fosse pelo garoto que eu amava, pela garota que chamava de amiga e pelo meu *pai*, não por um homem de quem eu me ressentia por não ter me dado amor.

Além disso, seu esforço para me manter viva era amor, e talvez não tivéssemos mais nada.

E não tínhamos mais nada.

Então, eu o amaria, porque o amor me enchia de coragem... e eu morreria com coragem, ao menos.

A hiena se esgueirou pela abertura e correu até nós, trombando com o escudo que eu tinha pregado na parede. Jember trabalhava fingindo que nada acontecia, e a hiena nos encurralava cada vez mais, quebrando o escudo pouco a pouco. Não dava para saber qual dos amuletos ela tentava desfazer, o da parede ou o de Jember. Mas ela se aproximava com muita rapidez.

E o amuleto não estava pronto.

— Só faltam mais algumas voltas — disse ele. — Prepare-se para assumir.

— Deixa eu lutar com ela — falei. — Você não tem energia.

— Com qual arma? Use a cabeça, menina.

Olhei em volta com o coração apertado. Meu Deus. Eu tinha esquecido de pegar o taco depois de pregar o amuleto na parede.

A hiena nos empurrou, e Jember tremeu quando me passou a agulha. Ele não tinha muito escudo de sobra.

— Termine. Não preciso de energia para ser seu escudo.

— Meu escudo? — Senti um frio na barriga. — Jember, não...!

A hiena avançou, uma sombra escura e veloz, e eu tive certeza de que a próxima vez que ela atacasse, o escudo ia estilhaçar. Não havia mais tempo para nada. Eu tinha que terminar.

Duas voltas.

O corpo de Jember me deu cobertura, me protegendo no canto, enquanto apoiava cada braço em uma parede.

Outra.

Ouvi as garras na madeira e um som selvagem. Jember uivou de dor, e meus dedos fraquejaram.

— Não — implorei, mas ninguém me ouvia. Ele choramingou e me abraçou, bloqueando a luz, mas eu ainda conseguia escutar o som de arranhões e rasgos, com Jember arfando sobre mim, meu coração aos pulos, e o som de algo líquido sendo derramado no assoalho.

Mas também conseguia sentir as duas últimas voltas.

Jember gritou de novo assim que terminei a primeira, e seu corpo se moveu para deixar mais luz entrar. Foi só um segundo, uma respiração. Mas vi os olhos verdes da hiena cintilando na minha direção, mesmo com seus maxilares afundados no flanco de Jember. Ela jogou Jember para o outro lado da sala, e eu saltei e corri até a mesa, subindo no tampo sem tirar os olhos dela. Vi o sangue escorrer de sua boca. Vi quando ela avançou em minha direção.

Mais uma volta, Andi.

Vi quando pulou...

Dei um nó na última volta e gritei quando o peso de um corpo desabou sobre mim, com braços me apertando com força. Prendi a mão na porta, olhando para um peito nu.

Um peito. Um peito humano.

— Você conseguiu! — A bela voz de Magnus sussurrou, tremendo de alívio.

Dei um abraço nele e, em seguida, empurrei-o para o lado abruptamente, lembrando-me de onde estava.

Lembrando-me de onde *Jember* estava.

Saba tinha juntado seus pedaços e entrado na sala em algum momento — não percebi quando em meio ao caos. Ela tinha embrulhado um pano sobre o ferimento no flanco de Jember, mas já dava para ver que estava ensopado. Arranquei meu casaco enquanto corria até Jember, caía de joelhos e pressionava a ferida com as duas mãos.

— Termine o trabalho — disse entredentes.

— O Mau-Olhado não vai a lugar nenhum.

— Exatamente. Você tem que impedir que ele volte. — Sua mão enluvada agarrou as minhas, tentando afastá-las. — Não tem por quê.

— Você não vai morrer. — Não tive a intenção de levantar a voz, mas quando o fiz, minha adrenalina se esvaiu, e aquela parede que barrava tudo que não fosse a pura sobrevivência começou a desmoronar. Senti lágrimas queimando meus olhos, minhas mãos tremiam ao apertá-lo. — Você não pode morrer.

— Se você for embora da região, não se esqueça de antes pegar o baú com os suprimentos em casa.

— Jember, pare. Não vou a lugar nenhum sem você.

Deitei-me ao lado dele, com a orelha encostada em seu coração e os braços em volta de seu corpo, como se soltá-lo fosse me fazer desintegrar. Senti sua mão apertar minhas costas, com os dedos trêmulos. Se estavam tremendo é porque ainda havia vida nele, pelo menos, por mais que esse tremor me dilacerasse.

Olhei para Saba, que estava sentada ao lado dele, tirando a luva para entrelaçar seus dedos aos dele. Ela viu que eu observava e me lançou um sorriso contido e triste, tocando minha bochecha com sua mão lisa e fria.

— Você disse essas mesmas palavras na noite em que nos conhecemos — murmurou Jember, seu hálito quente no meu cabelo.

Não me lembrava de já ter confiado tão plenamente em Jember antes, mas acho que as memórias ruins tinham espantado as boas. Sua mão teve um espasmo em minhas costas, e eu o abracei mais forte, como se aquilo fosse mantê-lo vivo por mais tempo.

— Me conta a história.

— Eu estava prestes a ir me matar de tanto beber...

— Jember, não — gemi. — Não fale assim.

— Você queria a história... Enfim, nunca cheguei a fazer isso. Vi você entrando no bordel com seus pais. Você era tão pequena, eu lembro... Não sei o que deu em mim. Entrei sem ser visto, peguei você e saí pela janela dos fundos.

— E depois? — perguntei. A voz dele ia ficando cada vez mais fraca, mas eu não queria que ele parasse. Queria ouvir sua voz pelo máximo de tempo possível.

— Quase fomos pegos, porque você não parava de falar. — Pelo seu tom de voz, praticamente consegui sentir seus olhos revirando e dei risada. Ele ficou um pouco calado, e eu dei uma batidinha firme em seu ombro para mantê-lo acordado. — Quando chegamos em casa, você disse que não ia a lugar nenhum sem mim... depois dormiu encostada em mim, desse jeito. Foi quando eu decidi que não podia morrer ainda. Pelo menos não até você conseguir se virar sozinha.

— Não, você não podia. — Ergui o rosto para olhar para ele. Seus olhos estavam pesados e escuros de dor e cansaço. — E também não pode agora.

Ele se mexeu, mas não consegui entender se foi porque tremeu ou deu de ombros.

— Você sabe se virar, Andi. Já faz um tempinho que é capaz.

— E daí? — quase gritei. — Quero você aqui comigo. Fique comigo porque estou pedindo... — Os soluços me sufocaram por um tempo, barrando minhas palavras. — Por favor, fique.

— Estou morrendo.

— Não — falei, com a voz trêmula de pânico. — Você não pode.

— Minha hemorragia discorda de você.

Talvez ele quisesse me fazer rir, mas eu caí no choro. Jember não me pediu para parar. Ele só me abraçou enquanto eu o abraçava. Ouvi um movimento e vi Magnus se deitar em frente a Saba, com a cabeça no colo dela, e esticar a mão para fazer carinho no meu ombro. Ele tinha buscado um cobertor do outro cômodo, envolvendo sua nudez tiritante.

— Só falta um amuleto — disse Jember. E então xingou baixinho e repousou a cabeça na de Saba, encostada no seu ombro. — Vou tentar me segurar até você terminar...

Vi Saba arregaçando a manga dele e escrevendo em sua pele com o dedo. Ele concordou com um suspiro, e depois ninguém falou mais nada.

Magnus remexeu rapidamente a bolsa pendurada em Jember, entregando-me outro disco de prata com as mãos trêmulas.

Fiquei onde estava para manter o braço de Jember em volta de mim, só me virei de lado para posicionar meus braços direito. E pus a mão na massa.

O amuleto que impedia o Mau-Olhado de voltar era muito parecido com os que tínhamos criado como escudos. Era quase fácil demais em comparação ao outro, quase uma piada. Mas, enquanto eu trabalhava, a temperatura ia voltando ao normal, o ar fresco e normal da noite do deserto agradavelmente quente perto da temperatura sobrenatural que dominava antes.

Então não consegui mais sentir os movimentos.

— Acabou? — murmurou Jember, embora eu soubesse que ele conseguia sentir também.

— Sim — respondi, mesmo sem querer ter acabado. Queria ter horas e horas pela frente. Queria que Jember não estivesse ferido. Queria que nós quatro fôssemos embora juntos... — Acabei.

— Boa menina...

Seus músculos relaxaram um pouco mais. Ele não estava mais tentando permanecer.

Ficamos daquele jeito pelo que pareceu uma hora, pelo menos, embora não pudesse ter sido tanto tempo... Até eu não conseguir mais sentir os dedos de Jember tremendo nas minhas costas, até seus músculos se afrouxarem ao meu lado... Até seu coração não fazer mais nenhum som no meu ouvido.

Durante aquele tempo, fui me preparando para o fim. Foi... tranquilo, quase. Quando me sentei para olhar para ele, era como se estivesse dormindo. Não fosse pelo sangue encharcando suas roupas e empoçando sob seu corpo e pelas lágrimas que jorravam de Saba.

Mas não, não jorravam mais. Apenas marcavam seu rosto, pingando de seu queixo sem vida... Como a chuva escorrendo de uma estátua. Ela estava congelada na mesma posição: sentada de pernas cruzadas, a cabeça encostada no ombro de Jember, os dedos entrelaçados aos dele.

Ambos parados. Ambos sem vida.

Fiz o sinal da cruz da testa ao peito, de um ombro ao outro. Depois, beijei a bochecha de Jember e tirei com cuidado o amuleto de seu pescoço, colocando-o no meu.

Magnus tinha se levantado antes e agora pressionava o corpo na parede oposta, olhando fixamente para os dois. Quando me aproximei, ele baixou os olhos, como se estivesse envergonhado por olhar.

— Sinto muito — murmurou.

— Ele não sente mais dor. — O corredor estava mal iluminado, as velas quase consumidas, mas a palidez de Magnus era visível. Ele tinha tentado limpar o sangue em volta da boca com o cobertor, mas sua pele ainda estava borrada e com sangue seco. — Você está bem?

— Você está?

— Não sei como devo me sentir. — Olhei de novo para Jember e Saba, unidos até na morte... Era tragicamente belo. Mas talvez o fato de conseguir sentir aquilo em vez de entorpecimento fosse um bom sinal. — Nós devíamos... limpar o sangue.

— Agora não. — Magnus me segurou pelos ombros com as mãos protegidas pelo cobertor. — Tire pelo menos um minuto para sentir o luto.

— Chorar não serve *pra* nada.

— O que é isso? — Ele levantou meu queixo, fazendo-me olhar para ele. — Outra estratégia de sobrevivência? Você não precisa mais suprimir sua humanidade, Andromeda... Como se eu fosse permitir que você voltasse a viver nas ruas!

Soltei uma risada pelo nariz, mas foi estranho, considerando as circunstâncias. A emoção estava pesando em mim, mas eu não podia chorar. Tinha que manter a cabeça fria. Como suportaria limpar o corpo do meu pai se...

— Que cheiro é esse? — Magnus deu algumas fungadas rápidas. — Fumaça?

Bastou uma palavra para me lembrar. Eu tinha derrubado as velas mais cedo... e o Mau-Olhado não estava mais lá para deixar a madeira impermeável.

— Fogo!

Corri até o corredor onde havíamos começado, com Magnus ao meu encalço. Labaredas brilhantes tinham tomado toda a extremidade do corredor, e, com o tanto de madeira que a casa tinha, não ia demorar muito até o fogo nos alcançar.

— Meus desenhos! — choramingou Magnus.

— Esqueça os cadernos. — Arrastei-o na direção oposta. — Temos que ir para o estábulo.

— Espera, eu preciso de roupas...

— Você não pode subir, a casa está pegando fogo.

— Não posso aparecer em público pela primeira vez depois de 3 anos num cobertor.

Parei subitamente ao ver aberta a porta do cômodo onde Jember e Saba ainda estavam, considerando por um segundo levá-los. *Eles estão mortos, Andi.* Seriam enterrados aqui, com o restante das memórias.

Mas Magnus deve ter tido o mesmo pensamento inicial, porque precisei arrastá-lo de novo antes que ele entrasse no escritório.

— Não posso deixar Saba aqui — implorou, com os olhos brilhando pelas lágrimas que se empoçavam. Eu também estava lacrimejando, mas por um motivo totalmente diferente. A fumaça se espalhava depressa, e não tínhamos muito tempo até o fogo chegar.

— Ela se foi, Magnus. É só uma casca vazia. — Agarrei sua nuca com as duas mãos e abaixei sua cabeça até a altura dos meus olhos. — Me escuta. Se não sairmos daqui, vamos morrer também. Você sabe andar a cavalo?

— Não ando há 3 anos.

— Já está bom. — Peguei a mão dele, e fomos correndo até o estábulo, lá fora.

Tínhamos ficado tempo demais. O céu noturno quase sem luar estava agora ganhando tons avermelhados, as labaredas estilhaçando as janelas, lambendo a pedra do castelo e deixando um rastro preto. Os cavalos devem ter sentido que havia algo errado, pois, quando abrimos as portas do estábulo, eles fizeram sons agitados, mesmo na escuridão que me impedia de vê-los. Usei minha caneta para acender a lamparina mais próxima, e o ambiente ficou repentinamente assombrado por sombras alongadas de pânico.

— Sai do caminho, Andi! — gritou Magnus, correndo até uma baia e escancarando-a para liberar o cavalo e ir correndo para a próxima. Não sei se os animais sabiam o que fazer com essa nova informação, mas saberiam quando o fogo chegasse mais perto.

Agarrei Magnus antes que ele soltasse mais um.

— Deixa comigo. Vai pegar um cavalo *pra* nós.

Soltei os outros cavalos — sete ao todo — e fui ajudar Magnus, que tinha colocado rédeas no cavalo do arcebispo, mas ainda não tinha terminado de selá-lo.

— Não precisamos da sela — falei.

— Você perdeu o juízo? — ganiu ele, tremendo ao som de algo desabando dentro da casa. — Já estou usando um cobertor no lugar da camisa, não quero um traseiro dolorido também.

— O traseiro dolorido é a última coisa com que se preocupar agora!

Magnus apertou a sela e me ajudou a montar no cavalo, posicionando-se atrás de mim e pegando as rédeas. Cavalgamos pela friagem natural da noite do deserto, afastando-nos do calor, seguidos pelos outros cavalos. As labaredas purificavam todas as memórias e a dor daquele castelo com a mesma eficácia de qualquer amuleto.

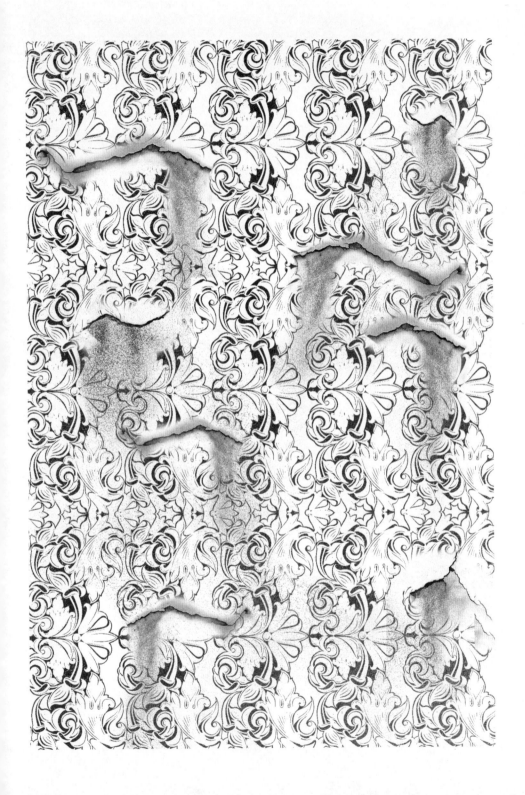

EPÍLOGO

Segurei a mão de Magnus, sem conseguir processar direito o fato de estar olhando para as portas da minha casa de infância. Fazia um mês que eu tinha estado aqui pela última vez. Um mês que Magnus e eu deixamos o castelo para trás... um mês que eu havia perdido um pai e uma amiga.

Magnus ajustou os amuletos que carregava em volta do pescoço — os mesmos que o tinham purificado do Mau-Olhado.

— Não é possível, Andi. É aqui que você morava?

Não suportei responder. Em vez de falar, agachei-me na terra, enfiando a faca no buraco da fechadura e liberando-a com a mão antes de girar a lâmina com as duas mãos. A fechadura abriu, junto com uma fileira de arames farpados na beirada — uma armadilha, projetada para ser acionada quando qualquer coisa que não tivesse o formato exato da única chave tentasse destrancar a porta.

Eu abri um sorriso. *Bem-vinda ao lar, Andi.*

Magnus começou a tossir assim que abri as portas duplas. Não dava para culpá-lo — o ar lá dentro estava carregado de poeira, tanto que tinha certeza de que a atmosfera ficaria em chamas se eu tentasse acender uma vela. Seus olhos se arregalaram quando disse:

— Não podemos entrar lá.

Deu até para imaginar Saba me olhando com uma cara astuta e serelepe ao ouvir os protestos do filho. Ela teria me acompanhado sem pensar duas vezes. Deus, minha amiga querida... Eu nunca havia tido um relacionamento tão recíproco e solidário. Estava feliz por ela ter encontrado paz, mas sentia muita falta de sua presença.

— Você morou em um castelo amaldiçoado por 3 anos e está com medo de um porão?

— O amor verdadeiro não julga, Andromeda. — Ele puxou um lenço do bolso, cobrindo a boca e o nariz. — Estou com você. Me mostre o caminho.

Tudo estava como eu tinha deixado, com o acréscimo de umas seis camadas de poeira e de alguns ratos. O cheiro era de comida podre. A poeira e as sombras que dançavam no ar pareciam fantasmas protestando contra nossa intrusão. Mas não havia nada a temer aqui... apenas lembranças. Elas só machucavam se você permitisse.

— É literalmente um depósito — disse ele, tossindo.

— O amor verdadeiro não julga, Magnus — provoquei.

Fui para o quarto, diretamente até a mesinha de canto onde eu sabia que havia uma lamparina a óleo. Os ratos e os insetos se espalharam com a luz invasiva. Meu sangue gelou de repente, meu coração bateu mais forte, meu peito doeu e fiquei enjoada, mas não foi por causa dos novos ocupantes.

A marca do corpo de Jember ainda estava no lado dele da cama. Suas roupas ainda estavam no chão e dobradas na prateleira da parede. Ajoelhei para abrir o baú de suprimentos, e o cheiro familiar de incenso, preso por todo esse tempo no baú, fez cócegas no meu nariz. Peguei a túnica de *debtera* de Jember do topo da pilha e afundei o nariz no tecido.

— Sinto sua falta — sussurrei no pano, e pela primeira vez em um mês lágrimas começaram a escorrer dos meus olhos.

Senti Magnus se agachar atrás de mim, acariciando meus braços.

— Talvez a gente não deva fazer isso hoje.

— Tudo bem. — Sequei as lágrimas rapidamente e fechei o baú. — Eu já deveria ter feito isso faz tempo.

Fui para a cama e me sentei, levantando uma nuvem de poeira, mas mal notando a tosse de Magnus enquanto abria a cômoda. *Seu cachimbo. Seus remédios. Sua...*

Peguei os papéis. A carta que Jember estava escrevendo ainda era a primeira da pilha. Um sorriso se abriu em meus lábios.

— Tenho que ler isso. — Chamei Magnus para se sentar ao meu lado. — Sei que você nunca foi com a cara de Jember, mas me faça um favor e não reaja com insultos.

— Não faria isso com você. — Ele me deu um sorrisinho constrangido quando ergui as sobrancelhas. — Sou grato pelo sacrifício que ele fez. Não sei o que eu teria feito se...

Pressionei o polegar na testa dele para desfazer o cenho franzido.

— Não pense nisso, Magnus. Não é mais preciso.

Ele se acomodou atrás de mim, me dando um abraço apertado.

— Me distraia, minha querida. Prometo que não vou interromper.

Subitamente, dei-me conta da caligrafia familiar de meu pai diante de mim e limpei a garganta algumas vezes para me livrar da coceira.

> *Saba, não sei por que você ainda me ama. Sou o motivo de sua morte.*

Aquelas palavras me deram um calafrio, e tive que respirar fundo algumas vezes até me acalmar.

> *Eu tinha receio de que escolher um trabalho só por causa do dinheiro atrairia o Mau-Olhado. Foi uma decisão covarde, e nós dois sofremos imensamente por ela. Desculpas não são o suficiente.*

Havia algumas frases riscadas — palavras mesquinhas de frustração, surgidas no calor do momento, que eu sabia que eram só da boca para fora — então as deixei de lado e continuei.

> *A debtera que você contratou é minha filha.*

Um soluço me sufocou. Não consegui prosseguir por um tempo. Magnus apertou o abraço, mas não impediu que lágrimas brotassem nos meus olhos.

Ela é brilhante. Você está em boas mãos. Mas ela é tudo que tenho nesse mundo, então devolva-a inteira, está bem?

— Devolva o caramba — resmungou Magnus no meu cabelo, chegando mais perto. — Eu fico com ela.

Explodi numa gargalhada.

— Magnus!

— Desculpa, você tem razão. Eu prometi. Não vou mais interromper.

Por mais que eu te deva seu último pedido, não sei como amar sem deixar o medo conduzir. Se isso parecer confuso, pergunte a Andi, e tenho certeza de que ela vai explicar como eu parto o coração dela dia após dia.

— Eu te perdoo — falei para a carta, como se Jember pudesse me ouvir por intermédio dela, e continuei.

Por favor, não entre mais em contato comigo. Andi logo vai colocar sua alma para descansar, e você vai se esquecer de mim. Mas acho que eu não suportaria te perder duas vezes na mesma vida.

Virei a página uma vez e depois mais outra, mas não havia mais nada além de palavras riscadas e desenhos distraídos de amuletos.

— Que bom que ele nunca mandou isso — disse Magnus, e quando o olhei sua expressão era sombria. — Eles estavam destinados a se separar, nenhum de nós estaria aqui agora se eles não tivessem se separado. Mas ninguém devia ter que ficar sozinho quando o fim chega.

Ficamos em silêncio por um bom tempo.

Mordi o lábio. Não pude fazer um funeral decente. Jember teria desejado um. Saba teve o dela, há 20 anos. Já tinha passado um mês, mas eu precisava fazer algo.

Fui até o baú de suprimentos, grata por achar um único disco de prata. Tirei a caneta de solda do bolso.

— Você aguenta um pouco mais a poeira?

Ficamos sentados na escada, para que Magnus tomasse um pouco de ar fresco sem sair, e comecei a trabalhar no amuleto. Não sabia bem o que estava fazendo. Os mortos geralmente não precisavam de amuletos — já era tarde demais para eles. Mas era o que eu sabia fazer. Era o que Jember tinha me ensinado, o que tinha salvado Saba. Era a única forma que eu tinha de homenageá-los.

Trabalhei como se tivessem acendido um fogo dentro de mim. O amuleto ficou pronto em um instante, e quando terminei minha mão estava doendo, mas nem liguei. Preguei o amuleto na parede e recuei um passo para admirá-lo.

Jember e Saba queriam a mesma coisa: finalmente ter paz. Suas almas não estavam mais aqui, mas me senti melhor deixando algo para abrigá-los... para protegê-los.

Estar com eles em um lugar aonde eu não podia ir.

Carregamos o baú juntos até a carruagem. Então, nos sentamos lá dentro, dando as mãos em silêncio, esperando para deixar a igreja para trás.

— Você está bem, Andromeda? — perguntou Magnus com delicadeza quando eu deitei minha cabeça no seu ombro.

Fiquei de joelhos para me endireitar e beijei seus lábios. Sua mão deslizou no meu maxilar, e o amor puro do seu toque afastou os últimos traços de tristeza e arrependimento em mim.

— Sim, Magnus — sussurrei em seus lábios. — Estou muito bem.

AGRADECIMENTOS

São tantos os envolvidos na realização desse sonho! Em primeiro lugar, gostaria de agradecer a meu Deus e Rei, Jesus, e à minha família pelo apoio incondicional. Obrigada à minha agente Lauren Spieller por me ter me tirado do buraco (principalmente no meu aniversário) e por aturar minhas travessuras. Fazer dupla com você foi um presente, e sempre serei grata pelos seus comentários inteligentes e pela sua sabedoria.

A Tiffany Shelton, minha irmã jamaicana de outro pai, que entendeu de verdade o meu trabalho — obrigada por me colocar nas boas mãos e na companhia agradável de Vicki Lame, uma rainha entre editoras, cuja paciência e cujo conhecimento não têm fronteiras. Um imenso obrigada à artista Palesa Monareng e à minha designer de capa, Kerri Resnick, que é genial. Obrigada à minha assessora de imprensa, Meghan Harrington, e não posso me esquecer de Jennie Conway, que segurou todas as pontas. Na verdade, devo um agradecimento a toda a equipe da *Wednesday Books*, porque foi graças a vocês que minha primeira experiência de publicação foi tão incrível: Eileen Rothschild, Sara Goodman, Elizabeth Catalano, Lisa Davis, Lena Shekhter, Devan Norman, DJ DeSmyter, Alexis Neuville e Brant Janeway. Nunca, na minha vida inteira, tinha trabalhado com um pessoal tão competente, dedicado e extraordinário, e me sinto #abençoada.

E por último, mas não menos importante, obrigada a todos os meus leais amigos escritores e parceiros críticos, especialmente Ayana Gray (do buraco para as prateleiras, *baby*!), Amber Duell e Maggie Boehme — nunca conheci almas gêmeas assim. Um salve às meninas do grupo de crítica *The Muse*, *Team Peppermint* e *The Monsters and Magic Society*. Não teria sobrevivido a este processo sem qualquer uma de vocês!

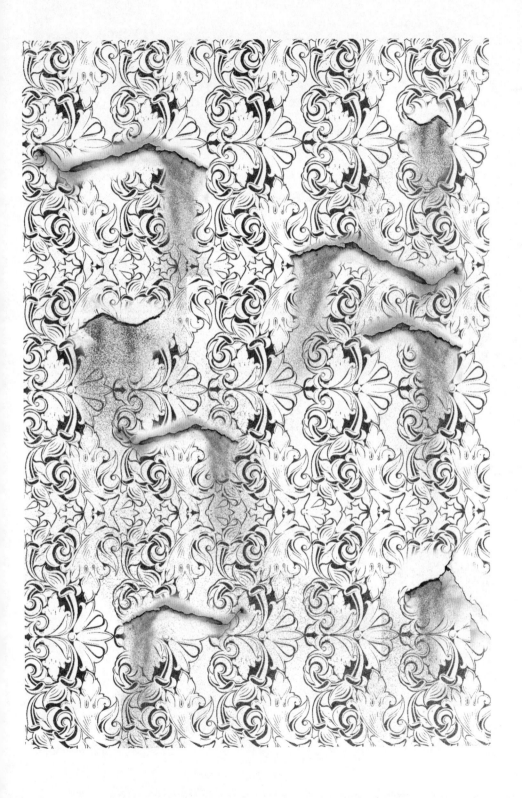

ALTA NOVEL

CONHEÇA OUTROS LIVROS DO SELO

ENTRE EM UMA ESCOLA DE MAGIA DIFERENTE DE TODAS QUE VOCÊ JÁ CONHECEU!

O primeiro livro da trilogia *Scholomance*, a história de uma feiticeira das trevas relutante que está destinada a reescrever as regras da magia.

- Dark Academia
- Uma fantasia mortalmente viciante

"ESTES PRAZERES VIOLENTOS TÊM FINAIS VIOLENTOS."
— **SHAKESPEARE, ROMEU E JULIETA**

Prazeres Violentos traz uma criativa releitura de Romeu e Julieta na Xangai de 1920, com gangues rivais e um monstro nas profundezas do Rio Huangpu

- Fantasia histórica
- Romance e traição

Todas as imagens são meramente ilustrativas.

/altanoveleditora /altanovel

Este livro foi impresso nas oficinas gráficas da Editora Vozes Ltda.,
Rua Frei Luís, 100 – Petrópolis, RJ.